西南漫游记

侯鸿鉴 著

中国文史出版社

图书在版编目（CIP）数据

西南漫游记 / 侯鸿鉴著．—北京：中国文史出版社，2020.11

（名家游记）

ISBN 978-7-5205-2830-6

Ⅰ.①西… Ⅱ.①侯… Ⅲ.①游记－作品集－中国－近代 Ⅳ.①I265.2

中国版本图书馆 CIP 数据核字（2020）第 255792 号

责任编辑：胡福星

出版发行：**中国文史出版社**

社　　址：北京市海淀区西八里庄路 69 号　　邮编：100142

电　　话：010－81136606　81136602　81136603　81136605（发行部）

传　　真：010－81136655

印　　装：北京新华印刷有限公司

经　　销：全国新华书店

开　　本：720×1020　1/16

印　　张：21

字　　数：198 千字

版　　次：2021 年 6 月北京第 1 版

印　　次：2021 年 6 月第 1 次印刷

定　　价：59.00 元

序言

余之内地旅行，数年来殊鲜进步。矧以时局关系，不克畅余游者久。今春预计作湘游、登衡岳，拟完成五岳之踪，乃以省厅委办东灌互争案，滞留新浦者月余；特别视察及调查等，奔走徐淮各县者数月；检定文官考试之事宜，又逗留京口者数星期。迨八月中旬，始定出省考察之谋，往返宁锡，摒挡既竣，护照函牍手续才齐。由镇赴沪，乘招商“江靖”，得溯江而行。是役也，预计由赣而鄂，或往川黔，或径至湘，届时再定。由湘而桂，而柳，而南宁，出镇南关，而过越南至滇，由滇而粤，由粤返沪。预计行程约数万里，越省七八，为时五月。

考察目的：1. 教育行政及中小学校之实施概况；2. 湖广之地质；3. 游览山水风景（以衡山、桂林诸山、昆明、点苍为尤要）；4. 云贵民族性之特长，湘桂风俗之朴厚，语言之由来；5. 东南各省政教之特点。余虽老马，此行尚有川、黔、桂、滇为未识之途，而赣、鄂、湘、粤为旧游之地，是以署其端曰“西南漫游”言其概也。时日虽短，不可不记，录其实也。沪滨解缆之时，始载余笔，俾宝贵之光阴，不致空掷耳。

中华民国二十二年秋九月二十五日晨，无锡骥叟侯鸿鉴自识于江靖轮舟中。

目录

西南漫游记卷一 001

第一章　漫游前之杂记 003

第二章　江行琐记 006

第三章　九江学校及风景并杂志 011

第四章　南昌之参观及游览并杂志 017

第五章　南昌续志 059

第六章　自南昌至九江 080

第七章　庐山记 088

第八章　甘棠杂志 108

西南漫游记卷二 113

第一章　湖北 115

第二章　由汉口至宜昌 125

第三章　宜昌一瞥 130

第四章　由宜昌至巫峡　134

第五章　自巫峡至重庆　139

西南漫游记卷三　147

第一章　重庆　149

第二章　北碚之游　155

第三章　由重庆至成都　163

第四章　成都　169

第五章　由成都至嘉定　188

第六章　嘉定之游　195

第七章　峨眉之游　203

第八章　由峨眉返嘉定　214

第九章　由五通桥至叙府　224

第十章　宜宾　232

第十一章　自宜宾至重庆　250

第十二章　重游重庆　257

第十三章　由重庆至宜昌　273

第十四章　宜昌　280

第十五章　由宜昌至汉口　287

第十六章　重莅汉口　292

西南漫游记卷四 295

第一章　湖南长沙 297

第二章　湖南教育 301

第三章　南岳 310

第四章　由长沙至汉口 319

第五章　归程 322

西南漫游记卷一

第一章　漫游前之杂记

余好游，以游为自学计，以游为锻炼身体及脑力计，频年奔走，服务省教。鹏翮不克高翔，鲲鳍无由远泳。盖抑郁屈伏于大江南北者三年矣。今春周佛海厅长准余出省考察，唯以事阻者又半载，自夏徂秋，始成行，快哉此游。周厅长谓："考察所得，希随时作函报告。"易主任君左谓："考察教育所得，请寄回发表于《江苏教育》。"

二十二年（1933年）九月十五日返锡，佛根、伯森、晋吉约饯于惠麓，摄影于知鱼槛，佛根赋诗送行，余和之，有"静极应思动，交深益见情。长风今万里，任我独纵横"句。

十六日竞校教员饯行于校中，项主任致辞，余答谢词。

十七、十八两日亲友之祖饯者，余以感冒不克多饮，故多谢之。惟鹤琴邀晚餐于聚丰，勉应之。南京顾荫亭君来绍介函四、苏州金松琴君来绍介函六、京口童履吉君来绍介函一，均足感友谊之深也。

十九日对于竞校中学部训话，作留别语，希望漫游归来，人人升学，成绩皆佳。晚偕冰兰赴镇参观省运动会。余寓许文卿家，冰兰偕竞校运动员寓职校。

二十日履吉、复庵饯余于雨顺，复庵云：“出外毋多饮。归时可一醉。”履吉云：“途中有缓急，电知必借筹。”两君之言，颇感交谊之深，特志之。晚霁云邀余与冰兰等餐于公园饭店。

二十一日法审仲、冷雨秋两君邀午餐于职校，冷君谈东南各省之民族性及习俗之不同，足供余之旅行参考。

二十二日杨君寒梅为余摄影，以留纪念。午后返锡，整理行装。常熟钱君南铁，函约游记登虞社，际虞亦函如上言。

二十三日赴沪。蒋遇春内兄、张大炘内表侄、孙超雄先生等均送至东站。冰兰、泉儿同车至沪，寓吴锡旅馆。翌晨，汾女来，盖运动会毕，先两日来沪，今日由大同大学来也。

二十四日冯君绪承邀午餐于老半斋，王君立斋邀晚餐于吴锡旅馆。晚购赴九江房舱船票，计八元二角。十一时上船，镜芳先生、超群女士、立斋宗侄、冰兰、汾女、泉儿，送余上“江靖”轮船。十二时别去。同赴香港者，有陈君振光、镜芳先生之表侄也。是夕余住第四号房舱，得长歌一首，以志余行程：

鱼龙潜伏深渊久，静极思动亦何有。自春徂秋岁月移，一朝腾跃云衢九。涛声喷激海东流，正是征帆启远游。亲友祖饯家人别，黄昏风雨黯江头。送者叮咛去，行者蓬窗住。终宵鼓浪惊，万里行程始。一梦初醒天未明，舱中灯火犹萦情。徘徊瞻顾气萧瑟，世态人心默自衡。此去停踪九江道，庐山面目依然好。南昌滕阁东湖边，二十二年真草草。转棹武汉小勾留，应悲黄鹤已无楼。长沙重访朱张渡，衡岳完成五岳游。或驶飞机过三峡，或驰贵阳探奇隘。回航湘鄂赴桂林，山水美名天下甲。柳州南宁次第行，镇南一关天险横。谅山鏖战功犹赫，民族精神殊堪惊。铁辙辚辚千余里，滇越往回巡边地。由滇返粤九广车，海道迢遥岁暮矣。屈指届时返海舟，归来海上数吟筹。囊中检点漫游稿，拈须长啸凌沧州。

第二章　江行琐记

二十五日晨起，早餐后船中换票、查票。有工人模样之男女船客在舱中起坐，为茶房所驰逐。询其故，知为江北人不购票者，两窗外席地坐者约数十人，不但不购票，且须吃白饭，供给其茶水。此种野蛮之贫民，据茶房云，实非真贫，皆无赖也。太古、怡和等船，皆不敢上，唯招商之轮则有之。

有一茶房言招商轮船之种种不景气，绝无补救之方。如一到外国人手，则有办法可解决矣，闻之慨然。

过通州，距上海三百六十里。此船自上海开行，每小时可行四十里。通州以上只行三十五六里，镇江以上只行三十里，南京以上只行二十余里，安庆以上只行二十里矣。又调查江靖轮船吨数及长度，列表如下：

净吨 710 吨　装货 1151 吨　空水 716 吨　重水 1010 吨

深 $1\frac{1}{9}$ 英尺　阔 3%　长 $2400\frac{1}{7}$ 英尺

住第五号房舱之客，浙江海盐张啸沧名德锠，杭江路之工程师，往河南信阳测量黄河堤岸，略谈教育及工程等学。盖张君为师范毕业，转而学工，曾往英国实习工程二年。归国后，即任务筑路等职。曾往福州设计闽北筑路事，不久即还。张君言语诚恳且谦逊，青年中之不易见者。舟中乘客甚少，一以社会经济之不景气，一以风雨阻客之行。昨晚见数客既上船，而又登岸去者，是以官舱房舱皆沈寂。夜过镇江，人声喧杂中，惊破客梦。为余之转辗不寐，得句云：

夜半喧闻京口过，秋风秋雨奈愁何。陡教客梦潆洄里，几许云山折叠多。

二十七日天微明，舟泊南京。乘客甚多，余第四号房舱来客三人，行李堆积，闷甚。午前过大胜关，有砖瓦厂，烟囱高耸，江滨在舟中望之，颇饶风景。午后芜湖，翌晨过安庆，以人多舱挤，行动不便，辜负江中风景多矣。唯在舱中，见安庆临江寺中之一塔高耸，得句云：

十六年前忆旧游，渚边风月待中秋。临江一塔似迎笑，客梦依稀寄水流。

二十七日，舟离安庆。两日风雨，今晨初见朝阳，人颇觉爽，唯腰际及左足均感微痛，伸缩不便，甚忧之。得句云：

年来游屐太云懒，髀肉空教感复生。腰脚偶然微刺痛，岂真病马滞云程。须知忍耐原为贵，奈此年华去莫回。只有前途自鞭策，任何痛苦不心灰。

轮船茶房酒资，余给以两元，竟增至三元，年来轮船赏钱风气之坏如此。有给以一元者，竟视若无睹也。午后倦卧，梦中闻人云："小姑山至矣。"一跃而起，趋窗前，舟行已过小姑山，仅见山之后影，犹觉葱茏可爱，瘦耸江心，大有顾影自怜之态。得句云：

午梦方醒过小姑，江心瘦耸态怜孤。凭栏独爱葱茏色，后影尤增媚妩无。

晚九时，船至九江。余将行李四件交高升栈接客者，乃偕张姓客同行，时携一藤篮及伞、杖等件，从人声喧沸中欲登岸。乃上下之客，相拥挤，不得出。于是绕道下舱，欲其捷也，岂知欲速返迟。复上中舱，挤于一楼梯之角，为人与物所挤拥，彼此不得动者数分钟。微觉左胸前一物压迫，俯视之，则一人手，余大呼胡为者，其人即蹿而前，白其面而蓝其衣，转瞬不知何往。当时余犹未觉所失为何物也，迨从船栏攀跻而出，登岸时，始觉左衣袋中之日记本及银洋等已不翼而飞矣。既抵高升栈，张姓客始询余之长衫从何处摘破者，俯首视之，则左襟为小刀所划，约三寸长、二寸阔，一曲尺形窟窿。解视内衣，则汗衫之袋，亦已为刀划破两处。日记小册及银洋、银角、角票等，均从此内外两窟窿为要道也。且其刀痕紧贴胁肉，仅隔一单裤而未伤。唏！

九江扒手夙知名，只此须臾事竟成。一袭蓝衣小白面，刀痕闪烁太无情。

余之哔叽呢衫，竟不能穿，乃交栈房送裁缝补缀。岂知浅深之色，既不一律，破碎之处，反增伟大，余真为之踌躇无法。幸天气甚寒，乃取夹衫穿之。聊以解嘲，得句云：

天公怜我衣单薄，故使偷儿碎左襟。钱物既皆飞不翼，袷裳聊以御寒侵。

如此倒霉，真堪发噱也。张姓客告我川资缺乏，问余欲行李暂寄存于栈房，彼故拟向栈房借银二元，以赴南昌，三日后当还余于南昌也。余告以余之钱已为偷儿窃去，君之栈房费由我代任可矣。彼犹踌躇久之，坚欲借两元，余乃慨然允之。彼始欣然问我南昌寓所，余告以南昌教厅。翌晨，张姓房费一元，由我代付，另借一元与彼，始上车去。余不禁自笑曰："既遇小窃又逢强借。既破长衫又代会钞。是谓劫财乎？"同舱之客有赵军需，介绍其友李景真，代余侦查扒手之去处，失物之何在。李君诺之，允明日来复。

二十八日晨，访九江中学缪校长，告以被窃事，缪校长即函公安请缉查。晚，李景真、春祥来，谓昨日所委觅之小手册，今已查到。册中各纸条俱在，唯钞票、角票等已为乌有。即从袋中取出小册视余，果然原物也，为之狂喜，足证李君之能力及热心。李谓以赵军需主任之友谊，故竭力派人侦查，而得此原物归赵也。余再三道谢，并告以欲表谢忱，一余将此事记出，表扬李君之热心能力；二拟撰一联以赠；三明晚到江边检查所，专诚酬谢。李君谦让不遑，且言："闻缪校长函敝局长，望写一函至张局长，告以托友赵某转托李某觅得原物，不必另寻途径，致生其他误会。"余诺之，即作函致张局长，并陈述李君之能力可佩，表示谢忱焉。余得句云：

五千余里春明记，二十四时侦查中。原璧竟能归赵也，青衫破碎钞西东。珍重西湖旧手册，沉沦一夕九江滨。纸条名片皆无恙，能力允推李景真。

余在舟中，同舱之客可谈话者，除浙江张德错、河北赵秉炎外，遇有浙江新昌何君，湖口军医也，曾询余无锡侯大令琫森知否？余告以为族叔祖。何君云："吾祖吾父，皆侯公所取士也，是以家中藏侯公之字甚多。地方父老，莫不谓侯公廉吏，碑留去思，至今人犹乐道之"。

浔阳舟次，得句云：

浔阳江畔水横流，回首前尘廿二秋。一事惊心最堪忆，余生虎口脱轻舟。

第三章　九江学校及风景并杂志

二十八日晨起，雇人力车到甘棠湖南路。长堤杨柳，媚舞西风。车辙泥涂，凝迟晓日。盖昨雨今晴，途中犹不能捷驰也。湖滨洗衣者，两岸数百人。水声、风声、捣衣声，清脆可听。行约里许，过小桥，至省立第四中学，有童子军站岗守门。入晤缪匡伯校长，正谓："前二十余年，知先生视学广信，某在小学，隔数年入中学。犹闻中学教员道先生视察严厉，人皆畏惧。且小蓬莱上尚有先生之题诗，咸传诵之。今见先生健康，而临此地，当敬致欢迎。"余逊谢不遑。因谈询校中一切，及导观教室、各教员授课，往宿舍、礼堂、膳室、仪器室、图书室、操场、教导室、各办公室等，设备完备，应有尽有。所得如下：

校舍新建。自十七年落成后，迄今已越六年。校门临甘棠湖，地占小山，风景殊佳（原为邓如琢花园，额曰"僧庐"，十六年由省政府拨充）。编制高中、普通两级，师范一级，乡师一级，初中六级，共二百七十一人。全年经费五万六千余元。自缪校长去年到校后，训育方面，以整顿学风为前提；教学方面，以提高程度为主要。以本日参观所及，胡教员之教物理、蔡教员之授化学、卢教员之授动物、计教员之授国文，均讲解分明，问答合法。新礼堂及理化室之建筑，仅七千余元，可为便宜之至。对于师范有特殊训育事项；对于乡师有农事实习，分刈草、锄土、开垦三种。膳堂午晚两餐，均甚安静。由学生组膳食委员会任购菜事，师生均同桌而食，此事办到已非易事，最奇者校工亦在膳堂膳食，静默无哗，是真膳食平民化矣。服装一律制服，师生皆同。余询校工之训练如何？缪校长云：“每周由庶务处集校工训练一次而已。本学期拟再授课，略与以识字之机会耳。”

甘棠湖杂诗六首

湖堤柳

甘棠湖畔草萋萋，一抹青痕衬马蹄。寄语西风莫狂吼，折残杨柳损长堤。

捣衣忙

人语喧迎朝日艳，杵声捣破夕阳黄。家家饭罢来湖畔，结队浣衣早晚忙。

烟水亭

一丛绿树浓于染，四面微波碧似油。中有一亭高耸处，湖光黛色正新秋。

黄昏荡桨

荡来双桨过长堤，夜色微茫道不迷。偷眼斜看桥外影，通明灯火隔湖西。

水阁晚眺

湖外长堤堤外湖，遥看山色衬模糊。白云流水闲中趣，物外真情悟道无。

鱼跃波心

凭栏望月月方隐，隔水看云云自闲。忽听微波声拨刺，鱼儿跃入浪花间。

甘棠湖风景，以长堤杨柳、飘拂秋风，几如西湖苏堤景象；里湖外湖，中有一桥，流水潺潺，小舟荡漾而过，亦似六桥之一；沿湖建筑马路。洋式楼房，临流栉比，又似孤山林隐路等处；能仁寺塔，隔湖高耸，仿佛保俶；庐山遥衬，胜如南北高峰；烟水一亭，约略湖心之亭。是真可名为小西湖矣。

二十九日方应尧君陪往省立三女中，参观校舍。即旧时九江中学，年代虽久，颇有古朴之风景。校长熊恬女士，南昌女师毕业，日本东京女子体育学校毕业，十六年到校，办理六年矣。学生高中三级七十余人，初中三级一百三十余人，补习班二十人，共二百三十人。常年经费二千三百余元。本年改为女师，高中不招新生，初中仍为普通。训育方面，平时注重严肃，往来信函，均须检查；出入校舍，均须告假。教学方面，注重家事、体育。所见教授自然、国语、习字、英文等科，均甚认真。宿舍有特制之床榻，布置整洁，洒扫均由学生服务。图书室储藏中西书籍六千余册，阅书者偏于文学方面不免过多。学生自治。星期六有级会及表演余兴。总之是校对于学生训育，以严为经，以勉其自治为纬；对于教授，以输入为主，以辅导为助。有一特点，则实行联络家长，以访问家庭及通信询问，为应尽之职也。

又往参观私立儒励女中。此校本为美以美会所立，迄今已六十年。校长为吴懋诚，留学美国，研究生物学科，以校友任校长，热心任事，诚恳耐劳。导余参观各处、所得甚多。分条录下：

校舍宽敞，学生有高中三级、初中三级、附小六级、幼稚两级，共三百零四人；教职员二十七人，有五分之三为校友，一切职务，皆共同合作，此最可佩者。常年经费三万余元。训育方面有朝会，各教员轮值训话。星期五各教员轮值讲名人故事。每级有级任，负一级之训育责任。寄宿者，中学生全体、通学者少数。学费虽收，而有免费者，凡家贫而在学成绩佳者，则免其全费，其次或免其半费。所收学费，虽不为多，平均计算，免费学生约过半数。至于管理方面，觉于活泼之中，而寓整齐态度。教授方面，见陶授自然、李授公民、谢授英文、李授地理、周授国文、范授英文，均注意提纲挈领，视学生动作，有无领悟之处，以为教者参考。图书室藏书两万册。学生置物所，箕帚编号放置。食堂碗橱、冷热水管皆备，洗碗由学生轮值。娱乐室、休息室，布置特精致，器具均为校友捐助。校友之对于母校，特殊爱护。参观既毕，余谓吴校长曰："贵校优点甚多：1. 毕业生母校服务有五分之三。2. 津贴毕业生入大学，以培植人才。3. 设备完美，布置整洁。4. 学生能合作及耐劳。5. 宿舍尤为精洁。6. 注重家事之练习。不嫌琐屑，以养成家庭之人才。7. 注重应用科目。教者均能采取社会材料以为教材。8. 吴校长耐烦琐，任劳苦，以为全校师生模范。"吴校长答以下学期希望办到学生一律穿制服后，方觉整齐，而今之尚未办到者，以学生之家况，难者多耳。服色拟冬深绿、春浅绿、夏白色，取青年女子如绿叶之扶疏也。余谓白色可以表洁白之意，吴校长曰然。

往九江教育局，晤余局长，略谈。知全年地方教育经费共三万四千余元。其来源为：1. 田赋附加税；2. 房屋基地租金；3. 捐款；4. 田租。公立学校初小十九校，完全小学五校。私立已立案之小学三，未立案者十。学生总数二千五百人左右。教育行政费每月三百四十元。社会教育完全未设施。

晚，缪校长偕余往访吴金彪先生于荫园。适吴先生返锡秋祭，未晤。有一吴姓者，招待余等向荫园游览一周，所植花木甚多，略有布置。即往振兴饭店晚餐。凭栏一望，满水沦涟，庐山屏幛，晚霞倒烘，白云横断，山景湖景，集于眼帘，固一幅好风景图也。左方绿树丛中有亭一，四围皆水，即烟水亭也；右方一塔，高耸小山，乃纪念塔也。徘徊久之。晚餐后，步月，乘舟，返校。是晚座客有剑声中学校长熊君恢，谈及朱逸尘行踪，知此次由北平同至上海，今又往北平去矣。

三十日晨五时起，偕缪校长同行。雇车由堤岸南行，过一岭，然后由马路至南浔火车站。行约七里，费时四十八分云。既至车站，购票上车，路价三元一角。车中遇熊君、刘君谈北事，刘为四洮铁路职员，言路事殊愤愤，彼已告假入关，不愿再往矣。

由九江至南昌，快车停三站：德安八十里，涂家埠一百里，至南昌，共三百里。六时开车，十一时到。重雇小船，过江，抵火车站埠，登岸，雇车无着。沿岸皆军队森布，致人力车皆避开。余迟待久之，始由缪校长雇得二车，得分乘以行。

一时至都司前江西教育厅，投刺谒程柏庐厅长。一见即曰："如何不早来函告也。"纵谈久之。晤福州旧同事张哲农君、谢颐年君，故人蔡艺圃君、蔡蔚挺君、欧阳仙贻君等。又柳君藩国，谓于宣统二年在萍乡视察时，办上梨小学，承评语甚佳。柏庐先生云："今晨有人送来一函，附银二元，因汝不在此，故退还之。惟邮局之函，则有三。"即取出交余视之，一为竞志项主任，一为九江张局长，一为镇江唐又玄所发之信也。

第四章　南昌之参观及游览并杂志

余抵南昌，即由柏庐先生饬仆，将余行李送至友竹花园寓中，安置其书室。南昌教育厅为奉直会馆旧屋，柏庐先生导余参观厅中一周，有小园，正布置花木、砌花圃，小有结构，可散步。厅图书馆藏书数百种。编译室，谢君康主编旬刊。指导室，哲农、颐年外，尚有太仓某君、常熟赵君两江苏同乡。秘书室，欧阳君仙贻及刘君外，尚有干侯，今日因病假未晤。

第一科即蔡君艺圃长其事，第二科为盛君长之，第三科长为贺君鉴人。晚寓程公馆。餐后，谈江苏教育及余竞志事，柏庐先生又询及江西旧事。余思及梅子肇君，忽晤梅律师，为子肇之侄，知子肇健在焉，因得句云："劫后沧桑廿二年，洪都重到溯从前。三村桃艳酒盈盏，梅福而今健地仙。"（昔年梅子肇任洪都中学监督，曾偕余往三村看桃花，一叶扁舟，盈樽美酒，兴致其豪，今则事过境迁，闻梅君健在，拟一访之，乃未果也。）

十月一日晨起往教厅，参加国术考试举行典礼。摄影后表演国术，二十余人，有技术甚优者数人。余即往义务女学，访蔡蔚挺先生，纵谈一切，尽一日之长，快甚。蔡君招余午餐，略饮酒。参观蔚挺图书馆，及询义务女学内容。蔡君为述女学二十二年之经过及现在状况，并及伊女及婿之读书，为将来作继续其事业计。谓其婿熊式一留学英伦，文艺卓绝，为英国文学名流所击赏，明年可得博士学位，唯经费殊窘云。

是晚柏庐先生邀晚餐，座有福建周孝培旅长、江西国术考试裁判长欧阳武先生以及厅中刘君、欧阳君两秘书，蔡、盛、贺三科长，张、谢两君等。酒味甚甜，此为江西米酒，颇可上口，唯性甚烈，余不敢多饮，仅饮五杯耳。阅宗侄来函，附来长江招商、三北两公司之大副及船长名单一纸，有为吴淞水产航海科出身者，有招商“江华”吉增干、招商“江顺”陈章通、三北公司“长兴”王长逵三人，自上海至广州班，则有招商“遇顺”船长黄君翔、“公平”大副李云衢、三北公司“龙山”俞惠芳、“醒狮”船长沙玉嘉、大副叶澄源等，以备将来乘船之有照料也。

所有参观义务女学之一切，待明日继续参观后，一并录出。今晚稍觉疲倦，故略记数行，即睡。

二日上午，仍往义务女学参观。蔡君邀余往操场，对于女生训话，余乃提出七点，以演讲之：（一）不畏难；（二）知有人而不知有己；（三）网罗文化材料，发展中国固有之文化；（四）爱自己，须注重体育及学业道德；（五）爱家庭，须注重伦常；（六）爱母校，须协助母校、爱护母校；（七）爱国家，须注重根本教育，莫忘国耻国仇。

午前参观各教室教授状况：1. 师范教室，杨教员授历史；2. 高小教室、六年级，高女士教授算术；3. 五年级，郭女士教授公民；4. 初小四年级，姚女士教授国语；5. 初小三年级，刘女士教授社会；6. 初小二年级，授习字；7. 初小一年级，胡女士授国语。询及蔡君校工几人，答谓女仆二人，既兼门房，又兼厨役。询及薪水，答谓每人以二十元为标准。毕业生对于母校服务，薪水只定自最少数起，六元至十元不等，有年功加俸例，亦仅以二十元为率。饭食则由校供应。蔡君有对于将来女子教育之意见：1. 师生对于劳作上须合作；2. 学校须重实际精神，不重形式物质；3. 教科书仍须注重文言；4. 须提高学生程度。无论新旧，只问切实不切实。

午后蔡君告余，此校校舍自民元至今已九迁。盖民国十年，始购地建屋。学额现有学生共二百四十余人：小学六级二百三十余人、师范生七人。毕业生服务母校者，现有六人。平时教学，注重国文、历史，用圆周的，教授以国文为中心，增多历史钟点，以补助国学之根基；注重国画，以彰中国固有之艺术；注重家事，以为家庭应用。训育方面，令学生习劳作，重体育。在早操时，有全体训话。级任负全级之训练责任。教室洒扫。服装朴实。悉本校训“朴劳肃爱”四字为训育标准。成绩方面，教厅新开展览会，本校亦送去关于教育行政及师生合作之成绩，并学生平时之成绩均有之。唯精精所在，重在质而不重在量耳。

余在蔚挺图书馆，两日之摩挲金石古物，以及观赏种种藏书及图版等，为之美不胜收。蔡君之对余，亦以老友关系，视余至为郑重。凡余之信函及题赠之诗，均宝存之。余所书"蔚挺图书馆"五字，赫然在门额；所题文文山、黄忠节、谢叠山三首古风，裱悬于壁间；十年前余所指画之竹，亦悬于壁；十五年前，余赠义务女学十周纪念之序，及西秦劫后之函，均付周报者，另纸剪贴于册中。蔡君之厚余至矣，惜余芜词浪墨，太不足以视人，而蔡君珍重如此，余来阅之，益增汗颜矣。

所见各种异书瑰宝，不克详志，聊记十数节于下：

蔚挺图书馆，创建于民国十四年。楼房计两上两下，纵二丈八尺，横一丈四尺，屋上有平台，最高层为瞭望台，距地约四丈。建筑费除亲检江西贡院废基砖料外，一千一百元。蔡君即卧楼上，四围皆书。楼下多城砖，廊下皆碑石、古砖。蔡君搜罗图书约一万余册。其间最有价值者，以地志为最多。江西一省，八十一县之志书全备，且有每县前后刊印不同之三四部者，共计一百四十余部。外省外县之志书，二十余部。所最有价值者，为台湾之《彰化县志》十二册、《噶玛兰厅志》八册。江西省之康熙二志、雍正一志，是实所藏志书中，尤为难得之书也。

蔡君视余以上海张菊生来函，谓东方图书馆之各方志，为日本所焚毁者，凡二万六千册。劫灰已化，言之痛心。

志书中版本最佳者，即如下四部：

（一）《西江志》。二百六卷，白潢辑、查慎行纂修，康熙五十九年镌版，每页十二行，每行二十三字。字画清爽，绘图一卷，凡二十八图，纸色尤古旧可珍。

（二）《江西通志》。六十四本，雍正十年刻，除第一册为另配外，余皆字画清晰、书法工整，可爱极矣。

（三）明版《白鹿洞志》，万历二十年，知南康府事闽延平田琯，修洞、缮志，并作序以付梓，共八册。每页十行，每行二十字。有缺损处均裱补。

（四）《临川县续志》。嘉庆二十一年丙子，无锡秦沆字筠谷，治临川十年，修志四册。锓版于无锡，归藏此版于临川。为卷十二，搜罗十载，采集诸家之说，而自成一家言者也。内容分田赋、户口、学校、营建、官师、选举、名宦、人物、贞节、艺文（诗）、艺文（文）、杂识。（按：此书为吾锡乡贤之著述，故不能不摘其大要，以邮告吾邑人，备将来搜集，或设法抄录之，而藏于吾邑图书馆也。）

蔡君搜集志书外，又搜集江西乡贤遗集一百余种。其间难得之孤本及版本之佳者，有十余种。而其最难得者，如《天工开物》一书，明奉新宋应星著。分目十八，曰乃粒、曰乃服、曰彰施、曰粹精、曰竹咸、曰甘嗜，此为上卷；曰陶埏、曰冶铸、曰舟车、曰锤锻、曰燔石、曰膏液、曰杀青，此为中卷；曰五金、曰佳兵、曰丹青、曰曲蘖、曰珠玉，此为下卷。凡图目一百六十二，缺七十八，是书于有明一代，详述农工业之种植、制造、武器、五金、采冶等等，无不详备。斯人之思想学术，固三百年前，真正有心人也。新刻本有丁文江一跋，言之亦綦详。

蔡君对于考证之书，往往搜及国外华文之书，而东籍之足资参考者亦颇多可采，如《新选和汉洋年契》一册，为日本明治十九年出版，三十八年增补，于中国年代史略颇为记述得当，上自五帝三王，下迄光绪三十一年止。

蔡君搜罗金石，亦博采兼收。而最近搜购南昌城砖，竭年余之力，得数百之砖，砖字既一一拓出，花纹又种种不同，故分编《江西省城砖志》一册、《江西省毁城古砖图案》一册。此二册均请研究金石者作序文，以备石印，将来有益于考证汉魏晋唐之砖字及图案，俾人增加稽古之资料，真非浅鲜矣。

金石、碑帖、瓦当、纸物，凡足以供考古之用者，其物无论大小多寡，均有珍藏之价值。蔡君择其优者视余，特志之如下：

（一）汉瓦当。文曰：“惟汉三年，大并天下。”

（二）魏高贞碑。此为乾隆末年于山东出土，所可宝贵者，“英华于王许”之“于”字、“王”字完全无损，故字之精神尤为焕发也。

（三）汉熹平《周易石经》残碑。此碑只残存一斜段，为字四百九十有六。石之两面皆刻文字，字迹之清晰精湛。观玩久之，殊可宝也。

（四）《明乡贤遗墨姓氏一览表》。此系明永乐间江西泰和欧阳允贤之哀思录也。欧阳先生为兴化教授，升国子监助教。卒后，名公钜卿，所题志之墨迹，汇为一编，流落书铺，为蔡君以五十金得之。五百余年前之墨迹，虽有虫蛀损坏，而整齐可读者甚多，殊异宝也。计有余学夔撰欧阳先生传某训导之行状，杨士奇撰墓表，沈度题墓表，许鸣鹤书丹，王直撰墓志铭，曾棨挽书序，曾鹤龄、陈循、钱习礼之哀辞，胡概、胡先、胡俨、尹凤岐、萧宽、王英之挽诗，莆田黄约仲挽诗。各有朱印，颜色不变，尤足可珍。蔡君一一考其里居姓氏，并跋其来因之难，历劫不坏，至堪钦佩。余反复观玩不忍释。

（五）《唐颜真卿》《麻姑仙坛记》。晏氏钩摹上石，何绍基有跋语。蔡君以重金购得是石，共十七片，藏于图书馆中，且将拓片赠余一份。

（六）明钞。垩纸，有步云题签“大明宝钞壹贯”，下有户部奏准印造大明宝钞与铜钱，通行使用。伪造□□，告发者赏银二百五十两，仍给犯人财产”。末署洪武年月日。蔡君以《王船山集》一部换得此宝钞一纸。

（七）安刻《孙虔礼书谱》。安岐，字仪周，天津人，有沽水草堂，曾著《书谱释文》一卷。生平嗜书谱，故摹勒上石。自宋《太清楼》及《秘阁续帖》诸刻散失后，此安氏刻本遂为天壤间瑰宝。年代既久，此刻本亦均漫损模糊者多矣。光绪间曾由程雒安先生购得此石，赠端午桥，自辛亥之后，此石当然散失，而此本宝乃旧刻，尤为可贵。李凤高、严又陵及清道人均有跋语。

（八）海宁陈氏《书谱释文》，此为陈弈禧所书。陈字六谦，善书法，康熙戊子年书此，天津安岐有跋语。

（九）《大晋龙兴皇帝三临辟雍皇太子又再莅之盛德隆兴之颂》，此碑新从民国二十年洛阳出土。盖八王之乱，此碑倒复于地，直至今日方出土。是以碑阴文字有三千余字，模糊者多；碑之正面五千余字，则字画清爽。此西晋隶书中最可珍之物。

（十）汉石经残字四石，翁方纲重摹勒石于南昌学宫中。今石字已模糊，唯此拓片则清晰无比。

（十一）钱唐何氏手摹汉魏晋文字十种，亦由北平翁方纲勒石于南昌学宫中。

（十二）曾文正公手批两件。此为曾文正于咸丰九年三月廿日之手批。一为批南康县知县周汝筠者；一为批答安徽知县梁令者，最有价值，文曰：“安禀阅悉，身列仕途，时时存一自重之意，自待者重，则他人之所以相待，亦不至太轻。自待之重有道：银钱不苟，廉洁自饬，则内重矣；言必中理，不躁不妄，则外重矣。该员若能从此二事，痛下工夫，自可勉为好官也。慎之慎之。八月十七手批。”

（十三）“青浦徐芗坡平定两金川，大功告成。恭纪五言排律一百韵，谨序”。楷法工整，序文骈骊，雍容矞皇，承平之文。今日读之，感外患之凭陵，不禁太息之至。

（十四）南昌城旧图，附说明、表识。此图在历史上颇有价值。其所识测量之数：城周二千六百六十丈，为一十四里又九分里之七；城内地面积四十四万二千二百二十五丈，为二千四百五十六里又三十六分里之二十九；城门七，曰永和、顺化、进贤、惠民、广润、章江、德胜；门之相距若干里；城之高度二丈八尺；窝铺四百一十，垛口一千七百八十五，以及四面河流之远近里数等等，均有考证。今城垣已拆，此种过去之陈迹，可供吾人考古之益者不鲜。

是日蔡君赠余纪念品四种：（一）《唐百胜节度使江王乳母尚书杏氏墓铭》并序。此纸所奇者，妇女而有尚书官衔也。字固英挺，文亦雅丽。（二）晋砖拓本一纸，文曰“晋康乐公国相凉州敦煌郡效谷县耿据长子邵之字贤”，共二十二字。（三）唐《麻姑仙坛记》。（四）汉熹平《周易石经残碑录》，为萍乡文素波石印本。

蔡君介绍义务女学刘、高、郭三教员来谈话，解决小学困难问题。关于教、训两方者，约谈半小时而去。刘芳为廿三年前义务女学在筷子巷四公祠时，曾听余演说之学生也，后在江西女师第一届毕业，在景德镇任校务十余年，今还母校服务。

余往海国春晚餐，是晚为张哲农、谢颐年两君为主人，故餐后偕柏庐厅长，步月东湖而返。

三日，往西大街财政厅访吴秘书晋成及朱庶务鹿鸣。久谈，并参观财厅署，知此为昔藩署之东屋所改建。因询及藩署中旧有明娄妃所书“屏翰”二字真迹今尚存否，知尚保存在高等法院中也。盖藩署旧屋已改法院矣。吴、朱二君邀余午餐。餐后余即偕谢君颐年参观南昌市立实验小学。此校教室十五，学生九百廿八人。完全小学，共十五级。经费每月一千四百五十元。教员二十七人，级任十五人，科任十二人。校长萧兆麟，东大教育毕业。谈该校组织及训导、教学研究等等，约半小时。参观一周，建筑礼堂甚宽畅，学生自治活动方面，亦尚秩然有序。为南昌城中小学之佳校也。

偕蔚挺往东门外观新建之飞机场。以二十日之时间，征发民夫三万余人，建筑面积千八百亩之场所，周三十里，径十里。平丘陵，填沟洫，迁去村民三百余家。如此伟大之工程，为民国以来未有之大建筑也。蔚挺告我以某处为某所，今为某种之建筑矣。登小丘小立，蔡君遥指城内外之新建设。回首廿余年，沧桑之感不胜矣。

往心远中学，知熊纯老两日后将返南昌，故投刺而未参观，待纯老归，再来访晤也。因别蔚挺而返友竹花园，时适下雨，路滑难行，转辗两三里，又迷道，始绕行里许而返。

剑声中学熊琢如校长恢来谈，约余往剑声。余告以待两日后，当往参观也。吴、朱二君亦来谈，少顷皆去。闻缪校长日间亦来，余尚未还访。时间匆促，酬应忙碌，参观笔记，往往夜深未毕，精神颇觉倦怠。

四日往三眼井九号，访缪匡伯校长，视我以近作之诗五十余首，有甚佳者。同往省立女子职业中学参观，有英文教员刘君招待，导余参观校舍一周，崇楼三层，建筑恢宏。所见约略可志者如下：

校长曾女士，南丰人。校舍新建，合用。编制分染织、艺术、应用化学三科。学生染织组，四级，一百十七人；艺术组，四级，一百三十一人；应用化学组，四级，一百廿七人。教职员四十余人，经费每年五万一千余元。机织科之生产出品，不满四百元；消耗材料，不满二百元，相抵可余二百元。然学生学习时之材料消耗多，所出之品不佳，不能销售，且购置机器，上海购来之机，价昂运难。染色用之印花纸有三种：一南昌制，一上海制，一日本制。以南昌所制最不合用，盖质软而易于移动，致花纹不雅观，此则希望南昌造纸，尚须研究改良，以抵外来之货。应用化学之消耗尤多，所制化妆品及应用品，如肥皂、洋烛等，能多销售，则甚佳也。皂、烛制造工场，设备虽简，已敷应用，附属商店，办理亦佳。

杨立诚馆长来，偕往访蔡君蔚挺，同至杨君家中，邀晚餐。是日座客有山东吕敦亮、字葛侯，浙江蔡梦生、字翰峰，四川颜德基等。雨后乘车返寓。

五日，往南昌实验小学校参加周会，萧校长邀余演讲。余以人人有职业，处处开矿山为救贫之方法；惜秒阴，吃万苦为求学及做人之方法；不怕死，不要钱为救国之方法。既而观五年级学生表演，有武建伦，高安籍，十一岁，为周会主席，口齿清爽，语言流利。四年级学生涂宜俊，国术表演，姿势甚佳。

往省女中参观。校长刘恒不在校，有江教员澄，导观一周。询悉此校学生四百三十九人，经费每月四千零五十元。高中各教室上课，以生物学教室吴教员所授之植物、物理教室张教员所授之牛顿氏之运动定律及引力之定律，讲解较佳。初中各教室以周教员授化学、张教员授物理、上官教员授地理，均佳。仪器室、生物学实验室、化学实验室，设备均完备。大礼堂能容七百人，图书室有书两万余册，杂志二十余种。宿舍欠整洁。晤附小主任毛君礼锐，询悉小学十一级，幼稚一级。学生四百二十四人，教员廿一人，经费每月一千零三十元。周视各教室各女教员所授之课，大致尚可，唯稍欠精神耳。

此校为女子中学，两年后俟师范生毕业后，即为纯粹女中矣。唯江西仅有九江、赣县两女师，而南昌省会无女师，恐于将来小学教育谋普及似有问题。窃谓小学教师总以女师毕业者为宜，将来南昌似应专办一女子师范学校，尤为要事也。

往大金台青年会，应熊君琢如之招，午餐。座客有湖北方应尧、江西新喻刘建动、镇江余省吾、江西龙叔笃、黄光斗诸君。餐后，熊君偕余往其所办之剑声中学，先参观其师范部、职业部，有印刷、制牙粉、摄影、制粉笔、绘瓷各种。师范两级，四十四人。职业五级，四百人。今以校中驻兵，致学生不能按时上课，到校之人只有百余人，可慨之至。次往中学校，中学部学生四百余人，分十二级，见有三教室上课，英文、化学、物理三堂，余未见。此间亦有驻兵。女子部已并入中学部矣。小学部即旧时正蒙女学之校舍，亦有军队借住，上课勉强照常教授，唯秩序则大不如从前。附设小学在四乡者，约共四十校。内有十余校为本校有直接之关系者，其余二十八校，则用剑声薰名义，而剑声实际则略为遥主之耳。剑声以私立之学校，而所创规模甚宏，尤为可佩。惜各处为军队所借居，校中办事、教员上课，均感不便也。晚至教育厅，应蔡艺圃、柳藩国、欧阳仙贻、盛怀谷、贺鉴千、程干侯六君之约，在此晚餐。餐后偕柏庐先生步行返寓。

题蔡少卿稽醉轩诗存

大雅久不作，斯世慨沉沦。六朝习靡丽，唐代音超群。宋元气浑朴，明清堪比伦。叔季多悲感，新旧体纷纭。欲正风雅始，鸿篇基博闻。蔡君西江秀，庭训诗教勤。中年誉枏梓，拾遗诵先芬。卷帙裒然辑，方寸哀丝棼。海内徵题跋，老骥适贲临。捧诵未终卷，私衷钦乔枌。温柔敦厚旨，孰共论斯文。正音障郑卫，古音逸典愤。返本穷源境，经史腴耕耘。古今声律判，赋比贞淫分。际此据乱世，骚雅更胡云。遗篇范末俗，逸响扼行云。愧我风尘迹，浪墨曷堪论。回首九江谊，停桡未夕曛。拈毫扬洁德，拜手敬沐薰。勉书二十韵，聊以答蔡君。

余既题稽醉轩诗存，又题《彤史百咏诗》一首云：

中郎才调千秋艳，彤史辉煌百咏存。好作客途解岑寂，回环讽诵印深痕。

六日晨蔚挺来索题，余即视以昨晚所作艺圃尊人少卿先生之稽醉轩诗存两卷题词，又以口占五十六字赠蔚挺：

故人廿载不相见，旧地重游趣有余。乱世沧桑千劫梦，苦心弦诵九迁居。摩挲金石赏奇字，浏览丛残读异书。举目河山可堪说，与君坐对慨何如。

又有二十八字赠蔚挺：

旅居百感贮胸臆，消豁千愁赖故人。金石图书方寸里，融融灌溉劫余身。

往蔚挺图书馆观古砖，中有黄莽大泉五朱砖、汉君宜官用砖、永元五年作石砖、徐聘君砖等。（按：东汉永元四年为班固卒于狱中之年，此为五年。两边皆有花纹。又按：徐孺子，晋人称聘君。见《文选》。其文为“护军考尚书二府君墓在徐聘君”。砖文“在”字为反文，“徐”字为单人旁，“聘”字为身字旁，此皆待考者。）

又见《广东金石志》，为宣统年间宝汉斋主人，搜罗汉晋砖瓦铜石揭本，征求南海梁熙甫作骈文序。以汉元封剑、建武砖、永建砖三种为最珍，列于首页。以下即自晋武太康，以至安帝元兴砖，凡数十。典午而后，若宋元嘉、梁天监、大同、齐永明、陈太建，以及五代小南方强，如南汉白龙大有、光天、大宝各有数砖。此书虽为拓本，确实有价值之可言也。（按：白龙大有，为南汉高祖刘龚年号。光天为南汉殇帝刘玢年号。大宝有二：一大汉大宝，为南汉高祖刘龚年号；一南汉大宝，为南汉刘 钬）。此种拓本，为长江各省考古家所不易见者，故可宝之至。蔚挺赠余以永元五年作石砖之拓本一纸，记以志谢。

蔚挺出近十年所采集之赣省矿物标本，有特产十数种。

（一）钨矿：1. 产虔南新兴堡，大吉坑仙人井，矿质殊佳，与蔚挺昔年赠余以大庾岭所产之钨矿，其质量相等；2. 产龙南岿美山，面积有七十余里之广，均为产钨之地；3. 产崇义山中，钨质纯粹，与大庾所产相等；4. 产定南，钨质较轻；5. 产上犹，较定南为佳；6. 新丰亦有钨矿。以上六种，以龙南、虔南、崇义三处为尤佳。

（二）锑矿：产萍乡。（按：中国锑矿区域，以湖北、湖南发见最早。萍乡之锑，其脉或与湖南相连。）

（三）银矿：产上饶南乡，铁山岭内里子坑。虽非纯质，然分量亦有百分之二十外，须化验之，方知成分确数。

（四）锡矿：产寻邬县（原名长宁县）老坞山，质量不多。（按：中国锡矿，除云南外，广东、广西曾发见之。江西有此，殊为难得。）

（五）铅矿：产广丰十五都飞凤山，质量尚多。

（六）方铅矿：产龙南山麓表面，遍地皆发见此种质地。但观其形质似方铅矿，观其颜色，则为乌黑色，窃疑为钨矿之苗，或是他种矿质，尚待研究地质学者化验考订之。

（七）方解石：产龙南。

此外，蔚挺所采不下数百种，不及备载，兹姑略记此重要者以备研究。蔚挺更将方铅矿、方解石两种赠余，以备考。

蔚挺留余午餐，餐后略为休息，即偕余同往系马桩，往省立第二中学参观。适校长车驹不在校，待久，来一庶务某君，待巡行校内一周。询知此校教职员四十二人，学生高中六级二百四十人，初中十级四百二十人，共六百六十人，寄宿者三百三十人。经费每月六千元。见初中各级上课，以张教员授三年甲组矿物，讲结晶柱面、底面、剖面等，言语非常清晰，意义解释，非常明了。高中三年级第一组顾教员讲四川地理——二年级第一组蒋教员讲化学，均明了切实。宿舍则欠整洁，学生有昼寝者。科学馆设备敷用，布置整齐。管理仪器之员，招待说明颇勤实。图书馆阅览者甚多，书库太觉空气不洁，藏书一万八千余册，不为不多，唯须加以整理为要。学生劳作成绩室亦丰满，校训“勤朴肃毅”。大礼堂可容七百人，尚宽敞。

往访杨君以明，参观省立图书馆。由刘君郁文导往行辕，参观善本书，记录费三小时之久，另有记载详后。余在行辕，参观图书善本毕，下扶梯时倾跌于地，腰际及左足均感微痛。

偕蔚挺从跃龙桥乘小舟，棹西湖，渡小洲，登孺子亭。望滕王阁，已无片影，感慨之余，得诗一：

跃龙桥畔荡轻舟，双桨临流渡小洲。孺子亭高新建筑，滕王阁废旧春秋。沧桑变幻非还是，仕隐荆榛去或留。一榻遗风虽未渺，江湖满地使人愁。

往新建学宫，观汉石经残字六石，为翁氏重摹上石者，又有汉魏晋文字十种，亦为翁所摹上石者，今均嵌于一新砌塔中。惜为守者煮饭其旁，烟熏石质，恐有损坏，且塔窗之口，砖石已破，应设法保护之。

晚返寓，检视图书馆所记，遍觅不得，疑于一跌时漏脱，为之懊恼不已。略记日间参观者及所阅者，即睡。

七日晨，往蔚挺图书馆，为之补书所题砖志诗十首。因有错误，改正之，故又阅书数种，附志于下。

（一）《集古求真》。欧阳辅，字棠承著，石印本，十二卷，八册。绪言十五页，论金石赏鉴之非易，图书版本鉴别之难，历举社会之弊，非从多见广识、久有经验，不足以辨别真伪，言之至为详尽。民国十二年十月印于沪上，每部售价四元。欧阳先生今尚健在，闻已七十三岁云。

（二）《南岳志》。李次青重修，郭嵩焘有序。志分星度、图说、形胜、祠庙、祀典、前献、仙释、书院、寺观、古迹、物产、金石、艺文、杂识十四卷。余以图说、形胜、寺观、金石、古迹之五卷，于吾南登衡岳，最为有益，特借阅之，以为预备。（按：衡岳七十二峰，其最尊者为祝融、天柱、紫盖、石廪、芙蓉也。其次则莲华、岣嵝、峝岃、华盖、妙高、文殊、岳麓、回雁诸峰，均甚著。名泉三十八。赤帝峰下有南岳庙，其余有上封寺、太阳泉、云开堂、雪霁堂、水帘洞、飞仙桥、紫虚阁、南台寺、络丝潭、玉板桥、铁佛庵等古迹名胜。祝融峰最高处，距地九千七百三十丈云。（按：此数为古志所载，今之实测如何，未敢臆断。）

古迹之最要者，金简峰下黄庭观右，有金简台，为大禹藏书处。其次则周昭王锻铸五剑，各投五岳，以镇方岳。大篆书，长五尺。唐韩昌黎开云楼，在岳庙。懒残故居，在烟霞峰，名懒残岩。明张居正省心亭在岳路半山，今为半山亭。芝冈石室、祝融石室、紫盖石室、祝融峰后石门老女枧（数百丈皆凿石为之）、玉虹瀑布，在岳庙西南，双石峰北。玉蚌含珠处在黄庭观。石鼓书院，即合江亭故址，有沧浪亭为明沈鈇所额，即唐刺史齐映名合江者是。合江为烝、湘二水交汇处也。浩然台亦在石鼓书院。道卿台，在岳麓寺畔，为宋邹浩谪衡过湘，为长沙守逐之，寺僧迓之，后张栻筑台，朱子刻石，曰“道卿台”以表之（道卿为浩之字）。

又有三生石，为岳麓寺之一巨石，道人圆泽自谓三生为比邱，居岳麓，在此石上讲禅，后死于寺，事见《冷斋夜话》。

又在图书馆阅碑帖及砖砚两方，均有价值。蔚挺郑重出之，示余以年代来历，并说明种种。余特摘录其言如下：

蔚挺谓："广西南宁石城碑，此碑未知犹在否。古砖两方，为南昌瑰宝。而今竟为图书馆收藏，是为真难得者。"

广西南宁州七部会盟石城碑，按此碑书法似唐李北海云麾碑。碑端有喻怀信题记，云此卅七部会盟石城碑也。段素顺明政三年辛未，当宋太祖开宝四年，迄今八百七十余岁矣。康熙初掘土得之，为南宁最古石刻，旧在北门外武侯祠，怀信恐年久湮没，言于学宫及诸同人，移置城内奎星阁，嵌之壁间。俾好古者得以考镜焉。府教授刘承道等十二人记，余摘录之，俾此次往广西南宁时，为考察之资。

汉贾太傅井砖方砚，此为井砖半块所成，盖当年贾太傅长沙旧宅凿井所切之砖。后为王云樵于道光丙申，浚井而得此，制为砚。砖文一方为"大吉"，一方为"宜子"。"子"下有"孙"字之半笔，书法古峭，绝非伪造。想见当年造砖时所刻之文字，确为汉砖无疑。王云樵请汪啸云刻记于砚之边方。迨光绪丙子，汪啸云购归，新建夏献云识，刻于砚之又一边方。民国十九年，此砚又归于蔡君蔚挺，藏于蔚挺图书馆中，周谦题志。

汉富贵砖。此砖为同治九年，怀宁方朔得于金陵神策门外蟠龙山。边有篆文“富贵”二字，又有“富且贵”三字。因琢为砚，献至南昌梅考严方伯。今归蔚挺图书馆。边方隶书跋语为杨世贞刻。

蔚挺语余以广州有蔡寒琼、谈月色夫妇，考古博闻，有《艺觳杂志》之刊，封面用汉作此与众异砖，抟梅花为图。谈夫人善绘梅，故旁有“月色登徕”四字。余过粤时，当一访之，蔚挺当预作介绍书也。

是晚，余询柏庐先生之世兄及令爱等名及年岁，今在何校肄业，柏庐先生即写各人之名岁及所肄业之校名并班级一纸，余即录下以备遗忘。

长男名懋坪，十九岁，在上海中学高中懋业。次男懋士，十七岁，在南昌二中。三男懋堂，十二岁，有病，未入学校读书。四男十一岁，在南昌市立高小。五女州儿，五岁，在幼稚园一年级。六女宁儿，未满岁，尚在襁抱中。

余与柏庐先生之交谊既深厚，伊子女之名及年岁，当然须知之，以备他日晤面时，不致彼此不相认识也。余得诗云：“回首南天兵火中，怆怀乌石夕阳红。范公祠宇嵇公碣，患难交情澈始终。”盖昔年柏庐先生被拘尤溪狱中，余摄行闽教厅务时，适往乌石山，见范忠贞公祠及嵇留青先生祠，有壁间残碣，知当年冤死狱中状况，悲歌慷慨，读之凄然欲绝，不禁有安乐不足以见交情，患难乃足以见真性之慨也。今日思之，吾知所从，乃有今日柏庐先生之厚待，否则安所为生死患难交耶？噫！

江西南昌省立图书馆观书记

南昌图书馆，据东湖之胜，建筑恢宏，汇秘籍之珍，规模轮奂。费数年之设计，筹六万之金钱，为欧阳仙贻辛苦经营而成之，且自捐图书数百种，为个人捐书之提倡，公义殊可佩也。迄今馆中犹有纪念之书橱，珍示后人者。癸酉十月，余来南昌，访杨以明馆长于省教育会临时阅书室，由刘郁文君导观文库所藏善本书籍及普通书籍。分类之法，仍以四库旧例经史子集分之，费两小时半之时间，选阅善本十余种，约记其概略如下。

一、全馆藏书一万六千余种，十一万四千余册。

二、宋刊元印本一种（《东莱先生文集》）。

三、元刊本两种（《文中子说》及《豫章黄先生别集》）。

四、明刊本一百四十余种，阅经史子集各一种。

五、清殿本二十余种，阅《孟子》及《御订全金》书两种。

六、江西乡贤遗集，一千一百五十余种，阅《文山》《荆公》两集。

七、清抄本。阅顾祖禹《读史方舆纪要·舆图要览》一种。

八、江西各县志书，已有七十五县，尚缺六县。

九、各省府志十三部，已完全。

十、各省府志及各省省志，共四十余种。

十一、普通经、史、子、集，在第三层文库中者，约一万二千余种。

十二、新书均置省会教育会，约四千余种。

十三、《豫章丛书》现正补刻完成，将付印。

宋刊元印本

《东莱吕太史文集》。十五卷（别集六卷，外集五卷，附录三卷，拾遗一卷）十八册。吕祖俭、吕乔年编（按：乔年为东莱先生从子，有录后一篇）。黑口，每页十行，每行二十字。竹纸，有衬。内容分诗、表、疏、奏、状、札子、启、策问、策记、序、铭、赞、辞、题跋、祭文、祝文、行状、墓志铭、家传、纪事共二十类。

元刊本

《文中子说》。隋王通撰，宋阮逸注。四册。黑口，双线，竹纸，膝裤衬装订。每页十一行，每行二十一字。字清晰，墨色乌黑。有“任见龙印”四字，小方朱印。

《豫章黄先生别集》。宋黄庭坚撰，五卷。签有“卷雨楼”印。白口。页十三行，行二十一字。竹纸，有衬。内容分古体、律诗、六言挽诗、铭、赞、颂、序、记、律赋、笺注、书、表、奏、状、启、婚书，共十六类。

明刊本

《周易》十卷。宋程颐、朱熹本义，十册。上下黑口，双线。序页八行，行十三字。《易说》页八行，行十八字。字画清爽，墨色乌墨。棉纸。《易传》大字每行十四字，小字每行十八字。

《前汉记》。三十卷，十册。《后汉·荀悦纪》。此为明嘉靖佳刊本。白口。每页十一行，行二十字。宋体字之清晰，笔画之辟实，有“曾经东山柳蓉村过眼”印，妙华、仙馆两朱方印，“墨巢居士”小朱方印，卷雨楼亦有朱印。

《淮南鸿烈解》二十卷。汉刘安撰，高诱注。明佳刊本，六册。白口，单线，棉纸。页九行，行十九字。有“忠雅堂”三字椭圆朱印，“乾隆五十有七年遂初堂尤氏记”之长朱印，“村郭居士孚九藏书”“梁同书印”“啸剑山房”等朱方印。卷均有朱色圈点。

《嘉祐集》。十五卷，宋苏洵撰。明嘉靖太原府刊本，四册。知府张镗有后序。白口，单线，棉纸。每页十行，行二十一字。正楷有“书隐”二字之朱方印，“小月父”三字、“金相说印”四字、“竹柴”二字之朱方印，此系朝鲜人所藏。宋公威太史有校记云：“此本曾经朝鲜人所藏。丹黄满纸。甲子秋得于磨子巷罗芝仙处，亟命重装补。冬夜取四部丛刻景宋本，参以明十四卷本，粗校一过。时于徐潜遁方军正入城也。甲子十一月十三日公威校毕记。”

清殿本

《四书·孟子》。清内府仿宋淳祐本。每页八行，行十五字。开化纸，色洁白。字大，阅之令人爽心豁目。

《御订全金书》七十四卷。金元好问原本，清郭元釪补辑。黑口。单纸。每页八行，每行十九字。宋字清晰。有“泰和萧敷政蒲村氏珍藏书籍之章”之长印、“雪苑宋氏兰挥藏书记”之长印。

江西省本乡先贤遗集

《文山先生全集》二十八卷。明嘉靖刊本。十六册。丰城鄢懋卿编次。棉纸。序页七行，行十六字。本文页十行，行二十一字。有“奉新宋氏卷雨楼所藏”及“宋育德印”两朱印。

《王荆公文集》一百卷。明万历抚东上池王凤翔校刊本。十六册。每页十行，行二十一字。竹纸。卷三十六《江口》一诗末句“参差烟树五湖东”之“东”字缺。因寻听香馆本校之，爰为补写一“东”字，为今日第二次来馆补阅各书，补记各书之纪念，亦一阅书佳话也。

清抄本

《读史方舆纪要·舆图要览》四卷。清顾祖禹撰。四册。此书为临川李氏家藏抄本。红线格，细工楷。所绘舆图，用红线画成纵横二十方格，旁注小楷，及后附表，及说明，均工细之至。有“李翊烺所藏金石书画”朱印烂然，有“载密鉴灭洞”五字及“联琇私印”“小湖鉴赏”“春晖堂书画记”“理光李氏秘笈”等朱印。（按：顾祖禹为吾锡乡先贤也，今日见此抄本，亦觉愉快甚。）

《豫章丛书》。胡思敬（清御史）辑。共一百零三种。十六年（七三一事变）兵事损毁木版二百余块、五百余页，今由省图书馆雇工补刻完成，预约计二百六十四册。每部八十元。

余昨日偕蔡君同往观书所记之稿，折藏衣袋中，岂知在下扶梯时，从明亮中走入黑暗里，阶级高低，一不慎即自上级跌下平地，幸刘君挟我左臂，始未全身倾跌，仅以右手撑住地面，而左足大指则震及左股，稍觉酸痛。迨晚返寓，而所记观书之稿，已不知漏脱何处去矣，为之怅惘甚，或于一跌时漏去，亦未可知。因一夜未得安眠，今晨即函约杨馆长，再约刘君，同往文库复观昨日所观诸书，完成吾记，嗣得杨君复片，午后准待同观。盖图书馆现为蒋氏行营，出入不易，故非预为约明，不克入观也。是以今日午后即往教育会，晤杨、刘二君，仍由刘君导入行营，登四楼，启文库，详观昨日各书，一一记载，且多阅清抄本，又为吾锡乡先贤之书。《豫章丛书》拟为镇江省立图书馆购办。今日所得，较之昨日为多。塞翁失马，安知非福。是则昨日之一跌，致成今日之斯记，未始非所得皆从所失者来也。附识数行，以志两日之得失不同云。（七日晚补记）

参观省立图书馆临时儿童阅览室。女指导员二人，一王姓、一杨姓，月薪每人二十元。儿童图书约三千余册。每日阅书儿童，阅连环图说者甚多，年龄最大之儿童十四五岁，最小之儿童七八岁，每日平均约一百余人。

偕缪匡伯往省立第二职业学校参观，晤校长罗九经。询悉商科五年制，教职员三十人，学级八班，学生三百十余人，经费每月三千五百元。实习有银行及商店。银行组织，由校中师生共同组织基金三万元，教员则每人扣月薪百分之三十或四十元不等；学生则毕业生每人视家庭状况而定，多则数十元，少亦十元；在校学生则十元五元不等。三年以来，校外行政当局及商界、医院多有投资者，兼办农民借贷所。暑期内有借贷一千七百元之谱，由乡长保证，确为农事之用方准接洽借贷。现与各处往来约有十数万元之谱，各方储蓄有四万余元，学生储蓄有四千余元。学生之利息则特别优待，有九厘者，教员储蓄则照普通银行一律待遇。营业发展，规模完备。余参观后，钦佩不置。

八日程柏庐厅长邀省府罗肖华（又名一东），借省府汽车，偕余同游青云谱，程夫人与郑太夫人乘车同往。先至烈士墓，建筑崇隆，纪念塔巍然云表，高约十丈。塔前有陆军上将靖安胡祖玉墓，塔后有烈士墓三，塔右有一亭，塔左有屋三间，为休憩之所。继至新麻风院，有蒋君连升招待导观一周。此为教会中所设立，治疗室、病院、贮藏室、食堂、娱乐室、真光堂、篮球场、药品室、办事室，设备完美。病室分三处：第一病室为麻风初期最轻者；第二病室为麻风二期较重者；第三病室为麻风三期最重者，凡入此病室者，已不易治矣。此院地方空气尤为新鲜，最宜于病人之休养也。

至青云谱，又名青云圃，此地离城十五里，为南昌秋游第一佳境。近日又为著名之五株桂盛开之时，照例游人甚多，但以日前有军队借住，致游人较少。今军队已迁，桂花盛开，吾辈来游，恰是佳日也。（按：青云谱为道观，创始于周王子晋，迨汉梅子真为南昌尉，尝隐居于此。晋许旌扬拓其基业，而弘净明忠孝之教。唐太和五年迎万振天师，而道基愈固。明八大山人朱良月，黄冠草履，栖止于此，且邀其友四人，共修养焉。后有马道人挂瓢于此，六年不语不食，化鹤飞去云。）搜认残碑有三：一为康熙四十二年戴某撰记，一为嘉庆二十年戴均撰记，一为近代所记。入方丈室，有名人书画，如陈散原之诗，郑壶叟之菊花，清道人李湘琴、包敬伯等之联。道士招待茶点。游览花园，略有种植花卉蔬果及溪亭藤架，颇具曲折之致。余询及八大山人之遗迹，则指视“众妙之门”四字，于二门之内额。大殿之右供有画像一幅，左为八大山人闭目静坐，右为其友秋月，手执拂尘，亦静坐焉。少顷，道士出八大山人遗墨三种，指视余等。一为八大山人题画之诗：“朝上青岩台，暮宿临洺下。游仙再下翔，门外两骑马。”一为八大山人所画之枯松一枝、八哥一对，此幅神气活泼，不同凡笔。一为他人为八大山人所绘之小像。闭目冥心，默坐无语，服故衣冠，若有所思。此像既得神妙之态，又见静穆之真。纸亦破碎不堪，有三跛道人王泽孔题赞。二百余年前古物，至可宝贵也。

又见廊壁嵌有石刻八大山人所书之联语：“谈吐趣中似含

道，文辞妙处不离禅。”十四字，旁有跋语，为绍兴陈治（伯子）所藏之八大山人遗墨。有此联语，因勒石于此，以留遗迹者。

殿右有戒钵四，锡质，八角式，嵌八卦花纹，乃铜质。两廊房所陈列之字画，有为人撕去者，颇为可惜。

前庭桂花，香溢殿阁。所谓五株者，乃一桂分裂有五株之形。观其包于外面之外皮，觉仍是一株，其孔隙破裂，内藏五株耳。周围约三尺，直径约一尺。柏庐先生与余及罗君摄影于桂花之下，以留纪念。是日余得诗四首：

斜风细雨酿深秋，犹有黄花壁画留。（柏庐先生之岳丈郑壶叟先生所绘之菊。）记取吾侪坚晚节，干戈满地黯神州。

朱明遗老溯当年，草履黄冠思黯然。一代兴亡三百载，摩挲谁为劫灰怜。（清康、嘉两碑，叙述道观史事，多迷信语，不如八大山人之片字只句为可珍也。）

八哥对语老松枝，俯仰天空痛欲呼。一点丹心无着处，泪痕和墨寄怀孤。（此诗专为八大山人所画之八哥枯松而咏，即为题八大山人遗画也可。）

吹笙子晋久茫渺，植桂仙人去不留。草木也知能合作，五株一气自千秋。（丹桂一株，相传为仙种，固不足信，即五株并作一株，岂非合作千秋耶。）

熊琢如校长来邀柏庐厅长与余往观彼所办之心传小学两

校，一在青云圃，一在石马，相距约二里。因步行田垄间，适斜风细雨，扑面而来，衣襟为湿。熊校长谓三十里范围中，有小学十所，每校学生三四十人，并附设民众夜校，石马有学生八九人，柏庐厅长将教科书问其能讲否，各生皆能还讲，语义清楚。此诚难得。

往莲塘，参观省立便农乡村师范学校，晤教员周礼，字少仪，为无锡教育学院民教系本年暑期时毕业，招待参观一周，地方清旷，校舍新建。校长涂闻政丁艰，不在校中。教职员十七人，学生二百二十余人。附属小学三处，学生五百余人。农场设备亦甚完全。承周教员赠以该校出版之《民间歌谣》两集，《便民杂志》四册。午后返城。

莲塘离城三十里，此地本名乌龙岗，现改任农岗。

九日，柏庐先生邀余往教厅，在本日纪念周时讲演。余愧无所讲，仅将九江、南昌参观后之感想，演说约一小时而已。

午后柏庐先生赠余《同游青云圃》一诗，余即步其原韵：

一天风雨幻朝暮，满地江湖独往来。洲访百花尚迟滞，香开丛桂已先开。青云有圃游方畅，白日挥戈志未灰。欣赏遗民书画迹，流连忍即策车回。

附录柏庐先生原诗于后：

已无高阁临江渚，愁对西山暮雨来。难得中秋迎客到，同游老圃看花开。文辞谈吐观禅趣（明宗室有八大山人以黄冠隐此，有“谈吐趣中似含道，文辞妙处不离禅”二句），碑碣图书认劫灰。廿五年前风化地，冲峰定见首重回。（前曾视学赣省五十余县，今重抵南昌将作南岳之游。）

晚为蔚挺题《明乡贤遗墨》跋语，复系之以诗：

西江文献古名驰，矧是乡贤手泽遗。一卷蟫编留墨迹，几人尘咏寄哀思。庐陵祖德千秋著，太学高风寸管知。五百余年印泥艳，愿君什袭宝藏之。

十日，今日为双十节，二中车校长来邀余往二中参加双十节庆典，并演说。余即略讲教育救贫、教育救国等语，演说约两小时毕。车驭钦校长及邓起瑞、顾菱生、杨薰涛诸教员，皆索余书画，余即口占数诗，嵌各人姓字于其中以赠之。

愧我风尘漫游久，此间握手至钦迟。舟车劳顿唔言快，驾驭陶融兼顾之。（赠车驭钦校长，嵌姓字）

邓国虽云小，西江支派多。潜龙起大泽，瑞霭满山河。（赠邓起瑞教务主任）

回溯小蓬莱，乡思杨柳催。江涛吹过处，薰沐百花开。（赠杨薰涛教员，杨君上饶人，小蓬莱在广信，余曾题诗其上。杨君曾毕业广信中学，与车校长为同乡。）

余为车校长指画墨竹题二十字：

潇潇两竿竹，晚节贵坚贞，风雨鸡鸣夜，相看励此生。

回顾廿年尘事杳，百花洲上纪遨游。菱风芰雨多生趣，教育休闲环境优。（赠顾菱生训育主任）

驹光容易如梭掷，骥足奔腾似梦过。挥手明朝又言别，车尘依旧莽山河。（再赠车校长驹，此嵌姓名）

午餐在二中食堂与全校师生同餐。体育教员呼口令，全体立正。一学生代表出席中立，向校长、教员行一鞠躬礼，然后坐而就食。此为军队化之食堂，亦一特殊之规则也。

往蔚挺图书馆谈话，将前日蔡君索题之明乡贤遗墨及借阅之《衡山志》奉还。蔡君痛谈中国教育之改良，以为任何潮流，非从师生一致吃苦耐劳、勤勤恳恳、朴朴实实入手，养成真正国民不可。最难者，数十年来殊少真正合作之人，颇觉孤立无援，亟亟不可以终日。义务女学，今年二十六年矣，拟待三十年时，将此校交与女及婿办理。蔡君询余慰女在大同何时毕业，余告以尚须两年，唯毕业后如何，尚未准备。至于孤立无援一语，及殊少真正合作之人一语，尤觉令我闻之感慨不置者。盖余之竞志，本亦待明年将三十周年之结束，以送赠官厅或社会。唯亦感于孤立无援，殊少真正合作之人，故犹踌躇满志，无可如何者也。蔡君谓："际此风雨鸡鸣，难得数十年之老友，旧地重游，商量教育。余亦五旬有七，发苍白而垂垂老，睹此世乱兵荒，在西江一片土，果何以自存？是诸问题，皆望老友商榷指导者。"余不禁为之喟然长叹而答之曰："吾辈尽力做去，坚我意志，认清目标，一息尚存，不容稍懈，本此始终如一，以待如何可也。至于民族精神之提倡，在教育上尤当以根本，家庭之孝友，及国家报仇雪耻之决心，将其种种事实，均编入小学教科书中。而国学之提高、科学之精进、文化之发展，应如何与世界交换知识，打成一片，大同之望，精神物质之合一。任何潮流变革，自有其时，而吾辈只在提倡而已。”后蔡君示我以数种书籍，又复使我浏览不忍释焉。

（一）《欧阳文忠公集古录》精抄本，为嘉庆二十一年晚香居士汪镛手抄。起于丙子三月三日，断手于四月十日，可见古人勤于抄写，以一月之光阴，手抄十卷之书。字之工整活泼，可爱之至。此录为文忠于嘉祐八年七月二十四日成书。自序所采自周讫五代，凡十卷。原有千种之碑帖，后为散失甚多。此为两册。

（二）欧阳文忠《集古录》，跋尾四首为真迹。计《汉西岳华山碑》，次《杨公碑》（此碑《集古录》抄本中即无此碑）。次《平泉山居草木记》（此记《集古录》抄本中缺“山居”二字）。次《陆文学传》。此四篇皆欧阳文忠墨迹。后有米南宫、赵德父、韩之吉、朱文公、尤文简公、洪容斋诸公题识，诚瑰宝也。公之三十一世孙成、武二人，借印珂罗版传世。今原本墨迹，珍藏于北京朱艾卿师傅家中。余将二书校之。《平泉草木记》抄本中多三行半，计六十四字。《陆文学传》，则原本多“独《茶经》著于世尔”一语。又抄本中有唐侯喜《复黄陂记》。韩昌黎先生甚称侯喜之文辞，而世罕传其文。以余所得，仅见此碑而已。

（三）《隶释·隶续》，共二十七卷，宋洪文惠公适著。上自建武，迄于黄初青龙，而以典午所刊张平子一碑殿之。珍视欧阳修、赵氏（明诚）两书，尤为精核，是以《集古》《金石》两录，其价值固卓绝千古，后人以《隶释》侪于《集古》《金石》。称为“考古三珍”，故欧阳、赵、洪三公，足为考古金石之圣者欤。

（四）文信国公小影及札子一首，珍藏于吉安文氏后裔家中，不轻以示人。兹为珂罗版所印，公像平远精神，与他处所见不同。有蓝岩题云：“半夜风雷摇海岳，高秋霜露冷乾坤。千秋几许惊心事，知是先生正气存。”

（五）《谢叠山先生诗传注疏》，原本已佚，此为光绪初年重刊本，版藏北京豫章别业文节公祠中，江树畇校注雠。闻此版在北京亦已散佚，其内容疏解诗意，多从真性情中流出。如《无衣》一章，疏云：

幽王没于骊山，此中国之大耻，周家万世不可忘之大仇也。读文侯之命，可以知诸侯无复仇之志矣。独《无衣》一诗，毅然以天下大义为己任，其心忠而诚，其气刚而大，其词壮而直。吾知岐丰之地，被文王、周公之化最深。虽世降俗末，人心天理，不可泯没者，尚异于列国也。秦国之诗，何人所作？千载而下，闻其风，莫不兴起，况亲炙其人乎？

《蓼莪》四章疏云：

天生万物，其恩无穷，万物无能报其恩者。父母生子，其恩如天之无穷，子亦无可以报其恩者。此章形容爱子之心尽之矣。父兮生我，如天之生物也；母兮鞠我，如地之养物地。拊者，常以手抚摩其身体，察其肥瘠，忧其疥癣也。畜者，有亡聚之义，谨其出入，察其起居，藏之堂奥之中，不敢纵之门庭之外，唯恐其疾病也。长者，如南风之长养万物，调和其身体，滋养其血气，寒则暖之，暑则凉之，饥则食之，渴则饮之，疾病则药之，日夜望其长大。育者，如《易》云育德，孟子曰："教育英才，涵养其德性，发舒其志气，开导其聪明，日夜望其成人。"《书》曰："若保赤子，心诚求之，无事不顺其意也。"顾者，父母行而儿不随，则回首以顾之，如有所遗也。复者，儿行而父母不随，则追寻而唤之归，如有所失也。出入腹我者，怀抱其儿于腹间也，父母有所往，将出门，怀抱其子，而不肯置。人能深思"生、鞠、拊、长、抚、育、顾、腹我"九字之义，必不忘父母之恩矣。

（按：如此疏解其义，读之能不令人油然起孝亲之心，此王裒所以读《蓼莪》而痛哭者，其哀思必更有甚于此者在也。）

九江之城，既拆卸无余。余方访其城砖之有文字者，不可得也。余来南昌，询及蔡君，即视我以九江城砖六：一水军砖，当时九江为水军屯扎之所，故有此文字；二前军砖；三中军砖；四后军砖；五左军砖；六右军砖。此五种之砖，为前、后、中、左、右军，是乃陆军。想九江造城之始，或由各军担任造砖，筑城工料，悉出于军力，合水、陆各军之工兵，以为之者，未可知也。至其年代及工程之究竟，询之蔡君，知九江之城始于东吴周瑜所率水陆军共同建筑者。是否姑待考焉。

返寓，见柏庐先生示余所藏玉鉢[①]拓片。盖墨拓一玉印，其文五，不可识。有端匋斋跋语。谓此为燕将将渠之鉢，为匋斋所藏印中第一巨观。是鉢出土于易州，初归南浔顾氏，继归吴愙斋中丞，转入匋斋之手。有杨晋羲题云："易水悲歌惨不春，金台无复见嶙峋。土花剥蚀遍难掩，想象当时引绶人。"（燕王欲伐赵，将渠引王绶而谏之，遂止伐。）"信鉢留遗识将才，释文至竟费疑猜。雕虫未是男儿事，金印煌煌入手来。"

程洛安先生志和，即柏庐先生之尊人，亦有题云："有相栗腹不可相，有将卿秦不可将。从容一行解重围，老成气作山河壮。吁嗟引绶才数言，当时那识长城障。赫然巨鉢世几经，千百摩挲古味盎。"

（按：此鉢高一寸余，钮有一孔，纵横一寸四分。其文为"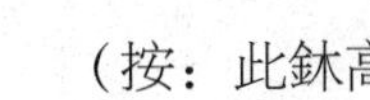"五字，余往蔚挺图书馆遍查字典，只有钵、鉢而无鉢字。待考。）

晚赴教育厅应谢未之（康）之招晚餐。餐后参观教厅音

① 据下文，为印章别称。——编者

乐会，中西音乐，各有极优美之弦管及钢琴独奏，梵哑铃[①]独奏、合奏等。中西歌曲，嘹亮入云，令人欣赏不置。继而开有声电影，有滑稽片中含痛失东北四省及航空救国之表演；均足以引起观众之爱国及哀矜之念。返寓已十一点钟，谢颐年君假我以电筒，始于戒严时代，得以通过友竹花园之警卫者。

音乐会

艺术天然美，声容陶醉时。中西原一贯，视听耐三思。高彻云霄远，低沉海曲迟。欲知真妙处，回味寸心知。

有声电影

滑稽电影耐寻思，处处教人笑不支。东北忍看沦异域，航空救国报仇时。

十一日赴教厅，携柳秘书介绍函。承张哲农君陪往德胜门外，参观豫章中学、葆灵女子中学，至为满意，所见录下：

一、豫章中学。校长夏家铣、教务主任蔡智传两君殷勤招待，告余以校况，赠校刊及《琼思》年刊并章程各册，知学生在本学期为二百零一人，住宿者一百零二人，经费年支三万余元，教厅补助每年二千四百元。学费虽收，免费者占四分之一，毕业生升学者占百分之七十二，内有百分之十出洋留学。对于训教合一之实施：教员与学生饮食同在一堂；课外动作：游戏及劳动工作；寝室之秩序：非常注意，于起睡之时间及睡

① 即小提琴。

后之安静、起后之整洁，平时非假不出门。各种研究会甚见指导有方。自治会与级会亦严密。目前校中正在试验者，养鸡场之办法。场之面积约十亩，鸡房之高七尺者四座，所养黑白两种——黑者为中国种而携往美国生养者，白者为意大利种。有雏鸡室，高亦六尺余，外有铅丝结网之雏鸡运动场。孵鸡箱有三，每箱可置鸡蛋六百个，其温度以华氏一百零三度为标准，过犹不及，皆不能孵化小鸡。又有鸡之病室一所，离雏鸡室百步外。蔡君谓养鸡有两点意思：（一）刻正在研究时代。（二）将来为生产之希望。余告以研究须设法能传布农村，改良养法，增加生产。蔡君以为然。夏校长又示余以学籍簿，分每人一页，不仅姓名籍贯、曾肄业何校，且于每学期在校成绩及其他一切，均登载是页。纸用厚纸，两面书写。全校学生，新旧均在此纸，一查即得。此为行政上可取法者。

二、葆灵女中学校。姚校长他往，王舍务招待。亦承赠以三十周年纪念刊及自治会刊。导观中小学各部及食堂、图书室、工作室等一周。教授之最佳者，甘女士教授高中一年级地理。指地图与学生详观，问答移民问题，往西北蒙藏开垦之能否实现，结果发表意见，并不同于课书上之所言，是用教科书而不受教科书限制。对于移民西北之问题，大可供移民之研究者。以为西北有沙漠、冰雪、高原气候，种种不同之点，非可与某君所言之乐观，颇能引起学生自由研究之思想。又对于侨胞问题，对于南洋美、英、荷三属之殖民地，问语尤为详细。

学生答语思想亦佳。王家媛女士教授高小六年级音乐。王舍务云，王女士为朝鲜梨花大学音乐科毕业，在此担任乐歌及家事两科。又见一美国女士教授高小五年级英文，指名起读一二句，或拼字，令全班随读。又令资质不佳者，立教桌前看书随读。以一老年白发之教员，恳挚和蔼笑容可掬之态度，对于幼年学生辨别字音、矫正错误，不厌烦琐，尤为难得，更可为吾国少年性躁之女教员为模范也，可佩之至。

返寓午膳后，往蔚挺图书馆，蔡君赠我以魏征象笏拓片一纸。笏有铭，有“御书赐魏文贞公笏记”九字之印。其长一尺二寸，上方一寸二分，下方一寸六分。余题二十字于纸角云：

一代承平治，千秋骨鲠臣。物因人正直，片纸亦堪珍。

蔡君又赠我江西先哲谢鸣盛《范金诗话》及《非醉轩诗草》《缝隐尺余草》等六种。余此次来南昌，蔡君赠我多珍，不能不有诗感谢之。爰写五律一首、七律一首以报之，并以话别。蔡君款以晚餐，蔡夫人、胡女士出见。谈女子教育之困难，余又绘指竹以赠蔡君，并题诗录下。

者番棹江右，重访故人家。国难凭谁话，年光慨物华。世情知莫测，友谊感无涯。肝胆真诚见，鸡鸣风雨赊。

乱世生存愧谋拙，救亡教育叹才难。苟全性命原非计，历溯艰危忍乐观。孤立无援言可痛，咸知合作策将安。他年握手重相见，俯仰应教宇宙宽。

醮将指墨写双竹，聊寄吾侪晚节贞。风雨鸡鸣方共警，相看此纸励平生。

余读《范金诗话》，中多深刻有得语。论古人诗句诗法诗节有独到语。读缝隐诗，余尤奇之，因得二十八字，题于《缝隐尺余草》后：

春日融融一线长，工夫分寸积昭彰。倘教丝缕不相接，浊世金针枉度忙。

十二日，余拟收拾行装，明日赴九江。柏庐先生留余过十五日行，诺之。上午整理日记，未出门。下午蔚挺来，闻余尚有四日句留，快甚。携赠余小幅，写金溪谒象山先生诗二十八字，又以余所题文、黄、谢三先生诗之铅印纸稿还余。因见余所题三诗无底稿，故将旧印之稿贻余也。又附余金溪翠云寺题词，只有“炎凉莫误清高节”句，噫！余所题词，全稿不知何往，今由蔡君传来，仅此七字，亦云可珍矣。

十三日，本拟束装离南昌，柏庐先生留余过十八日，待十九日同行。盖柏庐先生欲自往九江查视学校也。午后往蔚挺图书馆看书。

晚为义务女学各教员指画墨竹六纸，各题以诗，并嵌其名，颇见巧思。录下：

为刘教员册薰指画墨竹题二十八字：

乘凉北牖南薰至，秀竹欹窗绿影遮。闲坐且将书册诵，双竿摇曳日初斜。

为高教员韵涛指画墨竹题二十字：

伯喈有高弟，风韵自端凝。尽使波涛险，安居最上层。

为胡教员剑青指画墨竹题二十字：

菉竹漪漪影，临风入户青。雄心思国难，书剑两叮咛。

为聂教员益清指画墨竹题十六字：

孤竿凌云，老叶披纷。清风皓月，益见超群。

为姚教员志仁指画墨竹题二十字：

片片叶浓淡，时时懔义仁。吾侪能志道，君子有斐真。

为郑云英指画墨竹题二十字：

凛凛风霜节，英英雨露姿。一竿云直上，分荫日斜时。（蔡君云：无意中暗合郑女士之身世人格。）

蔚挺代吴兴许谷人君浩基赠我《文文山传信录》四册，《年谱》一册，《郑延平年谱》一册，另有《粤西金石录》四册，须缴价两元，为赴广西预备搜访金石之用者。晚餐后，蔚挺以电简送余返寓。

十四日上午写致各处信函，并附拓片、碑帖寄回无锡，以省旅行之携带。午后往蔚挺处阅书。又为义务女学诸教员索书索诗，因各酬答之。

为胡耿甫指画墨竹题二十八字并嵌“耿甫”二字于诗中：

殊勋盖教仲山甫，薄艺应惭夷监生。聊把指头当椽笔，一竿耿耿励风清。

为蔚挺指画墨竹题二十字：

风雨鸡鸣夜，胸中忆渭川。满腔悲感意，指墨洒灯前。

为刘册薰再绘竹。因刘教员亦善指绘，梅花两幅，一赠余，一赠内子冰兰，余因重醮指墨以绘之，复题诗以嵌其名交换。梅竹皆指绘者，诚韵事也。

愧未涵濡书万册，聊挥指墨竹双枝。南薰已过秋风老，换取梅花十月姿。

为聂益清再画竹题二十字：

直欲干霄上，萧萧似有声。倘逢风月夜，益见影双清。（蔡君云：无意中暗合聂女士之夫号廓清。）

为胡剑青女士指画墨竹复系之以诗：

指墨淋漓别浓淡，孤竿秀逸托坚贞。窗纱风动青灯影，似听萧萧剑有声。

为高韵涛再画竹题二十字：

莫道孤竿瘦，须知志节高。秋风吹有韵，静夜似银涛。

为熊寂梅指画竹题二十字：

孤芳虽自赏，枝叶总纷披。幸共松梅友，应无寂寞时。（蔡君云：无意中暗合熊女士之环境及身世，巧极之至。）

为蔡远同画竹，因宣纸墨晕，竿则指绘，叶则笔绘，亦嵌“远同”二字题二十字：

笑予指与笔，绘法不相同。神到心随意，抚疏远近中。

为蔡蔚挺先生用笔绘山石及竹题四言八语：

幽谷幽谷，瘦竹瘦竹。石上离离，谁是我屋。放眼天空，纵观横瞩。吾与蔡君，志同可穀。

第五章　南昌续志

余来南昌，承柏庐先生、蔚挺老友，两人之惠我实多。屈指光阴，已越两周，见闻所及，足以资我记载者尤为不少，是以余之留恋南昌，不觉迟迟行期矣。

是日（十四日）往教育厅观柏命敦球[①]之练习。柏庐先生邀余入场，一同练习。余觉比网球更为难打。盖其球为软木及羽毛所制，易为风所吹压，但质轻而不用力，四肢自有运动之功效，最宜于年老之人及妇女，而青年男子亦可用之。此球为英国新创者，此间由青年会体育部一英国人提倡之。

蔡君视我以两书，有不可不记载者，即赵德父之《金石录》及叶鞠裳之著作也。

宋赵德父先生《金石录》。目录十卷，凡二千零三种，跋尾二十卷，凡五百二篇。上自三代，下讫隋唐五季；内自京师，达于四方，遐邦绝域，悉载靡遗。（按：赵公名明诚，东

① 即羽毛球。

武人。其夫人李氏，名清照。有后跋，历序赵公之生平。校对考证，夫妇同之，中经金兵之乱，迁徙流离之苦。迨赵公殁后，李夫人又转辗运载所藏图书、金石，失失八九，而慨叹痛惜之状况，言之扼腕。跋语曲折详尽，有一千九百余字，皇皇大文，委婉可诵。）

《邠州石室录》。吴郡叶昌炽辑释，吴兴刘承干校刊。（按：邠州为甘肃境，离邠城二十里，曰大佛寺，即唐之庆寿寺也。石室累累，皆唐宋元人题刻。此则叶鞠裳先生视学邠州时所得之拓本，而摹之者共三卷。）

《语石》。叶昌炽著，凡十卷。搜罗广博，考据精详。凡欲研究金石学者，不可不读也。

十五日晨起。因今日为柏庐先生四十六岁生辰，故昨晚颇想作诗以寿之。乃夜间梦中，忽得“朝从东海来，暮宿西江畔。盛会宴秋深，刚逢日之半”四句。醒而接咏以成之，得三十二韵，录呈柏庐先生，即为今日敬祝生辰之诗。录下：

朝从东海来，暮宿西江畔。盛会宴深秋，刚逢月之半。亲友祝长春，雅乐歌水畔。我亦捧一觞，笑语无羁绊。忆昔旅闽时，政变曾蒙难。月冷洪山桥，云迷尤溪岸。六鹢愤退飞，荒鸡欣叫旦。风雨廓然清，云霞赫然灿。再策马江鞭，复操焦尾缦。闽学感重新，教绩南州冠。调绾故乡符，赣水右文焕。惓念夷门情，老马识途惯。驰书江之南，春日诵赐翰。践约总迟迟，盛意殊惭汗。八月溯江流，征途幸不惮。旧地又新临，风尘游汗漫。高谊徐徵君，下榻感宾馆。青云偕畅游，丛桂笑相看。摄影共徘徊，访古劫灰叹。遗老迎朱明，墨迹欣赏玩。归赋新诗成，句炼意尤锻。步韵勉相酬，自愧云泥判。流连风景多，骊唱已催唤。维絷太情深，欲去犹留伴。适逢岳降辰，置酒悬灯灿。梁孟双齐眉，弧悦相举案。明道仰传薪，康成溯绛幔。一醉小春天，合上东方赞。梅信暖初融，华筵张未散。人生离合缘，屈指犹堪算。险韵卅二成，芜词愧浩瀚。

是诗录送柏庐先生后，遍送本日来客传观，认为尚有意味也。

柏庐先生告余以其尊人洛安先生，昔日在端匋斋幕府多年，交谊至深。匋斋殉难后，曾有联挽之云："大节千秋，论就义从容，文山阁部。生刍一束，痛交情生死，徐孺陈蕃。"此联可称绝佳——不但文字意义，均臻上乘，更且一望而知交谊之深，真性情中流出之语也。

十六日午后，皆蔡君蔚挺同往江西省党部开飞机场掘获各种古物展览会，参观所陈列者，爰记载如下：

（一）砖石类

（1）墓志铭

（子）宋故张氏夫人埋铭。侄进士张澥撰，表侄成忠郎、两浙东路安抚使司准备将领卢行已书。澥所撰文中言张夫人为澥之姑，熊元鼎之夫人。寿六十有三，嘉定二年九月殁，十月葬于南昌城东偏熊氏先茔云云。铭曰："'从尊章'，养下泉，死不亡，施后昆。”

（丑）明故淳静郭公墓志铭，正德二年立此碑。

（寅）明嘉靖时立碑，宋皮冠之夫人，碑文为亡妻庄介三孺人墓志铭。李氏为皮冠妻，冠自撰墓志铭。铭曰：“猗吾妻，懋女德，流孝顺，光壶则，克慈惠，宣贤式，吾数奇，汝逢革，儿有闻，嗟何及，惟追贲，声无极。”皮冠为宋参知政事、资政殿大学士。迄明嘉靖时，十三世孙某重立此碑，以垂久远。

（卯）北沙罗公朴轩圹志铭。此为隆庆六年所立之碑，碑额及墓志铭字皆用朱砂嵌之，今犹朱红显然。

（2）券文

（子）明成化年安葬地券文。文内所述地亩价目及某年月日安葬某某、吉祥显著等语。

（二）铜器类

（1）瓶。有一铜瓶，色绿，有耳环二，式方，中腰宽，此系宋代铜器。

（2）镜。有铜镜四：（子）为宋铜镜，海棠瓣式。（丑）为明铜镜：四乳铜镜一，八角铜镜二。

（3）手握小铜镜。其形为一小圆镜，背有八卦，下连有柄，此为古人压胜之用者。

（三）玉器类

（1）玉镯六，均为白色羊脂。

（2）玉簪一，色洁白甚。

（3）玉盒一，似印泥盒，色亦白。

（四）瓷器类

计大小瓷器三十余件，佳者甚少，类皆明代瓷器。有一二瓷瓶，望之如元瓷者，其色泽尚佳。唯以隔离太远，稍觉不甚清楚，故不能断定是否元瓷，可断定绝非宋瓷，或者非元瓷，即明瓷矣。

（五）陶器类

计大小瓦器五十余件，内有质佳而式不佳者，有式佳而已破损者，有质料似佳而形式不佳者，均在考古者详细认识之耳。蔡君云，此种瓦瓶，大抵在坟墓中作衣饭罐者，故不甚稀罕也。其余各种瓶罐，亦多损破者，而完全无损者殊少。

总上所参观者，当以宋碑及明墓志铭为最有价值，其次则铜瓶、铜镜，再其次则玉器、瓷器、陶器也。

往大安寺观铁香炉。此炉为吴太和十一年岁次癸巳七月十五日铸，重一万二千斤，永供大安寺大殿，高八尺余。檀越主[①]郏亭大王，证因僧智玄，信士吴少千、熊超、周弘杰等，信女罗大娘、袁大娘、戴十三娘等。

往佑民寺观铜钟。此钟为南唐保大十一年铸，重量无考，字多模糊，唯“南屏大王”四字尚清，大约为铸钟之檀越。按：此寺旧名为佑清寺，今人改为佑民寺。此钟在民国七年特

① 即施主。

建四层高楼，吊钟于最上层。建筑费约一万元云。

按：大安寺铁香炉，连莲座共五层，高八尺。第三层炉足为虎头形，炉上层三面有字，中层均人名。炉身一层无字，足为莲花瓣，上有字，亦人名，多剥落。此炉为杨吴大和五年所造，非孙吴，且孙吴无大和年号。杨吴者吴杨溥也。《金石萃编》所载太和误，且王昶所得拓本，恐拓者不精此技，致释文内多错误及漏脱之字甚多。余今日以蔚挺所拓精本互相校对，改正甚多。至于郏 亭大王之考证，老友李君凤高有《铁垆考》，可以证明鄱阳湖一名宫亭湖，宫亭一作郏 亭，引《冷斋夜话·高僧传》，庐山郏 亭湖庙有神降语云云，疑造东寺或举初施为寺者面言之。然则郏 亭大王，乃指郏 亭湖礼神庙而言矣。蔚挺赠余所拓全文，为之感谢不置。复为之考证如上。

按：佑民寺铜钟为晋故禅寺，唐保大十一年改为龙兴寺，有大钟为南平王钟傅所铸，后为火毁损。南唐时曾改普贤寺。乾德五年林仁肇尹南昌，再铸钟，所以称为先南平大王者，即指钟傅而言也。上所叙名，先叙官爵，亦所以表示功勋爵位于后人也。当时仁肇节度淮南诸州，出兵灭西蜀，平荆朗，取岭表，丰功伟略，极盛一时。乃后主不能用其策，故祈求佛氏之佑助，铸此铜钟。文中有云：“舍俸钱重铸龙兴寺铜钟一口，永充供养。时为唐乾德五年，太岁丁卯二月庚申，朔二十五日甲申也。句当铸钟讲经：论僧文机、惠征，临坛僧洪节，铸钟匠人王忠、王昭、王洪、郭德。”观此可见当时林氏所铸，有继承钟傅所铸，以彰功德之意。迨宋淳熙十年九月，又因中更兵火，寺已焚毁，钟存夹墙中，僧守端募化百缗升于楼，有记可考。清季改名佑清寺，民国光复改名佑民寺。由南昌市长伍毓瑞见钟堕于地者久，乃从公款中拨以万元，重建钟楼，即今之四层高楼也。余承蔡君亦将铜钟拓本赠以一份，计四纸。

是日蔡君视我以志书二种，有足记者。

《宁化县志》。明末清初闽人李元仲撰修。此书为李先生之私志，与旧时地志体例既不同，而于地方沿革、建置利弊、损益美恶、盛衰之故，靡不网罗贯彻，有本有源，殊大观也。全书分三大纲：曰土地部，分目十六，建邑、分野、气候、风俗、疆界、山川、城池、公署、田亩、津梁、水利、邮置、古迹、寺观、丘墓、土产；曰人民部，分目十五，官师、官师题名、名宦、户口、选举、科名、人物、先宪、逸行、乡行、艺文、武科、女贞、寓贤、大年、外教；曰政事部，分目十九，赋贡、岁役、条鞭、款目度支、礼仪、庙学学田、先圣历代崇祀、先儒历代崇祀、先师世系、孔子弟子、书院、坛壝庙祠、民兵、屯田、匠班、寺租、惠政、灾异、寇变，是为一家之言，自有价值之可记也。

（按：李世熊字元仲，号寒支，与黄道周、曹学佺为友，著有《寒支集》《寇变记》（此记为未刻稿，今存福建图书馆中。）

《遵义府志》。郑珍、莫友芝修纂，道光二十一年善化贺长龄序。志中分目，有坑冶一卷，记载治矿之学，为他志所不详者，盖有特殊目光。在西南边地，人民贫乏，非开矿不足以济贫也。此则异于普通文人所纂者矣。

十七日午后蔡君蔚挺约余往德胜门外荷包巷十八号，访王君梅笙（原名修瑾），家藏古今钱币，上下五千年，搜罗甚富。余得观赏四小时之久，为之流连不能去。王君曾往吾邑考察农村教育，住教育学院半月。余告知吾锡对于钱币有研究者，唯有曹衡之先生铨。王君欣然询其住居，通信处，以为通函研究之用。余所见诸币，中国上自贝货，下迄银圆、钞票，旁及世界各国之币，几及千种，兹特记其最宝贵而不经见不易得者六十种，以备研究钱币学者之考证焉。

（一）古贝，河南出土。（二）蚁鼻钱，又曰人面钱，铜质。（三）罄布，又名尧布，其状如罄式。（四）铲布。1. “安藏”。其式，文曰“安藏”。2. 武布，文曰“止戈”。3. 宋布，文为一“宋”字。4. 居布，其文。5. 鬲布，其文。6. 智布，其文。7. 成布。8. 尚布，其文“尚”，此为党字，即《左传》庄公二十三年鲁有“尚”字。9. 西布，其文，为“鄄”字之省文，卫地。10. 君布，其文，为“郡”字省文，或曰“铜”字省文，即为铜鞮之铜，晋地。11. 是布，其文，为鞮字省文。12. 不布，即“祁”字省文，晋地。见左昭八年。13. 留布，其文，春秋宋地。14. 王布，即春秋王城。15. 甲布，其文，春秋狄地名。

16. 丙布，其文，“邴”之省文，与商母乙卣同文，郑地。见《穀梁》隐八年。17. 壬布，其“壬”为郢之省文，即为郢也，楚地名。见左昭廿三年。18. 辛布，其文，为郏之省文，亦作莘，卫地，见左桓十六年。19. 癸布，郄之省文，亦作葵，其文为。20. 密布，其文为，春秋姬姓国名。21. 易布，春秋国名，闵公三年，齐人迁阳。22. 止布，其文“上”，王君认为止戈为武，此为武布。武，卫地也。23. 土布，王君认为丘从土，楚邱，卫地。24. 高布，其文，为鄗之省文，晋地。25. 商布，其文为。春秋宋地。26. 非布，其文为“兆”，即裴之省文，伯益之后封地也。（五）周钱。1. 垣钱，其文为。2. 西周钱，其形式甚小，其文亦隐约有“西周”二字。3. 宝四货，其形圆，其文为。（六）秦钱，其形圆。其文为“两一”两字。（七）南北朝钱。1. 宋孝建钱，其形甚小，其孔甚大，正而“孝建”二字，背无字。此为南朝宋废帝所铸。其文为。2. 宋永光钱，其形甚小，其孔甚大，正面“永光”二字，背无字。此亦为南朝宋废帝所铸，其文为。（按：此两种钱，因废帝一年中改年号两次，所有“孝建”“永光”二钱，背皆有字。而此为背无字之“孝建”“永光”两种，世不易得。）（八）金错刀之坯钱。此钱无“一刀”二字，为可宝。其形为，其文为“”三字。（九）唐史思明钱。1. 得壹钱，史思明所铸，其文为“得壹元宝”，其形圆。2. 顺天钱，此钱亦史思明所铸，其文“顺天元宝”，其形圆。（十）唐钱。1. 建中钱，其文为“建中通宝”，此为唐德宗所铸。2. 乾封钱，其文为“乾封泉宝”，此为唐高宗所铸。3. 楚马殷铁钱，其文为“乾封泉宝”，此为楚马殷所铸。（十一）五代钱。1. 墐土钱，此为五代刘仁恭所铸，其文为“半两”。（按：仁恭大搜铜钱，掘大安山之穴，埋藏其中，而以土铸钱，烧之使坚，行用部内。此钱为民国十五年湖南长沙拆城时，得此墐土钱数十枚及楚马殷钱。王君得土钱三枚，铁钱一枚。诚古今不易得之钱宝也。）2. 南汉铅钱，其文为“乾亨重宝”，其质为铅。此为南汉刘龑所铸。王君得此钱二枚。盖当时铜少铅多，故以铅铸钱行用之。铅钱十当铜钱一。（十二）元钱。1. 天启钱，其文为“天启通宝”，乃元末红巾徐贞一所铸，其径一寸。此天启与明天启通宝钱不同之点，在户与户之连与断之异也。故此钱为王君以二十四银圆购得之。（十三）太平天国钱，其文为“天国圣宝”四字，其形为大圆，径一寸二分。（十四）皇帝通宝钱，背有满文。相传为曾国藩破南京后所铸，尚待考。（十五）安南钱。1. 乾隆通宝钱，背有“安南”二字，此清代行于安南属地之钱也。2. 大法国之安南钱，背有法文，且有“一八七九年”字样。（十六）西班牙银圆，此为欧币始行于中国者。（十七）1. 日本明治三年之银元。2. 日本继行于中国贸易银行之银圆，盖有“贸易银”三字于正面者。此最为罕见之物。（十八）江西省铸大汉铜圆。此为民元所铸。（十九）洪宪银圆，有“中华帝国洪宪纪元”八字。（二十）赣南宁华兴银行钞票，有“黄帝纪元四千六百零九年十一月所铸”字样。此五毫钞票，为未发行者，故可宝也。（二十一）新铸中华民国二十一年之帆船及太阳三雀花纹之银币。此为铸而未行用者。现二十二年之帆船银币已通行，唯无太阳及三雀花纹耳。（二十二）唐继尧铸拥护共和纪念币。此为云南所铸，正面为唐军长之像，有“军务院抚军长唐”字样。（二十三）赣东北省苏维埃银行闽北分行所发行之五角钱钞，此为江西最近发现之共产钞票。

以上所记，不及百分之十。因时间关系，仅记其最罕见而可宝者而已。

王君嗜竹，室中所悬多为古今名人所绘之竹，属余为之画竹，余勉以指绘竹一，笔绘竹一，更属余为钱谱题文，因写序一篇以贻之，又写七律一首以赠。王君留余与蔡君晚餐。王君家中不用男女仆人，一切家事均由其夫人罗氏操作。蔡君介绍罗夫人出见，并见其一子一女焉。罗夫人为义务女学师范毕业生，故承蔡君俭约之教，而家事不假手于女仆，尤可敬佩。

赠王君梅笙七律一首：

君游锡麓未相见，我到洪都却有缘。僻巷广储天地宝，高楼欣赏古今钱。图书枕作琅环境，梁孟雍和伉俪仙。今日腴添吟兴足，墨痕竹影夕阳边。

十八日阅柏庐先生《山中日记》（即被拘尤溪时所记），

内有时甚多，余摘录其陋室吟若干首：

自题山水小幅（秋江泛棹）

漂泊生涯不系舟，寒灯衰草满江秋。西风夜夜催人老，浅水芦花也白头。

题谈梦庵寻梦图（按：此图为思亲而作）

未能满百忧千载，毕竟难寻梦一场。了了人间大生死，何曾等到热薰来。梦华旧馆词皆泪，烟雨寒绡命亦丝。十五年来无一就，天荒地老此孤儿。

自题山水画帖

隔岸轻舟去不回，阴晴天气费疑猜。只因一夕狂风雨，到晚无人过渡来。

自题寒岭孤松图

孤松峻岭晚风飘，岁尽方知汝后凋。怪底苍根能耐冷，只因本性未曾消。

观屋后小山出云

日日山头看白云，斯须万象气萧森。看来未必为霖雨，孤负终年出岫心。

山居杂感

椒山自有胆，柏庐惟养心。世道已如此，运命谁能寻。山花媚幽谷，野泉弄清琴。读罢晚风过，悠悠怀古今。

山居偶成

庭前雏燕犹儿女，门外青山当友朋。依样琳琅书满架，海楼回首十年镫。

晓园三首

豆棚看看长青苗，草湿芒鞋露未消。绝似家园风景处，朝阳红上美人蕉。

绕径椒花疑白蝶，擎风芋叶似新荷。怪来心境清如许，消受园中野景多。

松林小鸟成双语，墙壁清泉自在流。哪解人生漂泊意，乾坤日夜一身浮。

答知渊见讯

偶因快读添朝课，微觉耽吟损夜眠。耿耿此心清似水，休休何事大如天。

答在莪次原韵

负心已冷弦歌梦，温语犹留翰墨香。惆怅三山风雨后，落花满地泣文章。

答知渊次原韵

坐卧空山且写诗，如天大道孰扶持。分明生死真关键，只在心头起灭时。

陋室吟

群山起峥嵘，环抱一小城。中置南郡馆，逼仄如帐营。三君子居之，因以陋室名。谈笑无鸿儒，往来皆杂兵。轮流坐岗守，疲玩荷一铭。阿陀体庞壮，憨戏如人猩。持枪当铁笛，歌出呕哑声。阿韩气雄鸷，怒骂两眼睁。辱人及三代，受者恬不惊。寅夜作毫赌，任意钱财倾。金尽莫可偿，共役无番更。只身遂逃去，冀免宿债征。讵知捕吏严，系狱连乃兄。乌合众三十，九嗜鸦片格。逢人便乞钱，黛面如流氓。中有李副目，曾作中学生。家贫乃役此，五载无积赢。老母妻子间，生死久莫明。遂亦弃不顾，嗟哉岂人情。更有努嘴儿，笑面犹狰狞。余者若鸡虫，尽日闻喧争。炎天汗蒸人，侧坐皆裸裎。胡为有此境，当作梦幻成。万法随缘空，心境双澄清。

尤溪八歌（仿杜工部《同谷歌》体）

有客有客居尤溪，日卧空山闻鸟啼。风多野旷百草低，梦魂难越长江西。我生胡为而至此，如堕五里烟雾迷。呜呼一歌兮歌初发，但向楼头望明月。

有兄有兄在豫章，二人渐老何人强。终年念我天一方，春草池塘秋雨床。安得重返汪山乡，共话庐楼闻稻香。呜呼二歌兮歌唏嘘，恨不十年归读书。

有弟有弟劳且贤，少时共学扶桑天。阿兄在狱谁不冤，上书呼救今徙然。两兄一弟幸健在，骨月团聚终有年。呜呼三歌兮歌且继，但愿世世为兄弟。

有嫂有嫂近六旬，廿年家务集一身。自从十五悲失母，赖伊抚育跻成人。至今白发飘零星，时时念我羁北闽。呜呼四歌兮歌踟蹰，北闽风雨无时无。

有姊有姊适欧阳，齐眉夫妇称鸿光。坐拥图书数万卷，此乐奚啻南面王。荒山穷僻如龙场，安得惠我书琳琅。呜呼五歌兮歌已久，吟魂遥系湖东柳。

有妇有妇在沪江，日日静对黄昏窗。夜深梦渡沈溪水，含情欲诉愁心腔。何当西风送归艭，月明虚幌照影双。呜呼六歌兮歌凄惋，海天三月音书断。

有子有子齐读书，半依伯叔南昌居。广承教化謦欬余，不令岁月过空虚。我今壮岁学未成，仓皇日暮悲歧途。呜呼七歌兮歌渐已，朝闻大道夕可死。

有女有女福与州，晨昏啼笑喧书楼。州儿襁褓月未周，阿爷已作阶前囚。闲庭不见儿啼舞，黄巷青灯春复秋。呜呼八歌兮歌乃止，人世悲欢本如此。

浣沙溪

镇日楼头听雨声，一春来去总无情，花朝过了又清明。

逆水送将孤棹返，晓风吹向万山行，梦中犹是说归程。

南乡子（寄内）

有泪向谁流，落叶黄昏独倚楼。好事不教频入梦，悠悠，容易西风又一秋。

别恨在心头，弄杼频劳玉指柔，织得天河云似锦，休休，巧到神仙也是愁。

晓楼

客中八月已秋深，晓坐南楼吾自吟。破寺钟声迷片雾，荒山寒意炼孤襟。梦回红棹群鱼跃，目断天风一雁沉。黄菊花开勤护惜，东篱晚节故人心。

（爱吾绝笔有“雁为风高怕失群”及“故园黄菊花开未”句，故云。）

午后往蔡君处，阅书。蔚挺示我数书，足资记载。其尤著者，如《深州风土记》，张佩纶著，于金石一门，记载甚为详尽，共二十二卷，在光绪二十六年所刻。此书至为可珍。

晚餐后返寓。柏庐先生嘱余代阅民政厅附设县政研究会联合研究文卷十五本，余即披阅之。有三卷最优，四卷次优，其余八卷均平平。爰即定最优者为八十分及七十五分，次优者为六十分，其余则递减至四十五分。

十九日晨起，蔡君蔚挺来，携赠古砖两块：一汉中郎断砖，一孙吴宝鼎残砖，并附拓片两纸。又作者金花纹砖拓片一，大泉五朱钱范花纹砖拓片一，永和十一年涂砖拓片一，左军将军府君侯拓片一，五二大吉羊花纹砖拓片一，汉镜铭拓片一，共八纸。余承蔡君惠赐既多，将来回里后，亦当选择蔡君所嗜之物以报之也。少顷蔡君去，余即拟将二砖先寄回无锡，以省旅程中携带之累。余复以此砖必配以木盒方可付邮，即量尺寸，遣胡升往木作配制木盒两个，以备邮寄。更以欲寄回之砖拓片二置盒中，即写家书寄冰兰珍藏之。

午后往蔡君处，蔚挺赠我拓片数种。自写前年寿我之诗一首，附以今语。蔚挺赠我之拓片，有天纪三年韩砖之字。题诗两句，嵌“天纪”二字，云：“天教弱国垂亡日，纲纪凌夷聚敛专。”余联两句云：“太息三吴文化地，仅留年号识韩砖。”

索性将“天纪三年韩”五字皆嵌其中，岂不大妙。

晚餐后，又为师范生两人指画墨竹两幅，亦嵌其名，题诗两首。

为欧阳梅芬画竹题二十字：

幽竹庭前看，猗猗绿影纷。梅花倘相友，待月益清芬。

为张鹤青画竹题二十字：

晴日窗前坐，纷披竹影青。夜来闻鹤唳，松韵合同听。

晚返寓，柏庐先生视我以张东荪之《哲学》一册。余阅一过，颇觉提纲挈领，头头是道。作书致君左，将九江南昌之参观教育所得，录副稿以付邮，预备付刊《江苏教育》者。柏庐先生嘱先留一底稿于赣教厅，以备《江西教育旬刊》发表。余诺之，即由柏庐先生携去，交教厅书记抄录一份以留之。

余有感事诗四绝，本拟不录出。嗣以蔚挺谓余曰：“不妨。”余因选录其二，所以书所见也。

感事

四层楼阁制辉煌，文库端为秘籍藏。编目未遑成粪土，薰莸同室韵铿锵。

朝看白骨如山积，夜见青磷满地多。应歌沧桑陵谷变，殊勋拭目凯旋歌。

二十日午后，至蔡君处。见其拓古砖。用小墨扑，选择砖文之佳者，拓以赠人。余因问以拓法。蔡君云："扑须用绸，不可用布。内用棉花，不用毡。纸头先湿，隔一纸用刷轻打。既收其湿，复深其孔。然后用小墨扑，轻醮微墨以拓之可矣。"余即择砖之较异者学习之，亦拓得九种。又拓铜质压胜钱一个。蔡君笑谓余曰："拓手殊佳。"唯有一二种，因余性急，未待纸稍干，即用扑之，致免淡而模糊者，为减色耳。计所拓之拓片：（一）汉甘露砖砚；（二）晋宁氏墓砖；（三）晋景平元年砖；（四）晋故骑都尉砖；（五）汉五行砖；（六）河汉桓都府君砖；（七）晋永宁元年岁辛酉七月十五日湛氏造砖；（八）汉延平元年八月甲申朔砖；（九）祐元夏丹山灵砖；（十）五毒压胜五铢钱。

是日蔡君复赠余拓片数种，余为蔡君题古砖砚两铭。

永平砚铭

维汉之遗兮，越千九百六十八年。斫成斯砚兮，欣赏其品端而质坚。涵濡椽笔兮，助垂秋露以化云烟，永藏可宝兮，铭数语于斯砚之边。

永宁砚铭

质坚品粹，知圆行方。嘘气成云，垂露为霜。笔耕墨耨，长毋相忘。千九百载，永宝珍藏。

蔚挺言及记否二十二年前，君之别南昌而去，曾有长歌一首，犹忆有“章江赣水不足浮吾觞，鄱阳扬子聊以解吾渴。尽使风波十丈撼孤舟，历尽艰危自足，炼吾铜筋与铁骨”，此长歌之末四句也。余为之茫然。如斯四句，想见当年豪气凌霄。今日思之，正不知余之记忆力，何若是之不佳耶。

蔡君又视我数砖，均有花纹者。细玩其花纹，始则直线，继则方形，然后则圆形、螺旋形及各种曲线形矣。此可证古时图案画进步之程序也。余乃拓天玺砖及永宁、永平两砖之拓片。

是日，蔡君邀我为小学教员及师范生讲演国文教学法。余乃演讲对于高小五六年、初中一二年之四年国文教材与教学方法，略述其大意，注重在语体及文言之如何沟通，如何由渐而进，并识字、辨音、讲义、取材、排列、实施，有普通、特殊之别。晤熊寂梅、蔡某两女士。熊为日本女高师毕业，曾任女中校长。蔡女士办平民学校十余年。均为义务女学师范毕业生。今日蔚挺先生特邀彼等来谈女子教育之实施，究应如何解决探讨之者，谈半小时而去。

是晚余是所感，得一词录下：

调寄南乡子

欲去又迟留，细雨黄昏独倚楼。竹韵琤瑽似玉，悠悠，几许吟情入暮秋。

病马不知愁，无奈西风阻客舟。况是浔阳江上望，飕飕，枫叶芦花水自流。

二十一日午后往蔚挺图书馆话别，以“长宜一瞥”题字赠之。蔡君示我以《永嘉诗人丛刻》，内有林霁山先生《景熙集》。传中有云：“元兵入浙，尽发宋帝诸陵，余骸委弃于草莽，人莫敢收。景熙与郑朴翁、唐汪等为采药者，至陵上，以草囊拾而收之。又闻理宗颅骨为北兵投湖中，复以钱购渔者，幸一网而获，乃盛以二函，托为佛经，葬之越山，植冬青树为识，赋冬青词及梦中作以寓意。词旨幽恻，闻者悲之。”爰录二诗于下：

冬青花

冬青花，花时一日肠九折。临江风雨清影空（此言在寓中者），五月深山护微雪（此言在绍兴者，冬青开五月，色白而微黄）。石根云气龙所藏，寻常蝼蚁不敢穴。移来此种非人间，曾识万年觞底月。蜀魂飞绕百鸟臣，夜半一声山竹裂。

梦中作四首

珠亡忽震蛟龙睡，轩敝宁忘犬马情。亲拾寒琼出幽草，四山风雨鬼神惊。

一抔自筑珠邱土，双匣犹传竺国经。独有春风知此意，年年杜宇泣冬青。

昭陵玉匣走天涯，金粟堆前几吠鸦。水到兰亭转呜咽，不知真帖落谁家。

珠凫玉雁又成埃，斑竹临江首重回。犹忆年时寒食祭，天家一骑捧香来。

登蔚挺图书馆最高层晚眺，得诗一首，即写留蔡君以话别。

夕阳未下快登楼，色色形形眼底收。南望塔高千尺影（塔为唐代所建），东瞰湖瘦百花洲。闾阎疾苦秋风冷，草木凋残晚景留。一事他年补遗憾，西山犹待再来游。

返寓，晚餐后，柏庐先生约往第一泉浴身，返见刘秘书默远来诗一首，且约即来寓谈话。余拟往西书院街访之，乃中途遇见，即同返友竹寓中，纵谈久之。余赠修身偈言及教鉴，刘君约余通信，且索余旅行记焉。诺之。

赠刘默远秘书步其柬予原韵：

青藜分照影飞来，诗律推敲诚妙哉，缘巧不教交臂失。时艰忍使寸心灰。洪都幕府挥椽笔，明道羹墙说项才。片刻纵谈即言别，他年重晤酌金罍。

附刘君原诗：

宁人霞客自开来，来者如君亦快哉。足茧遍行天下路，眼明应辨劫中灰。盈开桃李期收实（闻君从事教育卅年），入市盐车亦有才（自谓而不僭）。见说友端同患难，稍怜交臂失樽罍（正拟邀君杯酒，乃明发，匆匆不及具馔）。

第六章　自南昌至九江

二十二日晨柏庐先生偕余及谢颐年君同乘南浔火车赴九江。蔡君蔚挺早在月台，久待，送余握手珍重而别。道中将至涂家埠时柏庐先生指一旧墓告余曰："此家墓也。离涂家埠十五里，即为旧宅。昔有稻花香馆、望庐楼，二十四间，均为祖若父等旧时读书处也。"谈及程家故事数则，颇解车中岑寂。过涂家埠，停车甚久。余下车散步，询车站职员，知此间为闹热之乡镇，自近年受战乱影响，南浔火车每年行车营业不到二百万元，此间商货，以木、米、茶叶三项为大宗，永修之木、吴城之米、浮梁之茶叶，今皆大受影响云。

南浔车中

旭日初融晓上车，曷胜别序黯然予（谓蔡君送余握别车站之殷殷也）。心研辙迹系南浦，指点书帷望故庐（谓柏庐先生说故居望庐楼读书处也）。数里紫花铺地软，几株红叶艳林疏。年来风鹤频惊里，草木无知慨剩余（谓涂家埠木、米、叶运货不销也）。

午后三时车抵九江，缪校长至车站，同至甘棠湖省立四中。是晚寓四中。晤南昌李证刚君，研究佛学有年，曾任东北大学哲学教员，九一八难后至北平，去年任北大哲学教授，今年任中大哲学教授。由缪校长绍介，谈哲学，颇有与余痛苦觉悟之旨相合处，余即以《修身偈言》一小册赠之。彼阅至“主观观心”“客观观物”二语，谓缪君曰：“此二语最为精当。”且为之释曰：“心，同者；物，异者。以主观观同者，以客观观异者，各得所观，所以静观自得矣。”又对于“有我无人”“无我有人”等说，亦谓昨晚与匡伯谈“人我”二字，谈得其得，与此可以相证。阅至牺牲个人主义，而至家族主义，则曰：“此牺牲实在是成全也。”匡伯告我翌晨请李先生讲演。余愿旁听，匡伯曰可。

二十三日上午，听李君讲人我互助，及俭救奢、勤救惰，均甚钦佩其理深而词浅。使一般学生均能明了。殊觉讲者态度从容，听者肃静。末讲只有现在，而无过去及未来，令人争现在之一点，勉励学者备至。语既切，理亦通畅。然与余只有过去及未来无现在之说，则意见不同矣。后与余谈，匡伯告以余之精神物质合一论。李君曰：“合一之说，总是两样合成一样，中间不免有一缝，不如云一合之为愈。佛经有一合相，不妨去其相而用其‘一合’二字可也。”余笑颔之。

午后往荫园访吴金彪先生，适往沪，未遇。返至江边，往招商局。知“江华”廿九日到九江，上水船卅日可到汉口。

返四中，全体师生欢迎程厅长演说。以自强不息之精神，修养人格；以乡村师范之学生，改良农村。讲得头头是道，学生非常镇静，正襟危坐以听之。继而谢君颐年讲乡村师范学生应负之责任，有五端，亦讲得有条不紊。欧阳君魁所讲对于中学生及师范生之两点，语言不甚明了，学生亦将倦怠。既而匡伯定要余讲，不得已而仅讲君子喻于义，小人喻于利，为修养人格之要点。在明辨义利两途，此精神上之说也，有生必有死，不但动植物有生机，即岩石、矿石之无生物，亦有生机，盖其组织之不紊，生存之坚持，有与动植物同样之机能。惜乎博物学家，硬指为无生物，岂不冤死。盖地球上各物，非到全部皆死，不能说凡物无死，此物质之说也。人而不知义利分界，不但不如禽兽，更不如矿物，岂非名为生，实则死。而矿石则名为无生之死物，实则为物之有生机者，此又精神物质固二而一者也。闻者均鼓掌不绝，欢呼而散云。

二十四日上午，整理日记，写复各处之信。午后，匡伯嘱余画竹，诺之。往同文中学，应熊校长祥煦之邀晚餐。是晚为熊校长恬、吴校长茂诚、赵校长平章、陆校长德、缪校长、熊校长祥煦等六人，公宴程厅长。余与欧阳督学、谢指导预焉。座客有鲍县长公任、袁局长等。鲍县长颇好藏书及赏玩瓷器，故席间与余谈书籍版本及古物等甚久。询余知欲往桂林少熟人，且允为余写介绍书，往桂林访万少石先生。余甚感之。二十五日为缪校长写甘棠十景诗及指画墨竹，并题诗等，约历午前后共六七小时之久。又墨绘山水一小幅及写所作和缪校长日前赠诗原韵。张君仲严之尊人为照吾先生，名之燃，昔宣统年间为广丰勤学所长，曾与余认识，故仲严谈及之。

甘棠十景（余因缪校长开省立乡师纪念会，特以指墨写甘棠十景以赠之）：

长堤疏柳

甘棠湖畔草萋萋，一抹青痕衬马啼。寄语西风莫狂吼，折残杨柳损长堤。

湖畔砧声

人语喧迎朝日艳，杵声捣破夕阳黄。家家饭罢湖边去，结队浣衣早晚忙。

孤亭烟水

一丛绿树浓于染，四面微波碧似油。中有孤亭高丛处，湖光黛色正新秋。

湖桥荡桨

荡来双桨过长堤，夜色微茫道不迷。偷眼斜窥桥外影，通明灯火隔湖西。

水阁晚眺

湖外长堤堤外湖，遥看山色衬模糊。白云流水闲中趣，物外真情悟道无。

湖岸观鱼

凭栏望月月方隐，隔水看云云自闲。忽听微波声拨刺，鱼儿跃入浪花间。

匡岭烟云

衬出甘棠景万千，全凭庐黛映湖边。不教色相人间露，故使烟云惯湖巅。

能仁夕照

隔湖塔影耸天空，道是能仁古寺中。最好夕阳无限好，齐云烘托艳西风。

习斋夜读

归途湖北望湖南，灯火通明吟味醰。三百生徒方夜读，书声朗澈苦中甘。

晓阁钟声

此间环境真佳绝，最是钟鸣破晓声。不仅阁中惊梦醒，且教大地尽光明。

自题山水小幅：

秀竹四五竿，聊蔽茅亭影。悬崖藤萝青，滴翠互相映。书带草离离，野岸鲜林荫。空山寂无人，风来波微应。

为方应尧指画墨竹题赠：

竹不嫌孤叶不疏，指痕聊凑墨痕余。有斐君子松梅友，好伴先生夜读书。

为省立四中六周纪念指画墨竹留赠校中：

老竿一枝小枝六，纪念六周敬为祝（十一月十日开纪念会）。嫩笋双枝渐透泥，生生不已常相续。

为张仲严指画墨竹题诗两句嵌“仲严”二字，继又续成一首：

愿与子猷为伯仲，渭川千亩堪栽种。贞心坚节励霜严，平安合上甘露颂。

为张仲严指画墨竹题：

绿竹漪漪态，风来弱不禁（嫩枝数小枝有来媚之态）。倘逢明月照，分点绿窗阴。

为省立乡师指画墨竹留题：

指上留余墨，灯前画折枝（此纸为风竹，故绘一折枝）。须知风定后，依旧挺霜姿。

为缪校长指画墨竹题赠：

双竿秀竹干云汉，一指吟情见性真。倘使月明照窗外，坚贞益见不沾尘。

和缪校长匡伯赠诗原韵：

夷监生平愧寡闻，西江邂逅快逢君。客中难得下徐榻，饱听弦歌日夕薰。

幽静湖山大雅才，同车新府去还来。此间环境真佳绝，佳种多多努力栽。

回思浪迹昔题名，壁挤蓬莱风雨鸣。此日旧痕犹在否，盘根错节励坚贞。（余廿三年前曾视学广信，题诗小蓬莱，缪君见之）

观物观心试静观，忧深家国孰能安。惟将道义肩担起，不息精神自不刊。

本日约定庐山管理局秘书袁君，明晨偕谢君同往庐山。程厅长以事不克往，故派谢君代往视察庐山小学，及商榷办理庐山社教事宜等也。且由程厅长已于前日绍介余与袁君，以袁君为南通人，有同乡之谊，殊觉缘之巧、机之得，而余游山之兴尤增矣。得诗云：

二十三年前似梦，数千里路又登山。匡灵莫笑漫游客，巧得缘机自在间。

二十五日晨起，与谢君收拾行装待发。柏庐先生云：“廿八日晨拟偕谢君同行，今晨可否先行？至廿九日晨，与君同时下山可乎？”余曰：“可。”遂先行。时袁秘书已派汽车来接，余即挟行装以行。自九江独乘汽车二十五里至莲花洞，五里至黄土岭，五里至十里铺，五里至徐家竹岭，五里至妙智铺，五里抵莲花洞。警察分所巡官陈守崖招待之。汽车费照例四元。汽车夫云，已由管理局招呼，不敢领，只赏酒钱可矣。余因给酒资一元。陈巡官派一警士，送余乘藤轿上山。十八里中，经二里半坳上凉亭，二里半竹林窝，二里半塌水河，二里月弓堑（一名好汉坡）等四处。余至月弓堑，见有碉楼，警士四人守卫。至此换警士送余。此人姓楞，名骥，字凤岐，自言高中毕业，警训毕业，且能作诗。余甚奇之。八里至牯牛岭管理局，晤袁秘书，南通籍，名镜澄，字若庸，昔在苏工任教员，曾晤一面者，今日招待殷殷。轿价三元六角，亦已由局开支矣，余感谢之。

第七章 庐山记

十月二十六日记。庐山为江西胜地，即《禹贡》所谓敷浅原也。崇山峻岭，面积占八百方里。古今骚人雅士，登览是山者，无不欣赏其峰峦幽秀，烟云变幻。而夏秋之间，风景尤佳。是以四月至九月，游人往来不绝。其终年居住此山之人民则不多。自光绪二十年后，欧美人之建筑房屋，为避暑计者日多，牯牛一岭，遂为租界。民国以来，中西士女来游者日增，工商事业亦日见需要，故建筑方面，多崇栖高阁之别墅工程，固日新月盛。而治安方面，应行办理之事，亦日见其多。此庐山管理局，所以不容不设立以为治理庐山各种事项之中枢也。余自宣统二年七月偕郑君勋伯来游一次，当时由警局长王君招待之。今日到此，管理局袁若庸秘书，以江苏同乡之谊，招待甚殷。回首廿三年前之情状，庐山之繁荣景象，固大胜昔年矣。（一）道路之修筑。（二）工商之发达。（三）公安、卫生之讲求。（四）学校之成立。凡此数点，皆余一到庐山，即感觉今昔不同者。迨抵管理局，皆袁秘书面谈后，又可一一分述之如下：

（一）小学教育。庐山小学，余偕袁秘书、吴校长同到校中，参观各教室及阅各种记录等。觉此校优点甚多：（1）吴校长颇有干才。到校未久，在此种特殊区域中，办理学校，有此成绩，殊非易易。（2）教员六人，每人月薪三十元，均能合作。（3）设备方面，应有尽有。（4）各种簿册记载均详。（5）学生壁报，得教员指导，颇能引起兴趣。（6）各教员授课，态度均从容，学生反映亦可。（7）联络家庭，有相当之研究。（8）不收学费，此优点也。按：此校经费每月二百八十三元。学生则夏秋多而春冬少，最多时九十余人，最少时七十余人，分四教室。一年二年均单式，三年四年与五年六年均复式，此外，英侨办小学一，美侨办小学一，名匡庐小学。学生均西人及教会中子女，每校学生仅二十余人。各处私塾有十数处。余见一杨姓私塾，均读《四书》《女儿经》等，非设法取缔不可。

（二）社会教育。管理局已拟于最短期间，设平民小学一校，夜学一校。俱乐部、民众茶园、阅报社等次第推行。约须经费四千余元，正在筹划中。

（三）管理局之组织。局长周象贤，兼扬子水利委员长、黄河水灾委员主任，故局务由袁秘书负责代行。分设两课：第一课，掌管财政、公安、工务、总务；第二课，掌管教育、土地、公用、卫生。全局职员，目前不满十人，事烦职重，治事非易。袁秘书处理有方，颇著成绩。

（四）警务。共分四区，警士一百二十人，每日操练两次。倪署长、陈督察员及各分局巡官等，对于公安卫生，种种职务，固甚尽力；对于训练警士尤为注意。

（五）管理局之经费。常年收入二万五千九百元，支出四万九千七百元，收支相抵，不敷二万四千元，由赣财厅补助之。预计三年后，可以收支适合。目前因不敷支出，故七折八扣，唯警费教费，不折不扣。即此一端，可见袁秘书精于会计，治事有方矣。

（六）工商业。工则石工、木工、轿夫、挑夫，居全山人民三分之二。商则旅馆、饮食店、杂货店、书店、木器用具店等。（旅馆中国人六处、西人三处、日人一处。）本年旅馆业，颇为发达，唯米粮柴炭，均由山下运上，价昂物贵，山居生活，程度甚高。

（七）人民户口。调查终年住居山上之人民，约四千人，共九百户。暑天最多时，约达二万二千余人。

（八）习俗。风俗之最佳者，娼妓绝对无。有鸦片赌博，禁令亦严。唯迎神赛会之风则甚盛。

（九）气象及温度。晴多雨少，雨多雪少，每年统计。二十年度晴天一百九十五，阴天五十五，雨天九十，雪天二十五。温度之最高时，华氏八十七度，为七八月间；最低时华氏二度至五度，为十二月至一月间。

（十）住民种类。人民复杂，有军人，有达官，有富翁，有隐士，有普通人民，有苦工，有穷人，可见民性之高卑强弱，贫富贵贱不等，知识程度相差太觉悬殊。法律观念，普通民众太觉缺乏。所以管理局欲推行一切事宜，殊为不易。

（十一）税务之征收。正税以住屋捐、铺屋捐、芦林特区地税（俄人所居，现在收回）、牯岭特区地税（尚未收回）为大宗。牯岭特区地税，现仅收警务补助费五千八百元，其次则以契税、屠宰税、入境轿税等较多，其余则甚微矣。现拟于三年内计划整理之。

（十二）交通。自九江至莲花洞，汽车每人一元八角，独雇一车则五元四角，管理局付则四元。人力车六角至八角不等。由莲花洞上山之轿，每名八角，四人轿则三元二角，加酒钱二角，捐二角，共三元六角。在山上出游，每日每名一元，挑夫每名六角。

本日袁秘书嘱万君杏圃，陪余往附近五六里间游览，所至玩赏风景，摩娑古迹，共有五处，分述如下：

（一）大林寺。在大林峰下（古名云顶峰），晋昙诜法师曾讲经于此。杂植花木，郁然成林，故名。有讲经台遗址。地多树木，不负大林之名。唯寺以年久失修，继又毁于劫灰，故于民国九年赣财厅长杨庆钧发起，筹款重建西式房屋一座，即今之大林寺也。有碑文为谭延闿作记，文定祥书丹。自恢复大林胜境后，常有各省高僧来此讲经。今年夏暑太虚法师及戴季陶、蒋作宾等讲经两星期，颇能引起听众兴起。戴、蒋且颇有忏悔语。西有放生池，多李拙翁书字。又有游泳池，夏间可以浴身。大林寺中有为诸善士建养静研经之楼房一座，可住十余人。每人捐五百元，即住屋一间，可以静心养性，研求佛典，真福地也。

（二）花径。李拙翁书“白香山咏桃花处”。有景白亭一，系新建者。

（三）佛手岩。有隶书尺六寸见方，遒劲有力。有联语云：“仙踪渺黄鹤，人事亿白莲。”

（四）仙人洞。隶书“仙人洞”三字，为吴涄阳书。洞中摩崖，殊少古时名人手迹，唯有“洞天玉液”四字殊佳。明嘉靖癸丑五月十有一日，吉水维洪先等六人题名亦佳。洞外东崖，有西爽两篆文，佳绝，为明人书，“仙径”二字为近人书，尚佳。洞壁刻石之诗，只有云仙道人题者尚可：“群仙霄拔劈魔空，烈障烟迷一望中。自古苍松多变幻，浮云任逐各西东。”洞祀吕祖，有刻石、洞宾像。后有泉源，点滴而下，终岁不竭，曰“一滴泉”。围以石栏，刻有“甘露”“琼浆”等大字。旁有僧舍。去僧舍数武，为锦绣谷，谷下曰“十八盘”，其北曰“石榻”。

（五）御碑亭。碑高一丈四尺，座高二尺，共一丈六尺。明洪武御制《周颠仙人传》，从侍郎中书舍人詹希原奉勅书丹篆额。此碑文每行七十二字，共三十行，计二千七百余字。每句有圈，皇皇大文，字迹清晰，竟无拓本。碑阴有御制祭天眼尊者周颠仙人徐道人赤脚僧文，《群仙古诗》云：“匡庐之巅有深谷，金仙弟子岩为屋。炼丹利济几何年，朝耕白云暮种竹。”

按：御碑亭，即白鹿升仙台。余徘徊亭外，北望山顶，有两石对峙，似狮子然；中有一罅隙，其状殊奇。西望落日云霞灿烂，光射深谷，俯仰西北，长江如带，赛湖似樽。南望，烟雾迷蒙似海。东望，高峰绵亘，暮色苍苍。坐石四眺，流连不置，以时已薄暮，不能不偕万君寻归路云。此外另有特别小风景两处。

（一）双崖口。两崖间奇石高峙，下视则烟云满谷。余勾一图，以留纪念。

（二）豁然贯通之孤松。在一小山口突出一石，如马首状，旁生一小松，孤立石上，大书“豁然贯通”四字。

庐山杂咏四首

小天池

行行十八里，先过小天池。俯视深千尺，危崖险不支。

仙人洞

仙踪久茫渺，泉水尚澄清。百尺东崖峻，昂头西爽横。

御碑亭

丰碑高丈六，逸事堪书竹。俯仰刹那间，烟云满山谷。

石上孤松

层崖乱石间，峭拔一松起。夜恐苍龙惊，沉浸白云里。

二十七日，今日为夏历重九，不可不有登高之举。余始拟重九可登衡山，不料行踪迟滞，恰逢庐山之游，以应重阳之节也。晨八点半钟，偕万君杏圃，过俞惠臣宅，少坐。即向特租界沿河岸西行，随涧水曲折。约半里，过石桥，沿河岸东路迂回前进，但听水声潺潺，清澈耳鼓，峰峦屏障，林荫纷披，颇觉赏心悦目。缓步下铺，冈陵起伏，两岸华屋崇楼衔接于左右。经过九十四号仙岩客寓，万君告余曰："此蒋委员长停车之所。集会宴宾，亦均在此。"是以时贤贵客，踪迹出入于此间者，暑期中颇繁盛。今则秋风冷落，犹有余思耳。过爱庐桥，至树木丛杂处，警士陈旭临告余曰："西峰高处，有崇楼一幢，地名火莲院，即王孟迪之别墅也。"余因在锡时，芬侄女曾言及，到庐山可住居此屋，故昨日询及别墅之所在。今路过其间，陈警特指以告余也。行二里许，至渣子窑。树荫浓密，坐石小憩。有画眉数十头，飞鸣其间，其鸣声清脆入耳，殊可听也。且行且听。鸟声与涧声相和，觉此种天然乐境，殊非人间所有矣。前行不半里，见有二石：一为牯岭公司界碑，一为江西省立林场界石。过此则道路隘仄，沙砾不平，几同樵径，愈觉举步难行矣。曲折沿山崖行，约二里许，道路较宽。不半里，有石桥跨深涧上，有三路之涧水，奔腾坪湃，直冲桥下，合而为一，其声铮鏦可听。旁有"交芦桥"三大字，为林主席森所书。此间牯岭与芦林交界处，故名。林主席且在崖上有题记，谓此桥为大水冲没，梁断道阻，故偕寺僧青松重修云。石上有“南无阿弥陀佛”六大字。小坐片时，觉水声之可听，方拟吟咏，万君催往黄龙寺，仅得四句云：“若能常在山中住，可听松声和涧声。其奈出山泉水浊，河如永作在山清。”

又行半里，即至黄龙寺。万君带面包、鱼、酒即为午餐。有寺僧名普照者，四川人，年仅三十，语言面目，似非方外。叩其出家若干时矣？答以十年。叩以缘何出家？答以为环境所迫。倾谈久之，索余写一小幅。余即赠诗一首云：“尘事迫人多，如何挽环境。痛苦到极巅，觉悟得途径。削发峨眉山，饱餐好风景。我来黄龙寺，人我试相憬。”又为宽静和尚写横幅，即以“痛苦觉悟修养幸福”之八字为赠。出寺，即见崇高双宝树，俗名娑罗树，高十余丈，周有二抱余。余细玩其枝叶，即虞山寺前老桧树一类，万君谓与洋松无异。此两树相近处又有银杏一株，亦高七八丈。途中有乡人携新摘毛栗，剖见为尖圆状，与寻常之栗不同。回望黄龙寺，后枕玉屏峰，前列双宝树，风景幽雅。南行数百步，闻涧声淙淙东下，数十步，即见瀑布七八丈，由上山之崖，奔流而下，此即黄龙潭也。仰观水势，隔两崖，一线奔放，且至深潭，潭水清澈，余时以行路甚热，即掬水饮之，得诗一首云：

黄龙潭水清且涟，此窟开辟是何年。上有瀑布八十尺，下

有蛟龙潜深渊。我来庐山小游戏，黄龙寺里题诗笺。濯缨濯足一任我所欲，夕阳未下促使我流连。

时适有练塘乡师学生数十人旅行到此，闻余吟诗，即强余写出于彼之记载簿。叩其姓，答曰廖。余诺之。此生亦好事者矣。余又南行一二里，过一小桥，山崖曲折，涧水冲大石间，殊觉可听，崖上鸟声嘤嘤相和，尤觉乐而忘行。坐石小憩。得句云：

小桥渡深涧，大石障洪流。棱角消磨尽，磐磐当道横。

过此遇一游客，为湘省衡州人，问答衡山风景。握别时，余得句云："邂逅山中留一语，奔忙尘外足千秋。"行山路，极坎坷不平处，约二三里。过高岭一，始至神龙潭。瀑布淙淙作响，不如黄龙潭，唯神龙宫已久废，仅有短墙，在荆棘丛中耳。崖石刻有"文殊说法神龙之宫"八字。仰首观之，知此山为将军山，山多荦粗，不易登也。折而西行，过两岭，路途均陡绝，余与万君皆气喘足疲。行约数里，蛮石难登，屡次憩息石上，久之，始抵天池寺。

天池寺，寺在山巅，已破败。入寺有池一，寺僧欺余谓此天池也，余信之，问所谓龙鱼，则引至新建之客座，悬一玻瓶中，畜龙鱼三四，游泳于缘藻间。旁悬石磬三，乃泗滨之石为之，叩之作五声。询此石何来，寺僧云："新购旧购，每磬约三十余元。"余思家中本有磬，与此同，惜已断，故见此问其价耳。阅庐山指南，知所谓天池者，尚在山顶，非寺内之池也。因询山上之池，则云铁门已锁，钥匙为当家和尚带出门去。余笑其欺人。万君携酒食，同登文殊台。台不甚高，而可远眺。民九林森等重建，今为唐生智改建半圆形。东为清凉岩，有塔，昔为宋建，毁于火，今为唐氏重建。旁有一亭，北为舍身崖。拔地千仞，下临绝壑，其石方广，孤悬空际，奇观也。余与万君晚餐，俯视台下，亦下临无地，深谷沉沉，烟云满谷。仰观落日，隐现云中，阳光斜射田间，遥望成紫色，垄亩间数里之长皆作红紫色，而红树又点缀山崖间，可观也。南望长江赛湖，隐约平铺，所谓江湖满地，皆坎坷也。吾人登高望远，每易动人生不可思议之感想，悲欢离合宠辱穷通之念，往往郁然充满脑际者，直觉观感之最易发人深省也。今日为重九登高之佳节，到此胜地，又有美酒，不可无诗以纪之，因得长歌一首：

重九登天池山文殊台狂歌

天池山巅天池寺，文殊台上高如是。仰观俯察万感来，几许天工与人事。文殊塔高仅五层，登高不足为上乘。吾欲扩吾之心目，拟挽落日系长绳。呼云托日不使堕，任吾逍遥四方睹。高瞻远瞩俯仰间，大寰好景无藏躲。当前美酒举瓷觥，甘甜藕片味余芳。佐此登高饶吟兴，客中美满过重阳。南望江湖倾满地，西瞻悬石撑天砥。俯观绝壑舍身崖，千纫烟霞迷谷底。仰视天空五色云，心胸灿烂意绪纷。古今时日真一瞬，还当努力超人群。缘何尘世形形色色多多悲愤，举盏狂歌吾欲大声呼天问。回首沉思万端变幻不可思，且濡吾笔，描摹宇宙好景当前作粉本。

出天池寺，北行半里，至一山巅，短墙四围，铁门深锁，中有一池，活水沦涟，此即大天池也。万君狂喜，即跨铁门而进，余在门外望之，万君以手杖拨水藻，余见一龙鱼，跃浮水面回旋，霎时间且半胸腹为红、黄、黑三色，万君未之见也，摘水藻少许。出铁门同行里许，过一山顶，适唐生智新建一圆形之大殿，名五佛圆。询之工匠，知前耗二万元未成，今包工四千元成之。过此又经一长岭，一炮台，大书“大天池”三字，为李烈均书。前行半里许，即黄龙角。盖道旁突出两尖崖，刻有“龙角岩”三大字。过此则长岭约两里许，而至白鹿升仙崖矣。时天色已暮，至息肩亭，小坐，得句云：“暮色催人归路晚，月光欺我小亭迟。”万君往派出所通电话管理局：晚餐不必待，恐尚须一小时方到牯岭也。余与万君缓步徐行，行行重行行，屈指今日路程，陈警云约四十里。余以游境殊佳，两足虽觉疲倦，而精神上尚快快也。迨返管理局，已七时矣。

二十八日晨偕陈旭临警长，由牯岭走沿河东岸，过脂红路，转上中路，直趋猴子岭，约行五里许，小憩石崖。适小雨迷蒙，曲折行崖上。缘崖三里，过小桥，折入含鄱口。两崖之间有警察派出所，由警士名仕炎者，导往含鄱口外口。约行里许，始抵一山。此地亦曰横门口，又曰虎门。亭下有昔乡人所设饮茶买票处，为星子县来牯岭之要道。票价五角，购此可以游观各处及饮茶等。

余登第二亭，仰视宇宙，觉胸襟壮阔异常。此亭适在一小峰之顶端故耳。仕炎遥指告余曰："西为汉阳峰。"高耸云霄，盖庐山最高之峰也，实测海拔四千七百六十尺。下即仙人脊，其地殊险。东望五老峰，排空斜倚，如老人状，即在目前，尤为今日游观之目的，殊可乐也。南望鄱阳湖，浩灏汪洋，一大池耳。俯视观音台、欢喜岭、栖贤寺，人烟房屋，颇繁盛，星子县属之村镇，皆可入览。北望群峰环绕中，若芦林，若上霄，若仰天，均如屏障。背枕此山口，独缺南峰，为吐纳鄱阳八百十里之烟波，亦一异境也。徘徊久之，觉五老峰之巉岩怪石，错落于眼帘者，互争奇态，欬謦亲承，惜咫尺间不克亲履其顶耳，其第四峰为最高，约距海面四千尺云。余因以铅笔勾绘虎门望五老峰图及汉阳峰仙人脊图稿，并题一诗。

虎门第一亭望五老峰

一亭突耸虎门外，五老高撑天际云。侧望似蹲横似坐，首披袈帽戴斜曛。

虎门望汉阳峰

庐山峰顶最高处，吐纳烟霞千万年。一自始皇封禅后，仙人脊上大名传。

题横门口第二亭壁

独坐含鄱口，危登第二亭。眼前观浩渺，天外障闻听。吞吐鄱阳水，高攀上界星。群峰环抱处，一色黛痕青。

返至第二派出所。所左为林场，昔为张姓办理农林学校，今归省立林场。警士十三人。见余题诗，求余一诗或联语，余即分嵌“仕炎”两字于句首，写“仕学两优研德教，炎凉千古慨沧桑”。由原路归，见一小孩肩挑百二十斤之硬柴，气喘汗流。询其何来，答以星子；询其何往，答以牯岭；问家有何人，答以父母双亡，仅一小弟，且谓不如此无饭吃；问其此柴值价几何，答以千文耳。余为怜惜不置，因给以钱票两纸，以赒之。路过狮子岭小坐，得句云：“来时微雨湿襟帽，归路秋风憩石崖。廿里匆匆新画本，满山红叶艳流霞。”

行里许，微雨洒尘，道路砂石不平。迨下山后，即至庐山小学午餐。时对面剪刀峡，峡外诸峰，已有云雾发生，顷刻间满谷烟云，冉冉而起，似将有雨。因凭窗绘一剪峡云生图，并自题云：

西望剪刀峡，白云冉冉生。霎时风起处，云散已天晴。（余图未就，云雾已散。）

晚返管理局，即往大沙冲十九乡访李拙翁，观其所藏古砚拓本一册，中多名人题跋及考证等。余与李拙翁别二十二年矣，昔日同客赣提学使署中，今住匡山十年外，纵谈廿二年前旧事，为之慨然于今昔，幻人事之变幻多端也。所观岳武穆拓本，谢叠山先生藏，题字为“精忠之砚，转赠文山先生”，文山有铭云："砚虽非铁难摩穿，心虽非石如其坚，守之勿失道自全。"砚宽五寸，长八寸，厚一尺余。阅《花径景白亭名贤留题集》，嘱余题诗。又阅拙翁自传，亦属余题句。均诺之。时将晚餐，拙翁坚留余食，乃餐焉。返管理局，为袁秘书、吴校长、万君杏圃等指画墨竹七张，写联二，中堂一，均各题诗，另纸录后。

二十九日夜雨，一夕有声，天明始止。晨起，云雾满庭，天仍雨，不克下山。程厅长等往游天池、黄龙、铁船峰等胜地，乘轿而往。余未得追步若辈后尘，即为李拙翁题诗，并为局中诸同人指画墨竹，及书字等，一日未停，至晚始息。计今日独居一室，墨痕狼藉，不知倦怠，为人所题之诗，则另纸录后，以见一斑也。

李拙翁赠我以隶书联语云："羡君游迹遍中外，愧我闲居老匡山。"并伴以罐头物六种，余受其二，余璧。连日为李拙翁所题咏之诗录下。

题花径景白亭

年年三月桃花开，西江秾郁三村胎。庐山仙种非凡品，迟迟花待诗人来。诗人自古推唐代，香山妙咏花迟待。春去犹留四月花，千秋胜迹韶华逞。时不我留日月驰，此间花径系吟思。拙翁访古缘真巧，考古情深历证之。引将海内诗人兴，景白亭高共望庆。各拈椽笔诗歌成，我亦匡庐登上乘。游踪三日风景多，花径徘徊感若何。二十二年别老友，欢然道故白云窝。示我时贤征题句，属我附骥莫轻去。我好高歌拨墨余，桃花今日在何处。花开花落本无常，人去诗留似可伤。抑知花径传千古，后人缅想吟斜阳。新亭建筑景前哲，今人尚友鉴前辙。异代同情寄慨多，表扬古迹吾人责。拙翁庶几其有之，高卧山居息影时。花径比邻仙境辟，仿佛桃源其在斯。

酬拙翁自挽诗

人生原有死，物死且能生。生生原不已，死死亦同情。惟人较物灵，到处自纵横。造成奇世界，举足遍榛荆。拙翁匡山隐，新诗自挽成。驰函索人和，我亦动心声。一言敬奉答，生死均平平。宇宙万年在，彭殇一例评。翁有诗书癖，且耽金石盟。大造应同化，山灵一气清。愿翁达中达，精神铁石诚。无所谓生死，常此日月明。花径看花放，空山听鸟声。偕老贤梁孟，千秋自成名。（拙翁七十五岁，夫人六十一岁。）

题拙翁自传后

千古知音陶靖节，比邻花径白香山。如何自传犹称拙，占尽聪明让世间。

我别西江廿二年，美君清福住匡巅。自惭江左侯生传，跋语犹留病马篇。

为拙翁指画墨竹题

惠我多珍感不禁，聊将指墨报知音。此中几许沧桑慨，错节盘根在寸心。

三十日记

连日在管理局指画墨竹自题，赠局中同人，并写联句，汇录于下：

为袁若庸秘书画竹题赠：

好景郁匡庐，微风动幽竹。夜月映窗纱，疏影摇书屋。

为万君杏圃画竹赠题：

匡庐来游识万子，同游两日快无比。纵谈景物感谢多，友情契合报此纸。

一竿老竹任风吹，枝叶飘摇墨痕沘。指头捷写四韵成，明年握手笑相视。

为秦履初画竹题赠：

老竿晚节任风吹，嫩叶纷披着雨滋。倘使夜窗明月照，也堪聊以助吟思。

为吴婉青女校长画竹题赠：

秀竹亭亭影，疏枝浓淡分。生生看不已，稚笋亦超群。

为陈旭临警长题句：

旭日东皋霞灿烂，临风西陆竹萧疏。

为欧阳惺园画竹题句：

墨痕浓淡分明暗，向背高枝节励坚。

为陈幼翘书小幅赠句：

读书无老幼，人事有沧桑。翘首匡庐望，烟云来去忙。

又画竹题赠：

干霄破云雾，老叶御风霜。

为倪觉生署长画竹题赠：

老竿劲节凌云态，大叶疏枝着雨姿。

为秦履和画竹题赠：

枝叶随风披拂，指头微着墨痕。此是天机流露，聊为友好留存。

为李鸿荪画竹题赠：

枝分老嫩年光慨，努力青云须惜阴。试看叶垂含露态，只因干节自虚心。

为万杏圃题联：

不作匡山隐，也为梁父吟。

又为李鸿荪写隶书联：

怡情山水，插足乾坤。

为查镜秋画竹题赠：

微雨压高枝，垂垂向下时。明朝晴色霁，翠叶尽含滋。

又联语：

镜此人间世，秋来匡庐山。

为范杏圃画竹题赠：

嫩枝三五老竿一，西风摇曳露凝浥。他年直上干云霄，荫蔽园林清芬挹。

为张子豪写联语嵌“子豪”两字：

山中不知甲子，世上自有英豪。

余晨起偕柏庐先生等，别袁秘书等，乘轿由匡庐下山，至莲花洞，换乘汽车，行约七里许，汽车枕轮坏，停约半小时，易一汽车，方回九江。午后送程柏庐先生与欧阳君、谢君三人往湖口视察，当时有两事颇感余脑筋者。

（一）柏庐先生谓余曰：“此次既不料君能来赣三星期之久，又不料能同往庐山，惜未能同游铁船峰为憾。吾忆在鼓山同游时，景象如何。今年未能偕往西山，亦遗憾也。明年暑假，君能再来游庐山，定能偕游西山。以弥此憾。”又询余西南各省之游毕，尚须三月，最近通信如何，因拟作送行诗未就，将来当寄君也。余告以旬日可至长沙，即寄朱经农厅长转交可矣。柏庐先生又云，轮船须乘三公司者，其他野鸡轮船，可不必乘，总以“安稳”二字为前提，并出其庐山诗一首视。余握手互道珍重而别。诗附后：

不到匡庐十四年，重来揽胜亦前缘。宝杉古色添龙寺，白瀑寒风上铁船。雾起群峰探似海，天留一老望如仙（指散原老人言）。吟魂忍与山灵别，尚在秋林夕照边。

余步柏庐先生原韵一首，写留四中，托缪校长转交。以余昨晚拟离九江，嗣以收拾行装。为言已晚，缪校长留余今日行也。和诗录下：

我别匡庐廿二年，者番重莅结吟缘。幸偕友侣探庐景，未获追随游铁船。一夜雨声催旅梦，九江风色送飞仙。石钟波韵姑塘梦，今夕欢迎到客边。

（二）谢君颐年，此次在南昌重遇，以彼视导之忙，不克多与晤谈。今同来九江，相处数日，觉每夕夜谈，甚为恳挚。余因行李多件，途中不便，拟托谢君于一月后到沪时，便携余目前不需之单夹衣服，及不用之书籍等，交宗侄收。谢君诺之。此时临行，谢君谓余曰：“我先君行，亦不料也。”握手黯然。余曰：“客中送客难为别，况是浔阳落照时。明日我行谁送我，满江风雨独吟诗。”谢君尤为之依依，唯云：“带件交缪君转我可也。”其神情颇非寻常友谊所同者。盖以谢君年少有才，富于感情，一月后将往闽接其夫人来赣，故道出沪西也。是日缪校长又步程厅长韵赠余诗一律、四中教员詹松涛赠余诗一律。余即步詹先生韵还赠，并留别缪校长诗，录下：

匡庐别后廿三载，夙愿初偿直到今。游罢归来诵佳句，欲行又住系诗心。诸君奖借情深感，五老峰峦雾未沉。我快此间文化地，甘棠湖水助清吟。

三十一日晨起，写致袁若庸秘书之谢函，附赠《寰球旅行记》及福州、癸亥等旅行记等，并附以一诗。又写致李拙翁函，附以《骥叟自述》及《郑州旅行记》等，诗录下：

游踪三日住匡庐，半遇天晴半雨余。临别贪看山色好，归程不觉笋舆徐。孤松点首似留客，怪石昂头欲笑予。欣羡袁安享清福，严冬卧雪尽岩居。

午后，缪校长嘱余写开六周纪念会大字，余为之大笑。午后勉为书尺六寸见方之开会额：一“现身说法”，一“忠孝仁爱信义和平”，一外坝用学校横匾及“农事试验场”等大字。

第八章　甘棠杂志

三十一日余本欲离九江，因宗侄函来谓“江华”“江顺”均有熟人，可以待此二船再行。然“江华”已于昨日开过，“江顺”尚有三日，故留甘棠湖畔，重为四中师生缔翰墨之缘。是以晚间为仲严书字，又为柳瘦郎写大幅横匹两纸。

十一月一日晨起，因昨日雨，鞋袜尽湿，故洗足、洗袜、洗衬衣汗衫等。工作毕，匡伯示余以校中教员萧汉一君诗数首，并绍介萧君来谈诗，知为李拙翁弟子，宜其能诗矣。余笑谓匡伯曰：“甘棠湖畔两诗客，昨日詹君今日萧。怪道国文成绩好，大名洋溢九江遥。”萧君索书，余即口占二十八字，嵌其姓名，写一直幅赠之。诗云：

江山六代忆萧梁，秦汉文章识李扬。十里舟车风雅趣，一时酬唱契浔阳。

詹君松涛来谈诗，索书，余亦口占二十八字赠之，具以姓名嵌其中，云：

小言愧我太詹詹，松竹梅花笑索檐。不敢高吟轻写赠，恐惊涛雪涌江尖。

詹君亦步余原韵一首云：

未敢炎炎合姓詹，飞花看舞谪仙檐。先生诗句多无敌，惭愧东坡笔退尖。

詹君为铅山人，余问铅山必有铅，答以无。余告以锡山昔有锡，今已无，故名无锡，然铅山亦可易名为无铅矣，相与大笑。余因得诗一首云：

我家锡麓已无锡，君住铅山合有铅。仅使金银贵天下，哪堪编户尽骚然。

晚餐后，匡伯与余散步湖滨，看鱼舟十余，横于湖面，张网捕鱼。日落西山，返照西湖，晚景殊佳。划船返校，则又东皋月上矣。匡伯与余联句，口诵诗云：

一轮明月挂天空（缪），人在微波荡漾中（侯）。暮色苍茫无限感，疏星明灭若为宠（缪）。南屏庐岭烟云薄，西隔甘堤灯火融（侯）。偶尔联吟亦云乐（缪），小舟划过小桥东（侯）。

返校后，匡伯告我十一日为六周纪念，已将“甘棠十景”预备印入纪念刊中，且发一柬寄无锡竞志。余因作颂词留校，为开会日之祝颂。

赣省立九江乡师六周纪念颂词：

匡庐南峙，大江东流。浔阳学府，环境清幽。维昔中学，济济英俦。易名师范，乡村是谋。改良义教，农事兼筹。屈指寒暑，六届春秋。眼前训教，合一效收。中师互助，同乐共忧。他年发展，成绩懿休。甘棠湖畔，我适停舟。欣逢盛会，历溯从头。校名虽易，盛誉弥悠。我去湖广，不克稍留。敬申颂祷，不嫌肤浮。高山如仰，清波载游。志道据德，文艺兼优。习斋晓阁，努力勤求。树木十载，树人百周。文化演进，农村分畴。教育普及，拭目江州。

十一月二日晨起，为詹松涛用小堂幅写昨日余之赠诗两纸，又将颂词写就留校，松涛亦写诗一幅赠余。午后一时，为四中学生演讲《人类之生存及科学之演进》，至两点多钟毕。三点钟偕匡伯游烟水亭。（按：烟水亭为宋周濂溪子司封朗官筹建，取山头水色薄笼烟之义，故名之。）亭圮，康熙间重建。有一亭，甚高，风景甚佳。有客堂二，书画甚多。刘云樵草书屏八幅，活泼圆湛；刘缙绘竹，气魄甚雄。罗广熙书联句甚佳：“谁识庐山真面目，且将湖水洗心头。”烟水亭有江阴郑同诰一联尚佳，尚有陈某一联亦佳，陈亦江阴人。

见四中庭菊盛开，赋别黄菊一首：

我始九江来，黄花尚含蕾。我今武汉去，满院菊争开。我笑向花语，胡为放迟徊。岂以我俗客，不惜相伴陪。抑以我老病，绝无英发才。我语犹未竟，花答曰不不。人事趋炎热，秋风寒未催。凡卉方争媚，孤芳暂缓培。与其早开放，为人浪折摧。毋宁殿群芳，蕴蓄无疑猜。我知花语我，语语超尘埃。屈指秋将暮，晚节坚自栽。确信能耐冷，风霜不隤颓。苟能如花语，人盍憬悟哉。悠然望匡庐，舟发九江隈。笑语花知已，庶几老铁梅。（“铁石梅花书屋”为余斋名，故有铁梅之旧号。）

匡伯送余至江边，为时尚早，乃相偕登一小酒楼晚餐，纵谈一切，爰得诗两首：

渡甘棠湖赴烟水亭游罢将别九江赋视匡伯

甘棠湖胜百花洲，几度徘徊几度留。不瘦不肥堪入绘，自来自去哪知愁。夕阳筛影方张网，秋水微波好放舟。晚阁刁斋倏言别，又从烟水数吟筹。

浔阳江岸酒楼待舟（福庆楼酒食店）

待他江上潮三尺，饮我楼头酒一樽。历溯生平话畴昔，夜凉灯火爪留痕。

八点钟，上招商“江顺”船赴汉，缪校长送我上船，行李一切均由四中校工挑上轮船。先定房舱四十五号，然后上船，故一切均由匡伯为余安排，至为感激。余临行时已给校工赏钱两元，匡伯再三退让，余不可。又送匡伯食点、罐头两种。此时又给挑夫票钱六纸。匡伯坐谈片刻，握手郑重而别。

船中有客曰刘达，字庆元，为棉商，谈中国棉业。据云，江苏之棉，绒粗而短，子黑；湖北之棉，绒较细而长，子绿；美棉，绒细极而尤长，子红。同舱为一颜料商丁姓者，彼此道姓名。时售瓷器者川流不息，约此房舱中有三十余人之多，然一两小时间，所购之物不满四十元，平均每人只一元有零，吁！生意之难做也。瓷器中确有两种甚觉佳者：一仿古之瓶盎盂樽，式样甚古致。一家用之碗碟，甚瓷质之细，花纹之精，价目之廉，均可爱之至。唯以途中携带不便，故购者甚少云。晚十一时开船，十二时购票，余购房舱三元四角四分。过武穴时，余即卧。

十一月三日晨起，知已过黄石港。十一时过黄州，午餐后半点钟即过刘家庙火油厂等。一点半钟即抵汉口。舟泊招商码头，行李交华洋旅馆接客者。余与武进刘君庆元同登岸。余往华洋旅馆，少顷刘君来，言已往航空第四队通知拔仑，少顷彼即来也。刘君去，余晚餐。

西南漫游记卷二

第一章 湖北

余自九江乘轮船到汉口，既寓华洋旅馆，托武进刘君通知拔仑三侄后，以久待不来，即自往总商会，方知彼已来旅馆。迨余返华洋，彼已回去，余即睡。半小时后，三侄又来，乃同往交通银行，访浦醒亚甥婿。晤谈之顷，醒亚邀余迁寓于彼银行楼上，余答以明晨再说，即回寓而睡。

十一月四日晨三侄来寓，即将余行李迁往总商会三楼，并电话通知醒亚。余与三侄即往江边渡船，往武昌，至湖边街二号运输处总队部，华甥玉梁晤谈久之，即午餐。华甥命项君导余往湖北省立武昌第五小学校参观。晤校长陈邦彦。此校创办七年，成绩尚佳。学生十二级，幼稚一级，附设夜校一级。共七百九十人（夜校学生不在内），教职员四十一人，经费每年二千四百十九元。校舍为旧时两湖师范之一部分，故地方宽敞，规模尚好，唯年久失修，殊为可危。据陈校长云："学费不收，经费无着，殊为难耳。"陈校长又云："教学方面，用启发及自学辅导；训育方面，注重体育及课外劳作，并各种活动；对于联络家庭方面，实行访问调查，及开恳亲会等；对于设备修建方面，因每月二百六十余元，一切在内，所以无法办理云。”导观一周，优点四：（一）成绩室中普通手工成绩外，有飞机模型、山炮机枪模型，殊合现在需要。雕刻图章，颇见保存中国固有艺术。（二）级报。五六年级之文字、诗歌、新闻、消息等，均见罗罗清疏，一无别字及错误处，足征教导有方。（三）课外劳作注重园艺，所见园圃中分科标识，充实植物分类之常识。（四）教员有五分之三为师范毕业者，五分之一为大学专门毕业者，五分之一为中学毕业及其他者。平时各科研究会，开会时极富于研究心。而于设计与建设，尤能斟酌实际情形，注意于废物利用，以济经济之困难。

华甥嘱副官姜公良导与三侄同往昙花林文华大学访四川毛体六君坤，盖毛君与余在北平约来此参观图书馆。适文华中学开连动会，故毛君不在图书馆。于是由馆中人往觅毛君，余即在馆中参观一周。丛书类藏书甚多，有三十三藏书，为湖北官书局出版者，故此书为他处图书馆不易见之书。有恽南田花卉四幅悬于楼壁，其物甚佳。少顷毛君来，把晤倾谈，知图书经费至为简单，办事亦甚简易。余请其分类言之。

文华书林藏书英文二万三千余册，中文一万一千余册。此数均从三四册并成一册，或二三册并成一册而言。盖此间中文书一律均如西文书，重装直立，以昭中西文一式排列者。书架为开架式。馆长为沈祖荣君，中文编目主任为毛君，全馆职员为十一人。此馆为美国惠棣华女士创办。蕙女士之来中国，三十三年逝世。当初以其弟来中国传教，随其弟同来，见中国文化之衰落，因创办此图书馆。自往美国捐金十余万元，建筑馆舍，购置书籍，定为开架式。时文华大学校长推克逊，反对开架式之办法，甚至推克逊校长将所有个人之书，一概不愿捐入此馆。盖一则认为开架式之办法，公开阅览，既省经费，又省管理，一则认为开架式之办法，书籍遗失，弊资多端。二人之思想不同，致对于图书馆办法之意旨亦不同。然终究照惠女士办法。办理到今，虽遗失之书籍固所不免，然阅览者均系本校学生，即有遗失，查究亦易。此开架式之办法，毕竟利多而弊少也。至于建设馆舍及购置书籍之费，自开办迄今，十一年中，共用去约三十万元。现在公书林之办公费，则由文华大学开支；馆长及各主任之薪俸，均由图书馆专门学校开支；其余办公费，及美国人盈先生月薪，并购各种杂志等，均由文华基金一万五千元中开支。美国圣经杂志会，每年捐入图书馆一千金元之书籍，此书在大学参考室，则另编号码，为不能借出者。至普通可借出之书，除本校学生登记即借外，皆须由介绍人及押金手续完备，方能借出。

文华图书馆专门学校基金二万金元，常年经费二万五千元。学生则专科二年毕业，须大学毕业者方可应考入学；训练班一年毕业，须中学毕业，曾服务于图书馆两年以上者，方能应考入校。本年招考新生，因中华文化基金委员会为中国各省退还之款，故招生亦须各省分配，是以所招新生，则云贵川陕甘新晋桂八省之人，明年则再招东南各省之人矣。所习各科中有金石学一科，为某君所教授，故教室中悬挂金石拓片甚多，皆依三代秦汉六朝唐宋各代之古物，其次序甚有系统。唯学生甚少：专科只有十人，训练班只有十一人，本学期共二十一人。调查此十三年中之毕业生，共八十余人，除逝世者三人，一服务于教育界中，一服务于公安局外，尚存七十人，无一不在图书馆界中服务云。

大礼堂可容一千余人。编目室中各处图书目录，所藏甚多。另有一室，所藏外人编著。关于中国之史书、文学、风俗、杂志等书亦甚多。此馆初办时，只有不完全之百科全书及图书数百种，陈列在一八角室中。而今有偌大规模之书林，皆出于前所不料者。因往前所谓本馆图书策源地之八角室一间参观之。道过崇宏之房舍一所，额曰“颜母室”，为颜某之母捐款所建，故名。今为文华大学之女生寄宿舍。

晚过江回汉口，往交通银行浦甥婿醒亚处晚餐，托其调查往川之轮船开行日期。

五日，昨夜雨甚，今晨不克过江。昨约毛君今日上午往其寓中（草湖门三义庙十三号），同往参观省立图书馆也。华甥玉梁来寓谈话。午餐后，天雨稍止，即偕往武昌。既渡江，先至运输处略坐，即同往毛君寓。毛君即偕余同往省立图书馆，参观新旧书籍。与馆长谈君讷先生（恩）倾谈一切。谈先生见余名刺，即表示观迎久仰未见之意，并言昔见余之著述多种云云。谈次，知此馆所藏书籍，旧书甚多，均昔日两湖书院之书也。计旧书九万余册，普通科学书三万余册，西文四千余册，共计十三万册。经费每月一千五百余元，购书费四百余元在内。馆长、馆员共十五人，薪工七百余元。购书委员会核定，每年购书四分之三为中籍，四分之一为西籍。阅览者每日平均二百人左右，借书者每日平均二百余册（借书须有铺保及押金）。阅览之书，大都偏于文学方面，而以小说为最多。馆中组织，分图书股（股长程方）、事务股，分设股员则分书记、会计、事务等职。目录，新书则用四角检字法、杜威十种编目法，旧书则添小说一门及革命文库、四库书籍，均另列门类。湖北省县共七十县，旧县志有六十七县，缺嘉鱼县志一部，余已全。各省省志，有四分之二，版本佳者约观十数种，择其尤者，志如下。

宋刊本一：

《事文类聚》三十本。为宋麻沙本，每半页十四行，每行二十八字。

元刊本二：

《玉函全部》一百八十一本。有扬州“阮元审定”四字之图章，江都焦循之图章。此书为江阴缪筱山先生之旧藏，而售与张文襄公，以二千金购置之者。每页十行，每行二十字。

《棋谱》二册，至元九年刻本。

明刊本三：

《群书考索》，正德三年刻本，山堂先生章俊卿编辑，故一书二名。共二十五卷，全有“三山陈氏金石图书”之章。

《翰墨大全》，大德十五年初刻。

《东莱集注类编·观澜文集》乙部。林之奇（字少颖）编辑。此为三版后，重抄大字，鼎新刻梓。每页十行，每行十九字。

宋拓《圣教序》，杨惺吾先生守敬，考证三十八字，为明拓本有损，而此本完好无缺者。其“龙”字、“谬”字，下截及左角，稍有糊涂，可确定其为宋拓本无疑。

宋拓《多宝塔》，杨惺吾先生有跋语。乾隆间燕主人有数千字之长跋，辨正所见《多宝塔》九十余种及明拓本多种，均无如此本之完好。有云“人皆以‘深’字水旁作两啄者为原本，其言实非也。在以‘佛道崇虚’之‘道’字，首二笔中断者为真，百无一失”云云。此册之可贵可知矣。

六日上午在寓，三侄托其同学周君调查川贵路由，及先赴宜昌船期、船价等。既而来复余，贵州两日前有战事甚烈；赴宜之船，明日有招商“胜利”开行，房舱十二元。于是决定暂不赴贵，先赴宜昌。余以圕专校毛君嘱讲余所著之《中国圕托志略》，因函锡圕陈献可君寄来原稿，请朱金寿托庞君照抄一份，约明日抄好送来。

参观中国水电业展览会。陈列品多种电机及电用特制品，各商店分中外两种商家。中国商家，则有中国电气有限公司、益中福记电机公司、上海庆茂昌德记螺丝制造厂、益丰电气制造厂、永丰电器制造厂、平和灯泡公司、平湖明华电厂等七处，而以中国电气有限公司之长途电话之电机及平和之电灯泡各种式样、平湖明华电厂所陈列之电器，最为有价值。外国商家则有礼和洋行、捷成洋行、咪吔洋行、西门子洋行、安利洋行、孔士洋行、义比洋行等七处，而以西门子所陈列之各种电器，最为精致、坚实、合用。此会为水电力各业联合，借年会之机会，开此展览会，带有广告性质。陈列整齐，所以宣传展览，即为广告作用。惜中国自制品物不多，以全体陈列品论之，中国商家出品，远不如外国出品。英比各国出品，又远不如德国出品，此可一望而知之者。

是晚杨月寿、朱慧扬两生来。月寿在华栋臣家教书，慧扬在汪禧成家教书。禧成为赞卿子，昔为俟实旧生。华、汪皆锡同乡也。

七日晨，即渡江至武昌，参观省立第九中学校。校长詹学海，字旭东；训育李向春、石先芬。校舍为前芍庭中学所改之第四中学所有之校产，房屋并不宽敞，运动场尤为狭隘，图书、仪器不多。每年经费，区款两千元，省款两万一千六百元。学费不收，仅收杂费及寄宿费，共约五千六百元。教职员全体四十人，共支薪俸二万元零，占全费十分之七；其余十分之三，为购置图书仪器及办公费等等。教学目的，在注重农业知识及各种生活职业之需要，并升学之预备（每届升学之人甚多）。训育方面，膳食学生自炊，宿舍一律严紧，注重“勤朴”两字。余参观校内一周。詹校长以自著几何学教科书上下两册赠余，报以《偈言》教鉴《自述》训育、《概要》等五种，余即出校。总括此校诸点：1. 校长薪水月支一百十二元，兼算学课十时，并不另支薪水；2. 学生九班，五百五十五人，寄宿者二百三十人，均能循规蹈矩，尚无叫嚣骄荡之风；3. 教学注重理科，仪器虽不敷应用，学生尚感有兴趣；4. 图书阅览之统计，阅览者以数理为最多，此为优点也。唯余参观时，见两学生合阅一书。詹校长问右边一生为何不带书来，答以忘带钥匙，故书在抽屉中。詹校长即以手指向该生头部猛击一下，且拉该生之右耳，推动三四次。余见之甚以为奇。既而詹校长谓余曰：“现在学生管理太松，致不服教令。吾校一以严厉处之，故尚可听命。”余唯唯。因感觉体罚之不足以收效也，非以言语训练指导之不可。乃询之某君熟悉鄂省教育情形者，言从前鄂省教育宽纵，近年严厉从事，故各校均有体罚，甚至有罚跪责打等事云。是则教育果能以体罚为管理之良方乎？吾斯之未能信。

至湖北省立图书馆，晤谈馆长君讷。余赠馆中以《寰球旅行记》《福州记》《郑州记》《癸亥记》《自述》等七种。谈君言及留学日本状况，知亦为弘文同学，但余为师范科，彼为普通科，且为同时在校，所谓同校而非同科之同时同学者。因此谈及胡子靖、刘揆一、经子渊等诸同学，种种当时在日时状况，及回国后状况。为时已晚，坚留余午餐。餐后，余即往昙花林文华大学图书馆专校，访沈祖荣校长，谈次。余赠以各种游记及所抄《中国图书馆志略》《无锡藏书志略》等，告以明日即行，演讲图书志略，为时不及。姑俟赴川后再回汉口时，看时间如何，有假则不妨来讲也。沈馆长导余参观学生宿舍。余复调查招生制度，及明年准招女生，且另建宿舍云云。余别沈君，即至黄鹤楼，登览一小时，而后过江。（按：黄鹤楼已非昔比。余前所登之黄鹤楼，乃端午桥所修。今楼为民国十六年后重建者，成一洋式之楼。）临江添修一喇嘛石塔，后建显真照相楼。余登览久之。北行过奥略楼，而至抱藤亭。此亭犹为端午桥时代之旧亭，“抱藤”二字，尚为匋斋手迹。内悬一照片，为梁鼎芬之小影。此为蛇山之首，俯仰临江，但见长江如带，黄流滚滚，风景绝佳。余得句云：

蛇首一亭耸山脊，马蹄千里渡江干。匋斋手迹额依旧，瞰尽横流今古寒。

晚归过黄鹤楼有感，得句云：

夕阳片影上高楼，三度沧桑旧迹留。俯仰狂澜流不尽，西风黄叶又深秋。

是晚应醒亚之邀晚餐。晤华艺珊之三子，栋臣兄在座，倾谈。玉梁甥、拔仑侄均在座。玉梁嗜酒，迟到，醒亚令徐君陪饮大杯，玉梁连饮数巨觥。畅谈元二年之革命战绩，历述其率九十二人，当某军一师之众，以无刺刀之枪，当大炮利枪百战之师，酣战数十里，越时一昼夜，虽败犹雄。座客皆雄之，并云宜饮巨觥。余亦饮小杯。觥筹光错，夜深席散。醒亚为余调查赴川路由，开单甚详，并写信宜昌交行经理，托为招待。更托金城银行戴君，为我写重庆曹作孚君之介绍函等。并约，隔一日交通银行将有赴沙市之人，可同行。余深为感感。晚访武进、刘庆之于常州刘氏棉纱号。以其昨晚来赠余汉铜墨盒一个，故今日往访之。不遇，见其仲兄刘悠宽，略谈。余写小幅一诗赠刘应元君，以报其大铜墨盒也。

赠刘君应元：

萍水相逢日，江流听暮潮。多君忠厚谊，片纸报征轺（以刘君亦将有天门之行，故耳）。

第二章　由汉口至宜昌

八日晨起，余偕三侄往访华栋臣于上海银行二楼申新福新办公处。晤同乡徐月泉，谓三十年不见矣。谈昔日曾偕孙仲襄、周季湄等，在崇安寺演讲等事，为之感慨系之。栋臣谓余曰：此时有民生公司之“民贵”一船，于午后二时直开重庆。盍乘是船入川，且可托民生公司经理李君文君介绍，妥为招待，便且捷也。余诺之，遂返寓收拾行李，决带最简便而需用者：铺盖一、藤箱一、手提藤篮一而行。嘱三侄打电话通知醒亚，并函华甥，告知今日不克过江矣，昨日所约今晚总队诸君之晚餐，亦即转至敬谢为要。午后，拔仑三侄以汽车送余行。先至栋臣处，已将汉口民生公司之介绍及免费信送来，通知“民贵”经理刘君者。栋臣谓黔行如何，尚是问题，因前数日颇闻有军事。《旅行》杂志中有《黔行纪略》，可资参考。乃同乘车至其寓中，取《黔行纪略》，带往船中浏览。晤杨生月寿、朱生慧杨，送余至船，且赠饼干及罐头食物等。余以途中累赘谢之，再三相推，不得已，乃受之。迨至船，客甚拥挤，以此次川省赴全运动会之运动员百余人由京返川，故此船有人满之患。待船开后，始得设法。栋臣往民生公司访刘经理，未晤。重至船上，又未见。乃由茶房头张姓者，以函送刘经理阅之，乃允在食堂暂待可也。栋臣、拔仑、月寿、慧扬均别去，余赋诗以赠。

汉皋留别亲友，得七律一首：

江汉滔滔日夜悠，离禁别绪系扁舟。艰难蜀道此为始，荏苒年华我莫留。轧轧飞机劳幻想，行行击楫渡中流（余本拟乘飞机往川，以价太昂贵故作罢）。异乡亲友感相送，满目苍凉正晚秋。

午后四时，“民贵”轮船解缆。本定两点钟开船，因汉口装货甚多，如棉纱等物，是以开船迟缓两小时。据船上茶房云，两日夜可抵宜昌，六日可抵重庆矣。未到宜昌，夜间可行，既过宜昌，夜间即不能行船，所以可说自汉口至重庆须行六天两夜。余在食堂坐榻略坐，即见张姓茶房头来，云刘经理少时可晤，晚间即在此住可也。余诺之。唯食堂中以客多，终日开饭。早午晚三餐，继续相接，每次须三十分钟。男女乘客，房舱官舱，经理、账房、职员等等，每一餐共开七次，前后非三四点钟不可。故自晨八时起，直至晚间十点钟止，仅于十二点钟至一点钟，有一小时之空间。余即在此时，可以写日记，做一小时之工作，其余则阅览旅行杂志，及舟中人谈话而已。地方尚宽敞，而走廊则不宽。船身两边均装铁板，所以防途中盗匪放枪。此可见蜀道难行之一端也。食堂即客堂，沙发拼板凳四，将行李摊开，睡眠颇安稳。

九日。舟中乘客曾互通姓名而谈话者，刘经理润生，王君润槐，均川人。章君微言，名熊，天津人，法国留学经济科者，送其夫人（亦留德学生，习数理者，曾任北平女大教员）还成都母家。张君蜀樵，体育家也，此次运动还川，广安杨军长森之体育专校中人。此次川省之参加全运，均由杨森筹办，津贴经费甚多。吴君朗西，重庆人，曾留学日本上志学校，在福建泉州平民中学任文史教员，回蜀。吴君励吾，体育指导员，此次领川省运动员赴全运会，而回川者。李君昌泰，在沪业商。刘雨斋君，重庆牙科医院院长，为余介绍重庆青年会总干事黄次咸君，可调查一切也。

晨七时半，过城陵矶。此为江防要地，地势险要，自此而上，江流曲折，有湾四十二，其最险隘者为车湾。城陵矶有小轮一艘，以备各轮往来之领导。十点钟时过车湾，有一小轮船在余船之前导行，左则余船左，右则余船右，亦步亦趋之景象，知为车湾最为泥沙积压之所故耳。

午后船行较缓。盖自汉开行，轮船速率每小时行三十五六里，至此则每小时行三十里。过宜昌后，则不能行三十里矣，大约每小时仅行二十七八里耳。

晚间量水者报告水浅，本晚不能行，须停泊，至夜间两点钟。果停。

十日晨，起大雾，迷漫江上，舟不能行。九点钟始开驶。照例汉口至沙市一千零八十里，昨夜应抵沙市，每小时行三十里，须三十六小时即可至沙市。乃以重雾停舟七小时，误我行程四百里，迨午后四时才到沙市，未停泊即过去。余在船中，但见沙市市廛毗连，商业似尚发达。有一塔高耸，远望之似多年未修之荒塔。而夕阳瘦影，屹峙江滨，大有独立凌云之概。余得诗一绝云：

江流逆溯千余里，沙市平观八百廛。最是夕阳媚荒塔，凌云独立态增妍。

是日舟中所谈话者，有江苏同乡武进沙君、重庆秦君，又船上二副束君松庆，吴淞水产渔捞毕业生也。余即以宗侄预备之函，加封给与阅之。颇致诚恳之意，且云在船有无需要。余答无所需要也。

十一日记。昨晚停船大埔矶，舟人划小艇登岸购物。夜过半，约三时多即开行。今晨闲立船头，眺望江景。过杨溪，江行两日三夜，始见有小山。山下有民户数百家，依山而居。遇王君棣之，为柏庐先生之学生。立谈久之，已到枝山。枝山距杨溪十五里，余笑谓王君曰："不觉行行十五里。杨溪过了又枝山。"李君昌泰在旁，询其枝山距宜都几何里，答以七十五里。枝山有塔三：一在高山之巅，远望之甚小；一在枝山之右，高七层；一在枝山之麓，高五层。王君询余游境，及谈中等教育之现状，语多中肯。余更为之谈过去及痛苦教育之宗旨。时有四川运动员十余人，围而听余述苦行况味中之乐趣，有嗟叹者，有鼓掌者。又有船客来询余此次游踪者，余以游登峨眉为的答之。十二时至宜都县，行四十里，江流似稍隘，两岸均有山。一点钟过峡门。山崖大石，其层积皆立方形。两点钟二十分至宜昌，距宜都九十里，距杨溪一百八十里，距大埔矶二百五十里。

第三章 宜昌一瞥

束君松庆二副，视余以宜渝间里数及地名并名胜，录下。

宜昌。

4 英里南津关。有三游洞之胜，为西陵峡起点，关在北岸。

3 英里石龙洞。民国四年大水冲成一洞，土人附会洪宪之祥瑞，以其洞形曲折如龙形故（北岸）。

1 英里平善坝。前设卡，检察川中木筏，为征税之所（南岸）。

16 英里黄陵庙。山石峭峻，有如屏风，庙祀大禹神位（南岸）。

3 英里鹿角滩。以杜子美有“鹿角真走险”句，故名。

6 英里崆岭。川河中险滩之一，内藏五暗礁，曰大珠、曰二球、曰三珠、曰黄浅、曰鸡翅膀，漕口窄狭，礁石周围多深潭，故舟楫往返在此失事者，颇难施救。近年虽费炮石轰炸，亦无用也。

3 英里牛肝马肺峡。岩壁重叠如茵，形似肺肝，故名（北岸)。南岸有石萝下垂，成如肺肝。

3 英里新滩。又名清滩，以此南岸，而鹞子岩在北岸。

1 英里兵书宝剑峡，石壁千仞，色红黄，壁有洞，相传为诸葛武侯藏兵书于此，故名。

15 英里香溪口。一名明妃村，北岸有香溪，溯其上流约四里半，入江。此间产煤，以汉昭君生子于此且浴于此，故名香溪。

4. 5 英里秭归。姊归有二：一曰老姊归、二曰新姊归。因屈原有姊，闻屈原放逐，乃归劝其自宽，乡人贤其姊，故名。

4. 5 英里泄滩。一名叶滩，此为洪水险滩也，凡水涨由 16 英尺至 20 英尺时，马力较弱之轮，均须沿滩新泄滩，互为涨发。

9 英里巴东。古丹阳地，当三峡之中，有寇莱公祠及秋风亭，准有题诗处（南岸)。

55 英里官渡口。巫峡口也（北岸)。

10. 5 英里棺材峡。以江边大石为横卧如棺然，故名（北岸)。

1. 5 英里培口镇。川鄂交界处（南岸)。

5 英里青石洞。洞在北岸，可望巫山十二峰；在南岸，自青石洞望巫山诸峦，形如“巫”字，故名（南岸)。

9. 5 英里金盔银铠峡。山层方长，石劈皱，形如盔铠，故名（南岸)。

6 英里巫山县，在北岸。东有溪，溪上有庙，曰神女。县北有高唐观，即细腰公之遗址也（北岸）。

10.5 英里风箱峡。岸上有石如风箱，故名（北岸）。

1 英里孟良梯。其北岸有铁柱溪，出峡门有二铁柱分立左右，为宋理宗时守将徐宗武建立，借防船只偷渡者（南岸）。

0.5 英里滟滪滩。江心有巨石矗立，因水势涨落致面积有大小，俗云“滟滪大如牛，瞿塘不可留。滟滪大如马，瞿塘不可下”。

1 英里臭盐碛。产盐。冬季水涸，两岸成沙洲，浮于洲边之盐水甚多，居民就洲上煮盐。架草为舍，切石为灶，取水煮盐，年产约五六百吨，销售本境及施南宜昌各地。

0.5 英里夔府。八阵图在附近北岸，为鲍超故里。东为白帝城，上有永安宫遗址，为昭烈托孤之所也。甘后夫人墓亦在县府中（北岸）。

3.4 英里云阳。南有张桓侯庙（北岸）。

80 英里兴隆滩。此为新崩之滩。

9 英里巴阳峡。长三里许，水枯时不易行船。城外有西山公园，风景甚佳（北岸）。

14 英里万县。寨堡特多。

22.5 英里石宝寨。有塔一。

21 英里忠洲。

36 英里丰都。城外有天子殿（北岸）。

25 英里观音滩。洪水时，滩长六里许，亦险滩也。

26 英里涪陵。

21 英里长寿。

41 英里重庆。

午后船泊宜昌，余偕東二副同乘小划登岸。至二马路交通银行，访谭经理种莘。晤谈后，即导往宜昌教育局。晤张局长楚材，询悉宜昌地方教育费每月六千四百七十五元，行政费每月五百八十四元。全县学校，完全小学六校，初小四十校，区小学亦四十校，私立中小学九校。社教方面正在计划中。张局长导余观省立第四中学。校长不在校中，有事务主任李书麟，导观校内一周。初中学生八班，女生五班，另为第二部。经费每月四千零十六元，教职员薪占四分之三。图书二千余册，仪器标本不多，在初中尚敷用。男生寝室不整洁。自修在教室内。操场不大，学生运动，尚有兴趣。往女子部参观一周，校舍尚整齐，为书院旧址，教室等处似均较往校为佳。成绩室中，手工、图画、国文三科，各有佳制。作品，女生国文部都文言，男生国文部都语体。

闻谭经理言，宜昌商业，以木材、豆油、药材、漆为出品大宗，豆油、桐油两种，每年有百八十余万之生意，漆亦有百余万之生意，此皆出口之货，由施南方面来，由宜昌往下游去者。至于洋广杂货，每年亦有百余万元，为进川省上游去者。银行共有七家，轮船公司共有六家。至于前数年之货，则以鸦片为大宗，今已衰矣。

第四章　由宜昌至巫峡

十二日晨五点钟开轮。由宜昌行十二里南津关，为西陵峡起点处。九里石龙洞。三里平善坝。四十二里黄陵庙，又名玉皇观，地名黄陵庙，祀大禹。山峰高峙，有巨石似牛，昂首北向，头角宛然，余起望两岸之山，知为鹿角滩矣，距黄陵庙九里。又行十八里，两崖对峙，层峦竞雄，大石中横，暗礁内屹，舟中乘客咸谓崆岭至矣。余以铅笔绘图一，题诗云：

晓风吹入西陵峡，两岸危瞻百仞山。雾非烟遮不住，此身已入画图间。

此处失事之船，已有“端生”“福来”“平福”“福远”四轮。凡行船至此，水势奔流，山云迷漫，所谓似雾非雾，似烟非烟，最宜注意，而风景则特佳也。崆岭滩为入川最险之滩，余有二十字以志之：

礁暗波流急，山高云暗生。扁舟留不住，石破更天惊。

九里至牛肝马肺峡。峭壁高削，中有层岩重叠，萝藤悬崖壁间，远望之，仿佛肺肝之下垂状，故有此名。余有诗云：

水因礁暗流增急，舟绕山危行更迟。上有苍鹰斜睇处，盘旋似与客争持。

盖船过此峡时，有一鹰盘旋空际，似欲下攫船中食物状，故云。又行九里即新滩。此滩甚险，在水涸时，大小轮船均用人工绞滩。民国十八年“蜀和”轮船因绞滩之网丝折断，致船身跌坏。是以经过此滩，其险可知。北岸有居民数十户。过此则双峰重叠夹峙，远望之，如双重门户。余有诗云：

傍崖结茅屋，俯水听滩流。山势雄争峙，双重门户留。

又有七律一首云：

忽看山陡如刀削，百尺峰高倒障天。水急滩声遥震耳，崖低帆影欲平肩（适有帆船一艘行经轮船左面）。石层冲积如书卷，树色青苍染笔巅。险隘坚奇描不尽，眼前暂以付吟笺。

三里，兵书宝剑峡，余有诗云：

书剑虽无迹，层岩尚有痕。往来蜀道者，吊古白云根。

四里半至明妃村。一名香溪口，上有溪水三里余，流至村前，相传为昔明妃洗处。溪水潆洄，村中妇女掬水洗面，谓可美容云。溪口有小舟十数横于江滨。居民数十户，丛绿掩映，风景尚佳。余有七律一首云：

山如叠嶂屏东衬，水忽平行泛细流。碧幛镜波胜余艳，蛾眉貂影自千秋。胡笳未入君王梦，汉曲空弹塞上愁。今日犹传生长处，香溪故里足句留。

过此则层峦叠嶂，高不可攀。断涧急流，声洪而壮。北岸有高峰数千尺，面削如峭壁。而苍苔红叶，点缀如灿烂之云覆于其下。是为黄牛峡，长约四五里。古有歌谣云："朝宿黄牛，夜宿黄牛，三日三夜，黄牛如故。"过此数里，即名老姊归，在南岸。又里许，即新姊归，在北岸。行十二里，即泄滩，又名叶滩。舟中水手，预为招呼乘客注意。正瞻望间，急湍喷激，浪花飞溅，湿及襟袖，乘客衣帽皆湿，余亦为之淋漓满襟袖，因得诗云：

两山对峙雄相竞，报道前行到叶滩。水急风狂声四震，浪花如雪溅衣寒。

行三十里抵巴东。此为古丹阳地，寇莱公曾过此，有题诗处。有寇公祠及秋风亭。停船，有客上下，少顷即开轮。行二十里至官渡口。此为巫峡之口，船行峡中，两岸山势互竞，山脚互错，曲折盘旋。风景之佳，固毋庸说，而奇特处尤多。如两山之间，鸟道盘空，望如一线耳；隔涧悬崖，横锁一桥，颜曰无夺，桥洞中空，望之邃远；又有两峰衔接，忽若中断，一石下堕，恰是叠桥。是均偶然得见之者。三十里过棺材峡，至培石镇。此为川鄂交界处也。有培石四十八堆，南岸群峰，有向背各异者。行两里许即青石洞，可望巫山十二峰，峰名各异，兹据普通所称：1. 望霞；2. 翠屏；3. 朝云；4. 松峦；5. 集仙；6. 聚鹤；7. 浮坛；8. 上升；9. 起云；10. 飞凤；11. 登龙；12. 圣泉。由青石洞口起，巫山诸峦，形同"巫"字，故名。所谓神女峰为最高峰，盖命名又不同矣。培石产桐油，镇有民居数十户，在舟中遥望，树木丛杂，风景尚佳。行十里过金盔银铠峡，天色未暮，模糊而过。远望山势，下方而顶圆。又行二十里至巫山县，停船。是日午后天雨，余与王君棣之，张雨伞，坐船头看山。斜风细雨，烟景迷蒙。急水险滩，浪花飞溅。虽衣履俱湿，不忍返船室也。余有句云："贪看云罩山如画，不觉风吹雨湿衣。"所见十二峰中之最奇者，有如五指上，纤纤玉指，攫雾挝云。又有猫首斜睨，高座云霄，双瞳灼灼，是皆过眼云山，迅留片影者。又有巫山县城神女庙、高堂祠。余有诗云：

宋玉文章千古传，高唐神女大名专。传疑传信传仙迹，留缔巫山香火缘。

翌晨，余有巫山十二峰七律一首：

昨夜峰峦一瞥中，巫山十二过匆匆。集仙聚鹤姿容丽，飞凤登龙态度雄。侧背描摹云树拥，顶端隐约雾烟笼。欲知神女高唐梦，疑雨疑云想象空。

李君昌泰视我三峡地名，录下：

西陵峡北岸，自南津关起，过南花溪、黄牛峡、新滩、香溪口（明妃村）、老姊归至新姊归；南岸自平善坝起，过黄陵庙、鹿角滩、崆岭峡、牛肝马肺峡、黄牛滩（三滩）、狼尾滩（二滩）、泄滩而至牛口中滩为止。

巫峡北岸，自巴山起，过叱滩、平阳河、万流村（即巫山十二峰），至巫山；南岸自巴东起，过母猪滩、官渡口、乱石滩、培石镇、跳石滩至巫山县境为止。

瞿塘峡北岸，自巫山起，过将军滩（又名下马滩）、风箱峡、白帝城（即夔门）、水八阵至奉节；南岸自巫山起，过孟良梯而至滟滪堆（滟滪滩）即至奉节为止。

江行时，两岸山麓时见牧羊者，亦有山羊三五成群，自由往来者。余有句云："未听猿啼出幽壑，却看羊牧下斜阳。"

自巫山以上，至铁滩，长约三十五里。自虎须滩转入门肩峡，为瞿塘入口处。杜工部诗"瞿塘漫天虎须怒"，即指此而言。洪水时，此地甚险。出峡门时，有二铁柱分立左右，为宋理宗时守将徐宗武所建，准备锁峡之用者。

第五章　自巫峡至重庆

十三日晨起，五点半开轮。八点半早餐后，往船头看山，与昨日之山又觉不同矣。盖鄂界之山，虽觉雄奇，而川界之山，尤觉奇峻，且烟雾朦胧间，又觉变幻其状态。自过巫峡后，今过黑石滩，而至瞿塘峡，则有将军滩、风箱峡、孟良梯等。所见风箱峡，高广方形，纵横五六百尺，为大立方形，其组织之密，岩石之奇伟，殊堪纪载。孟良梯亦高危平山峭，有石孔可攀而上。下有宋中兴碑，在宕崖之石壁。过此三十余里，即为瞿塘滟滪堆矣。白帝城在其北岸，即为夔府之门户。山崖高耸，有石城在丛树间。楼阁亭台，耸出于林树中者，即昔昭烈帝托孤寄命之地也。滟滪堆者，巍然一小山，在大江中流，外形似下游之鞋山，所谓大姑山者是。余不觉作冥想：鞋山既称大姑，孤山则称小姑，滟滪堆可称瞿姑也。江心有乱石八堆，名水八阵，相传为昔蜀汉武侯防江所设。过此则江面轻宽，水势奔腾，亦无下流之险矣。余有诗四首。

瞿塘峡二首：

晓起看山山不断，蜀峰不与楚峰同。舟人笑指风箱峡，方广之横势益雄。

瞿塘一峡胜巫峡，山势滩声两不同。仰望雄奇俯奇险，楼船转瞬驶如风。

白帝城一首：

白云出岫本无心，吊古空怀梁父吟。寄命托孤缘底事，徒留遗憾到于今。

水八阵一首（有石八大堆，每一堆中又分小八堆，共有八八六十四堆小石云）：

水上犹留八阵图，江防战略未模糊。吞吴遗憾咽流急，扶汉忠忱捧日孤。北顾帝城寒隼睇，南横巫峡听猿呼。眼前尽使风涛险，乱石平堆川不枯。

午后过云阳，南岸有张桓侯庙，北岸为新云阳，民居数千户，有中学一校，内分师范一班、职业一班、初中六班，共八班，学生五百余人。有女师一校，完全小学十二校，初小一百二十余校。全邑公私立中小男女共约二百余校，有农业学校一所。地方教育经费共六万余元：中学常年经费二万元，女师常年经费一万余元，农业八千元，其余二万元则为小学之经费。过此三十里，有云阳旧城，今城基及城墙，尚有遗址存在。再过此十里，即兴隆滩。近年为蛟水陡涨，冲激山石崩坠，故遇枯水时，舟行尤险。今过此，以水尚非冬令，故不甚险，唯流甚急耳。过五里，即盘石渡。北岸为磨盘寨，山头为峭石，周围如壁，昔日为谭某所据，而妄自霸者，后为某军所破，今已平靖。行五里，名小江。此为一镇市，有居民数十家。又三里，名九堆子，又名九龙子。在南岸有大石九堆，北岸为六冈子，又名六龙堆。见有居民在江滨淘金沙。又数里，折入巴岩峡，亦名巴阳峡。此峡两岸之山，多寨堡。江行十余里，滨岸皆大石横堆，有数丈长之石，平铺堆积。过此，山上桐树甚多，盖川河两岸之山。桐子大如橘柚，可以榨油，知川省桐油，产量甚富。是晚停船后，二五税局及检查所来航检查行李，至为骚扰。有一客带新购皮袍，罚税四元云。

十四日晨六点钟开船，行九十里至武陵，三十里石宝寨。远望之，屹然高十数丈之石磩，有一塔，高十三层，下有民居十数家，风景甚佳。川中多黄桷，其根能深入石隙，在土中能长数里，其身有数抱之粗，其荫如张盖，可以为行人避暑。近有人研究黄桷有黏性，可作树胶之用。川中植甘蔗于山田者亦多。

是日烟雾障前峰，望之层峦叠峰，浓淡相间，远近相衬，真有画工不能描摹者。余有句云：

近观烟嶂浓兼淡，远望云峦有若无。雾里看山真妙境，似模糊处不模糊。

余绘武陵云嶂图，石寨宝塔图。

郭君视余以川江地名之歌诀，可知宜昌至重庆之地名及里数。歌诀如下：

黄君瞿溪归巴，万巫戴安云小。万酿曹忠花丰，焦语蔺长木巴。（每站九十里，共二十二站，约计一千九百八十里。）

过安坪，三十里，古岭渡。有一镇市，居民七八百家。此地产桐油，有船数十，为载桐油者。行五里，东梁子滩，势甚险，舟行较缓。有货船一艘，二十人拉纤过此滩。又五里，石矶子，亦一小滩。十里，见高山二，皆有一塔，知为忠州到矣。（忠州为明奇女子秦良玉率兵御流寇、大战破敌处。神流寇之祸忠州，未遭惨杀者，良玉之功也。）

午刻过忠州。今日上午天气较昨日为晴爽，午后将过丰都。舟中人咸谓川人迷信神话者多，故对于丰都所谓天子殿者，相传其灵显之事甚多。有不信者，仅谓全系僧道所为愚人计耳。自石宝寨行六十里，至忠州，自忠州行四十五里，至高家镇。民居百余户，种植桐竹菜蔬，田园风景殊佳。行四十五里，至丰都。闻舟人云，高家镇及丰都两处，为川土出产最盛之区，每年出口各数百万。运货往汉口上海者，均纳正税，所以不纳税者，罚则殊苛也。

余在舟中见丰都县城，户口甚繁盛，倚山为城，新筑马路十五里，工商业以运售烟土为出口大宗，是以下水船过此，载货甚多也。山麓神庙多处，在半山间有一石坊，俗传曰阴阳界，过此即登天子殿，此即俗所谓阎罗天子殿也。后有关帝庙。一亭甚高，在舟中望之，为山之最高顶。凡二三月间，各处乡民来此烧香者，一步一拜，上至山顶，朝山焚香，热闹非常，间有乡会甚盛，此均迷信之各端也。十五里至观音滩。

过丰都诗一首：

茂林丛树拥艳都，高筑丰碑建坦途。如此山川笼景物，几多神怪语模糊。庙留汉寿亭侯祀，殿仰阎罗天子呼。瞬息鬼门关已过，故吾依旧是今吾。

过观音滩，江心大石一堆，横亘半里许，积沙成梗，轮船绕行。流急势险，缓轮开驶。过此三十里，即至汤圆石，停轮，天已黑矣。此地本一小村落，民居十数户，嗣以轮船往来，每停泊于此，是以小有买卖，渐见居户较多，成一小镇市矣。

川中橘柑甚多，山上累累结实者，除桐实外，即橘柑矣。又见盐船甚多，有划桨十八支及十六支或十二支者，皆重载盐包之成都式船也。轮船亦缓行以让者，盖川河中行船，非加以谨慎不可。

滩河之最险者，瞿塘峡及华滩等处。招商局轮船，名“峨眉”，在华滩触礁，此本年七月事也。全船过华滩时，见“峨眉”一艘，尚搁沙石，船身则已打坏，非重加修理，不克竟其用。

十五日晨六点钟开船，行九十里，至涪陵；行三十里，李渡；三十里蔺如场，相传昔蔺相如过此。三十里，剪刀峡。两峰对峙，山脚平挹，峡口相差甚隘，远望之，状如剪刀，如名。峡旁有石灰窟，即以本山之石烧之，每年出货甚多。

是日雨，气候较寒。晨餐，饭粒太粗粝，菜皆辣甚，食后腹中不甚舒服，致腹泻两次，精神稍觉不爽。余入川以来，在舟中观览风景，与同船之客互相谈话，记日记，赋诗作画，虽地窄而时促，精神上颇感兴趣。今日腹中不舒，神志颇感不畅。幸午后即至重庆，或稍休息，自当恢复精神也。得诗云：

莫言蜀道艰难甚，全恃山川景物多。偶尔精神似劳顿，且枯椽笔作长歌。

川江道中

吾入川江凡六日，日日看山山佳绝。蜀山不与楚山同，突兀雄奇不可说。西陵一峡势回旋，山高水急滩危极。渐来巫峡山更奇，层峦叠嶂山无缺。曲折潆洄片刻间，江流转入滩深阔。仰望巫山十二峰，烟云笼罩山容美。须臾风拂岭云开，神女峰高态增媚。洄溯高唐宋玉词，千秋佳话珍江贝。忽看北岸峰插天，南岸烟峦势均配。万流竞趋蛟龙惊，跳石浪花湿衣袂。舟行转缓轮驶迟，左旋右折瞿塘矣。瞿塘峡，滟滪堆，江心拥现堪平视。状似鞋山疑大姑，景媲孤山耸江渚，敬上嘉名曰瞿姑，盍偕诸姑同谱诗人齿。三峡匆匆过，江山俯仰间。行行二千里，万忠涪丰还。有时疾趋水横溢，有时平流声幽闲。有时大石磐磐堆高岸，有时凌霄叠嶂崖空嵌。画工描写不得穷妙境，骚人吟咏不足探兴岩。夜深惆怅不成寐，晓来风雨正迷漫。雾里山峦又殊异，眼前滩水声流寒。骤见剪刀双义峡，上会有苍鹰空旋盘。岭接举衔到长寿，飞泉百尺侧耳听潺潺。须叟报道抵重庆，川行七日狂歌掷笔宇宙宽。

余询柬二副“民贵”船之组织及船之吨数，柬君导余参观船中一切，谓船之组织与他船无异，所异者，因川河之险，领港者有三人之多，所谓大领港、二领港、三领港也。船之吨数，为总吨数九百二十六吨，交通部注册载货吨数五百五十吨，船身吃水七尺五寸，排水量十三吨一寸，机器马力二千四百吨，船长二十丈零五寸，阔三十三尺。走长江上游之轮，后叶为双叶，取其旋转灵便，故不用单叶而用双叶也。

余在船上饭食，本拟付以十元，不料厨房头郭姓者，以余与柬二副同乡师友之关系，一定不受。且以余与二副同餐，彼以为并未另膳，尤为谦谢。余乃托柬君与之，即伍元亦竟不受，此事殊为不安。仅给茶房五元之赏耳。

舟中之客，见余所作诗，爱读而手抄者，有王棣之、李昌泰、蓝纹波三君，各抄十余首而去。余得句云：

俯仰乾坤此孤身，同舟难得有三人。爱余诗句手抄读，不待笼纱染点尘。

天将暮，船至重庆。路过广元坊，有飞机场。此间有赵姓为巴县首富，沿江屋宇田亩，均属赵氏所有产权，每年冬间及水旱偏灾，闻颇能赒给贫穷，力行慈善事云。

晚六时登岸。船停南岸。李君为余雇一划子，言明三角。柬二副派茶房张姓者送余过江。划子久之不开，乃招客四五人同行，故延至七时始开船。待傍北岸，已七时矣。时细雨迷蒙，道滑泥湿，石级数十级，至为危险。迨雇笋舆二，每乘四千文。至城门口，兵士检查行李，至为纠纷。既入城，乃以行李较重，行尤迟缓。抵第一模范市场吉记纱号，访蒋叔方君，适病卧未晤，由乃弟九皋招待。及晤尤君立三，乃故人惜阴先生之子，并同乡唐君世梁等。晤谈之顷，均无锡同乡也。数千里外，忽遇许多锡人，能无愉快之至乎。且蒋君昆仲，家住河埒口，与余外舅家为同族，论辈分遇春哥为其族叔祖云。翌晨，蒋君叔方病稍愈，出见客，并道歉昨晚因病未能出见，且谓倘早得一信，当往船上迎迓也。余逊谢之。蒋君为吉记纱号经理一年余，吉记即申新之批发处也。并知振新纱厂亦有纱号在此，即名振记纱号批发处，其经理亦为锡人，姓楚，乃哲卿之戚也。

余自汉口到重庆，江行七日，所记至此，为本章告终。到重庆后所记，则下章详之。

夜卧不寐感赋

逆流上溯五千里，沪汉宜渝屈指思。蜀道艰难今已识，川江曲折古称奇。炎凉变态谁能喻，苦乐从心我自知。一事长途差可慰，囊中画稿箧中诗。

西南漫游记卷三

第一章　重庆

十六日，余至重庆，寓第一模范市场七十号门牌，吉记纱号。此地昔为道署，今拆改市场，于去年新建。闻唐君世梁云，重庆商市，进口以纱布为大宗，每年十六万包，价渝银四千万元，出口以药材、皮毛、烟土为大宗，其数量则数倍于纱布也。

吴君朗西住蔡家石堡打铜巷，来吉记访余，拟同往参观学校。蒋君叔方以有病不克同往。蒋君九皋偕吴君导余先往夫子池，参观教育局、中心小学、县立图书馆等。时适小雨，即步行里许而至教育局，时已十时。局中除书记外无人焉，见一服西装者，询之，则曰：局长已改为科长，往巴县县政府办公矣。于是出而至中心小学，见教室上课，殊欠秩序。晤一教员询之，知为级任陈瑜，号尔曼。对于巴县地方教育，言之甚详，特述之如下：

（甲）巴县地方教育概况

（一）巴县县立中学校一所，内分农业、师范、中学三部；女子中学一所；乡村师范一所；乡立中学东南三所；小学三十校，内分男小学二十所，女小学十所。职业学校附设于各校。

（二）私立建设学院：中学分教会立、非教会立两种。教会立者，有诚德中学、求精中学、广艺中学、明诚中学四校。非教会立者，有宏育中学、达材中学、赣岚中学三校。私立小学甚多，未立案者居大多数，故教育局无从知悉其确数。

（三）巴县市立中学一所，模范小学七校。今之中心小学，即昔之模范小学所改名。

（四）经费方面，全县教费约三十余万元：县中八万元，女中九万余元，乡师六万元，小学七万元，余为补助乡立中小学校之费。每校附设之职业教育，每校每年津贴一百元。

（五）教员薪水之规定：城中小学每学期一百五十元，八折。乡间小学每学期一百二十五元，级任一百三十元。

（六）校长薪水之规定：分永任、试任、连任三种。永任者，每学期二百元；试任者，每学期一百七十元；连任者，每学期一百六十五元。

（乙）巴县省立学校概况

省立学校之在巴县者，川东师范一校，第二女师一校，商科一，工科一，职业一。

（丙）中心小学概况

（一）校长贺宗西，主任教员二人，级任十一人，科任四人，共十八人。学生十一级，共五百人。经费每年七千一百元。学费每学期收一元。

（二）是日所见高小学生体操课，在操场上练习国术，尚见精神。初小四年级国语课，秩序尚可。其他未见。

（丁）社会教育概况

（一）每学校附设平民教育者，每年每校津贴一百元。

（二）图书馆新近改组，正在筹划中。

（三）阅书报处三所。

余偕吴、蒋二君参观图书馆，述之如下。

（一）巴县县立图书馆，经费每年二千元。

（二）董事九人。旧馆长蔡君。新馆长尚未推出。

（三）藏书旧籍二万四千余册，新籍二千余册。阅览人每日平均五六十人，阅旧籍者三分之二。

（四）是日所见善本书：1.《大明一统志》，四十册，明版；2.《四川通志》，一百六十册，清蜀刻本；3.《蜀典》，四册，张澍纂；4.《二十四史》全部，为局版，仿汲古阁本；5. 其余善本书，大都清刻本。

（五）改组后，预备每年提四分之一之经费为购置书籍费。

参观重庆大学高中部，访沈君同治，适进城，晤其夫人吴慧英，为江苏二女师毕业，昔曾听余演说于二女师者，故识余也。略谈来川饮食起居之不便，拟欲南归云。吴君介绍成君。余询成君大学状况，适沈君自返校，晤谈。知大学校舍尚未落成，每年经费预算三十万元，现以建筑故，额可十二万元。学生一百五十余人，分中国文学系、外国文学系、数理系、生物学系、农林系共五系。当由成君（高中部主任）导观高中部一周。知教员二十二人，内有六人为大学教授之兼课者，不受薪水。学生一百零七人。经费每年三千七百六十元。教室甚宽敞，优点二：（一）学生完全寄宿。宿舍中洒扫，均归学生轮值，轮值有整洁者，有不佳者，定分数以别之，且制表以悬诸客堂，表示奖励之意。（二）浴室及盥洗室，布置整齐。其余设备，尚见简单而整齐。

参观私立巴蜀小学校。校长为周旭成，吴县人，余素认识，昔为二女师附小主事者。学校在张家花园，优点殊多：（一）校舍新建，空气新鲜，环境得自然之美。（二）学生无论大小完全，均寄宿。女教员亦均住校，兼负保姆职责，待学生诚爱慈祥。（三）教员各富有研究性工作，非常勤奋。（四）学校行政，计划周详，会议研究，编著策略，均极尽小学应有之能事。（五）每年经费四万元：收学膳宿杂二万元外，由王治易师长捐洋二万元。是日午间，蒋君偕余携曹校长、刍戴经理两君介绍函，至民生实业公司晤卢作孚经理。卢君一见余名刺，即谓“无锡侯先生，久慕而未见者。十一年往锡参观竞志女学，先生在闽未晤。十九年第二次往锡，又未晤。何幸今日到此，欢迎之至。”即告余川省实业教育之不堪振理，连年灾害，经济破产，非由个人自辟事业，勤俭从事不可。余询以民生实业公司之组织及事业。卢君告以川省交通不便，第一须振兴航业，以利交通，是以创办民生实业公司，开航重庆、合川路线，重庆、宜昌线，继而开重庆、汉口线。今则共有大小轮船二十余艘，走重庆至汉口者上者，有“永年”“民康”“民宪”“民族”“民贵”“民强”此六船直达上海，其余走宜昌、万县，走涪州，走嘉定，走北碚者，尚有十余艘。

卢君又谓余曰：“今日午餐，欲介绍几位成都友人及本地相知者，可为导游及介绍招待等等之机会也，请即同至青年会午餐。”诺之。遂并邀蒋君昆仲及吴君同行。既至青年会，卢君介绍中国银行副经理张禹九君，及成都光明实业公司董事罗君隽承、何君仲蕘、工程师薛君垣叔。少顷郑君璧城来，谓余曰：“君尚忆惠山遇君全家摄影于二泉亭畔乎？尚忆登百一楼指导余等参观君所珍藏之实物乎？”余为之茫然，仰首思之，仿佛所言，尚有印象于脑中也，唯唯称是。即往青年会午餐。罗君谓：“明日天晴，拟雇车行，君往成都可偕也。”余曰：“明日拟往北碚，后日返重庆，隔两日可同往成都。”罗君诺之。余既返寓。蒋君谓罗君有电话来，定十九日晨六时上车，明日准往北碚游。阅《旅行杂志》中，有小三峡风景游记。余因调查小三峡之风景，即自重庆走嘉陵江，入江行一百四十里即北碚。入第一峡，曰观音峡。第二峡，即温泉峡。第三峡，即沥鼻峡。是以余之往北碚，一为参观北碚新辟之教育实业，一为浏览所谓“小三峡”之风景也。

是晚中国银行经理张禹九君邀往中国银行办事处晚餐。余偕蒋君叔方同往晚餐，罗、薛、何三君亦在座。张君为余写介绍函十余封，预备往成都往返之东道所在，以内河、成都、嘉定、叙州、泸县均以中国银行为寄宿。且有参观学校之绍介函数封。殊为感谢。张君禹九，宝山籍，既为江苏同乡，又为在江苏学校时曾识余者，故招待周至也。

赠卢君作孚

吾来西陵巫峡瞿塘三峡间，滩水奔腾万流竞趋声潺潺。是乃地灵蕴蓄百千载，始有一泻千里郁盘起伏之河山。此中自是有人杰，应运崛起荆榛芟。建设实业与教育，开辟北碚一乡之层峦。若为公园好风景，若为学校窥一斑。若为实业兴民利，若为公众辟琅嬛。屈指未满十年耳，小三峡名播人寰。我今一言可为卢君赠，人造环境莫使环境压迫我四环。

第二章　北碚之游

十七日，天未明，起盥漱，略食早点，即偕蒋君九皋同出千厮门。时适天阴雨湿，道路滑腻不易行。下山抵盐码头，登“民生”轮船，购票，每张一元五角。往北碚轮船，是晨有“民生”“民约”“民有”三艘开行。余等乘“民生”船。载重总吨七百吨，登记数三百吨。携卢作孚君介绍信，晤朱钧权经理，邀账房坐。少顷“民贵”之刘经理润先、王君润槐亦乘是船返合川。盖民生开合川而过北碚者，舟中客大半至合川，少数至北碚。遇张君华略谈往白庙子之任务，余因询及北碚及白庙子一带之产品等。张君告以北碚有中学一所，小学、女学各一所，以及图书馆、动物园、科学馆等，大可参观。自白庙子至戴家沟，三十里，为江北、合川铁路线，已筑者开行二年，其余九十里正在建筑中。七点钟开船。行嘉陵江中。江之下游，水流平缓。帆船小船，往来甚多。北碚位于嘉陵江之南岸，因嘉陵江一带如白庙子、戴家口、大田等处，均产烟煤、油煤，甚饶。是以江北至合川铁路，现已筑成之三十里专为运煤之用者。煤油专为轮船锅炉燃烧之用，北碚、合川间，甘洞子有建洪济制冰厂，利用泉水之力为之。汤泉陕有汤泉公园。溯江而上九十里，入观音峡，三十里至北碚。过北碚十里，即汤泉峡。再上行三十里，为沥鼻峡。观音、汤泉、沥鼻为三小峡。唯将入观音峡时，两岸山崖竞势，山脚各叉入江中，水流甚急，舟行较缓。即入峡后，大石高堆，危峰欲堕。至北碚，计离重庆一百四十里。偕蒋君登岸，有张君义德在码头迎接，谓昨接罗经理电话，知侯先生来，政治股章主任特派来江边导引者。余感谢之。自登岸上山，连续步一百六十石级，足为之疲。既至，巴北璧合四县三峡防务局黄子裳主任出见，余携卢经理之绍介函而交之。黄君云，民国十年，曾往无锡，当时在北京高师毕业，南下参观学校也。谈次，即午餐。余偕蒋君及张君、周君四人用膳，在礼堂，均立而食之。黄君告余云，此间既做办公室，又做礼堂、食堂，一室而三用之。餐后，即由张君义德导往清和路、西山路，登山参观北碚各教育实业之机关及场所。往返山路约五里，为时四小时。道遇王君棣之，亦同参观焉。所见略述概况如下：

1. 三峡染织布厂：主任孟孝山，男工一百四十余人，女工七十余人，每日工资以织布之多少为断，大约织布最多者，每人可得两角以外。二场分染工场、织工场。织工场中，又分提花织工、普通织工以及放纱工场、经纱工场等。提花织机，木机十三架，铁机六架，普通机四十余架。提花所织之地毯甚佳，其阔为中尺四尺二寸，质厚工细，颇通应用。电机室发动机，电力十二匹马力。所出货销路尚佳。

2. 兼善中学校：校长张博和，训育申雪琴。学生第一年级两班，第二年级一班，共八十七人。学费中学十元。参观二年级严次筌上国文课，学生尚能注意。

3. 兼善小学校：原名实用小学。学生一百三十余人。参观时正放午膳，学生在教室内补作手工者。询之，为临饭时工艺尚未作就，已放课，故在此补齐。高小学费，每学期仅收一元。初小学费，每学期只收五角。

4. 西部科学院：有生物研究所、理化研究所、农林研究所、地质研究所。陈列品既多，参观各室，美不胜收：（一）四川植物标本。极合应用，且提倡本省植物，能令学生采集制作，实为要务。（二）岩石、矿石、化石标本甚多。如宝塔虫化石一块，有尺四寸长，虫体完全可见。三叶虫化石多块，产南川石坝沟。腕足类三叶化石，产灌县水磨沟、里土坡者，虫体完全可见。又彭县花梯子产铜矿及赤铁矿，南川金钟山产腕足类化石，平湖产珊瑚虫化石，灌县产磁铁矿，彭县产二叠纪新瓣腮类化石及纺锤虫化石，并铜矿，北川产珊瑚虫化石及铜矿、油煤、焦煤（此种炼焦，炼得甚佳）。

5. 植物制作室：室内有采集植物用压榨标本器械。陈列橱中之植物，有二千数百种。

6. 动物园：此园十九年创办成立，饲畜兽类十三种：豹（产西藏）、熊（西康）、猿猴（川省）、熊猫（宝兴）、刺猪

(贵州)、猪獾、猓香猫（北碚）等。鸟类三十一种：孔雀(云南)、锦鸡（尾长羽毛浓厚)、白鹦鹉（澳洲)、绿罗哥交凤（羽毛美丽)、火鸡凤陵鸟（新金山)、马鸡（西康)、凤鸭、苍鹰、鸱鸮、鹑、灰鹭、鸳鸯（合川)。动物园一周，觉布置各种动物之分类说明均详明，点缀花木亦甚得当，上下层级，建筑一切，均甚美丽。

7. 风物陈列室。

（甲）南洋马来风俗物产。（乙）西部陈列室。西藏之喇嘛画像、佛像、藏经、铜像、法器、衣冠、印版、泥佛、瓦佛、土白塔、乐器、武器等。(丙）中国历史品陈列室。延平钱范、汉砖、钢剑、瓦器、铜器、铁盔甲、明砖、明瓦、明瓷、清瓷器等。（丁）西康风物陈列室。武器如刀剑弓箭之属、盔铠，石器如雕刻甚细之石茶杯。(戊）煤屑陈列室。江北东山龙王洞，正连，分十层：第一层赭山岩，第二层石灰岩，第三层赭石岩，第四层背连，第五层灰岩，第六层独连，第七层石灰岩，第八层双连子顶板岩，第九层页岩，第十层双连子底板岩。缙云山二岩、甲子洞煤层模型：黄沙岩，外连，灰负岩，青沙岩。门外有铜炮两尊，上有“总统九起川楚义勇都督府陈损刻”十四字。

8. 矿石分析室。

9. 图书馆：十九年创办，主任袁百坚，编目何一平，馆员彭湘。藏书一万八千余册，旧书占五分之一，社会科学书占四分之一，杂志四十余种。借书须铺保，以二册为限，时间以两星期为限。编目用十种法。经费每年二千零十元。目录卡，书名、著者、件名、杂志四种。阅书人数每日百余人。

10. 标本陈列室。

11. 平民夜校：三所，经费五十元。

12. 民众会场：每周演讲三次，电影每周三次，收音机每次开放。

13. 问字处：每日平均十五人。

14. 民众医院：便利民众疾病者，为益殊多。

15. 农民银行：汇兑、借款，均能便于农民、劳工、商贾。

16. 公共体育场：普通一般民众及团兵警士等，运动者甚多。

17. 《嘉陵江日报》：（余本日来北碚，此报已登载。）消息灵通，记载翔实，在实业方面及教育并建设等事，均能详载弥遗。

午后四点五十分钟，回峡防局，演讲《钱及人才并环境》，听者兼善中学学生、特务学生队、峡防局职员及士兵，共三百余人。

是晚，雇船至嘉陵江公园。有江阴某君，任兼善体育教员，闻余改造环境忍耐痛苦之言，颇为感动，因偕张君义德，同至温泉公园。小舟十里，有一滩，水流急湍，舟屡进而屡退，久之，始得进，时已七时半。入温泉峡。此为小三峡之第二峡也。登岸，行三百余石级，两足殊酸疲。此为三百梯。入温泉旅社，为关帝殿，今为饭店食堂。寓农庄，余等四人即向温泉入浴。此泉温度，不过为三十七度。

晚餐后，张君及某君乘船返峡防局及兼善中学。余与蒋君即卧。

温泉设备甚佳。有两池：一深六尺，宽二丈；一深九尺，宽四丈。屋外有茂林修竹，幽径石街，泉水澎湃之声震耳。出浴后，气候甚凉爽。浴资每人一角，余等四人，共五角。自温泉至卧室，数百步，为石子街及三合土街。建筑牢固，有武装巡士往来公园中守护。盖十年前，北碚为一荒僻之区。今乃有居民六百余户，四千余人。建设、风景、实业、教育等等，固为良好之模范村。道路修整，人民自治程度亦由劝化而知。公共卫生，如每一路口有马口铁水盘一，上悬一牌，谓“吐痰必于盘中”。此种办法，殊为特殊之成绩也。

十八日晨起，余与蒋君游览山中风景。访古迹，步林间，登花好楼，见石屏风，望飞来阁，谒铁瓦殿，蒋君摄观音照两帧。过大佛殿，见长臂佛。出天王殿，有明代浮雕蟠龙香盘一座，四层石刻，剔透玲珑，精巧无比，高约六尺，径亦三尺。殿后有万历新淦朱孟震题诗石刻，字既娟秀，诗句亦佳。余步其原韵，得一律如下：

温泉喷激鼓鱼滘，入浴氤氲如醉春。花木香清真断俗，园林寂静涤浮尘。地宜春夏秋冬景，我是东西南北人。如此仙境

如此境，果谁努力破迷津。

黄子裳主任来，食点后，偕往磬室、乳花洞，经兰谷，观桃花流泉。越枫冈，绕竹径，过琴庐，观水磨面厂。入新开石径，穿翠竹坪，曲折下行，抵第二码头。待“民生”小轮，购票，每人八角，昨为上水，今为下水，故船价减半。舟中遇张君华，言白庙子至戴家沟三十里之铁道，不可不往一观。余以时间匆促，不及往观为言。十一点钟至磁溪口，有绍兴张君宗麟，任省立乡村建设院教导主任，此次领学生游北碚，在船中与余畅谈游况及研究教育，此时别去。十二时船抵重庆，即登岸，返吉记。午餐后，即在寓为蒋君昆仲、尤君、唐君以指绘竹，题诗赠与，并为九皋写堂幅。

异乡欣晤故乡人，聊借指痕暂写真。墨竹两竿挥手现，五千里外远游身。（赠蒋叔方）

同游北碚归来后，弹指轻挥墨有痕。老竹一竿珍赠与，绿荫朝话翠坪根。（赠蒋九皋）

老竿直欲凌霄上，嫩叶还看着雨滋。回首卌年旧交谊，异乡回溯故乡时。（赠尤立三，乃翁惜阴先生，为四十年前与余同受知于孙襄臣大令之门者）

千霄气概坚贞节，着雨多姿湿翠荫。聊借客中指余墨，为君绘赠竹萧森。（赠唐世琴）

心虚竿老节坚贞，绿叶疏披景物清。北碚游归鸿爪印，墨

痕弹指表深情。(赠卢作孚)

是晚周旭成君邀余至东道楼晚餐，座有陈君父子，其夫人为松江方氏。席间江苏同乡，主客六人，浙江一人，川省二人。言语则川沪杂出，谈笑生风。亦客中嘉会也。

晚餐后，即至青年会。因明日偕罗君隽丞、何君仲蕙、薛君耘叔三人，同乘汽车往成都，是以移住青年会，以便明晨六时即出发故耳。九皋与唐君将余行李送青年会，余颇感谢。少顷蒋、唐二君别去，余住青年会十四号宿舍。郑君璧诚来，余询以成都风景。郑君告余以各地风景及古迹，因开一单视余曰："成都之东有望江楼、崇丽阁、九眼桥、白塔寺，南有惠陵、武侯祠堂，西有工部草堂、青阳宫、笔砚山，北有昭觉寺、驷马桥之胜迹，是皆足以流连者。"并告余以东坡故乡之眉山，为往峨眉必经之路，亦可停踪。一访嘉定之读书楼，亦苏氏遗迹。灌县青城山，胜迹尤多，亦有往游之价值。余固知岷江之水、成都河流，皆从松潘而来，所谓邛崃山脉者，青城诸山，水源奔腾而下，其利足以借水力而发电机之力，运用此天然之水，以成电力之用，岂独区区碾米之用而已哉？璧城为双流人，双流距成都五十里，有通江图书馆，有春晖小学，在马江寺，倘过此，亦可一观。璧城又言及成都已有十六县能通汽车者，有崇宁、新都、新繁、双流、郫县、广汉、温江、成都、华阳、九县；其未通汽车者，有筠阳、崇庆、崇宁、新津、灌县、彭县、金堂、什邡八县。少顷，璧城别去，余即睡。

第三章　由重庆至成都

十九日晨六时，偕罗、薛、何三君及吴君，乘汽车往成都。吴君因病归家。此次所乘之车系小包车，可坐六人。昨日黄君棣之本拟同行，嗣因行李笨重，不克同行。故此车包价二百七十元，余等五人分摊，每人应出车价五十四元云。车夫张兆稌，为成都工业专门学校毕业，与薛君垣叔为同学，故三百元之定价作九折算，已为便宜。装行李上车毕，即登车开驶。七时半开车出城，由巴县至璧山，道经青木关，山环如城，地有温泉，此地昔为征税常关，颇为巴璧间最繁盛之镇市。今裁关后，较为冷淡。由巴县至璧山，为一百二十里。汽车过歌乐山，相传李冰子二郎佐禹治水，住此，奏钧天之乐，故名。车行三十里，绕山腰两围，由跨线桥隧道而出，此为老鹰岩。山势高峻，闻当时欲凿山洞，不能凿穿，工程浩大，不如在山上绕行，较为便易，故车绕山腰，出跨线桥之隧道，而过老鹰岩也。过此则车路均沿山崖行，山景甚佳。余得诗一首：

晓起驱车蜀道行，冲风破雾此长征。大桥蜿蜒化龙去，峻岭盘旋飞鸟惊。上下双环穿月晕，崎岖一洞御风轻。奔驰百六十余里，驿路停踪进早羹。

三十里，丁家坳。三十里，马坊桥。五里，小马坊桥。二十五里，永川县。三十里，步墟子。三十里，荣昌县。三十里，邮亭铺。三十里，峰高铺。三十里，烧酒坊，产陶器，如吾省宜兴之陶器，唯物品粗糙，不如宜陶远甚。此间泥土皆红色山泥，质颇细，能改良，必当有佳制。三十里，石燕桥，产煤，质佳，量亦多，开采用土法，销售运往区域数百里中，均用石燕煤。三十里至隆川县。三十里，丁家沟。三十里泥路，颠簸不堪，道遇多人，均来往之车，陷于泥中之客也。余车其始尚硬挺横冲而过，继则陷于泥中者，一而再，余等亦下车步行数次。迨泥深数尺，亦经多人施工，扛车而过。余等再三猛进，车亦奋勇拔出于泥涂前行。又步行十余里，勉强至一石桥小憩。见往来负贩者，皆石燕煤炭也。余检视一小块，知为烟煤之佳者。询其价，则云每百斤须钱二十千文云。

隆川道中

几番梗阻向前进，奈此艰难事远征。驿路从知人世险，顽童慌语客心惊（有许多顽童谓前途陷于泥中之车甚多，不克行走，虽有民夫数十人，不能拉起，余等为之惊讶，且天已将暮，奈何）。前车已覆扶难起，后辙追踪继又倾。幸见舆夫心

手敏，泥涂屡陷跃然行（汽车夫张兆秾毕竟心灵手敏，屡陷屡起与寻常车夫不同）。

三十里，双凤驿。三十里，椑木镇。天已昏黑，用渡船将汽车渡河，每一汽车渡河费票价十元。既乘船渡河，黑夜车行三十里，至内江县城，寓松柏宿舍，时已八点钟。晚餐后，步行街市，东西二里许，南北三里，中间鼓楼、县政府，商廛、夜市，尚见繁盛。罗君等随意浏览，余往私立廖氏小学校，晤教员三人：一张姓，二廖姓。问答久之，所得如下：

（一）地方教育经费，不及四万元，学校经费缺乏，各公立学校，皆以八折七折领取，且将拖欠四五月不等。私立学校，比较地尚有办法。因一校之私立，皆由一姓之祠款为之。唯以年来地方田赋，已征收至民国六十年，是以祠产田亩，收租亦多不足，故办理亦觉困难（按：川省田赋，各区征收，预支年限不等，内江县则已征至六十年）。

（二）公立师范一校，中学一校，女师范一校，完全小学六校，初等小学三十余校，私立小学二十余校。城区私立小学，唯廖氏小学、裘氏小学两校耳。

（三）教员薪水：中学有五十元者，小学仅二三十元，初小之最低薪数为十二三元，乡间小学教员之最低程限为六元耳。

（四）学生数：中学、师范、职业各校，每校无过二百人者，均初中程度。女师范则学生不满百人。全县学生总数，仅男生二千五百余人，女生则初小有男女兼收者，高小则最少数，中等学校则绝对无有。盖此间风气，中等学校，除女师小专收女生外，男女绝对无同校之可能者。

余返寓，入睡。是晚因一日之颠簸，觉睡乡安稳，一觉天明，人颇舒适。

二十日晨起，即乘汽车向东行。出城未里许，汽车即陷于泥涂中，再三开足机轮，无拔出之可能，余等即步行。余先独行里许，始闻呜呜汽车声来，即上车行。七十里至资中县，即资州。由资中至资阳县，九十里，均沿内江行，泥路频陷。约五六十里，然后至一镇市午餐，余忘其名。又行三十里，道路始较平坦。罗君谓此地修路之人较为勤努，故路工较平。铺石子之人，亦畚筑较勤也。

昨日上午见覆车两处：一在璧山，一在龙川。下午见撞破之两车，在转弯处，车中机件均已损坏，一颠一倒，已搁置久矣。今日上午又见一车覆山涧，不知何时倾覆者。对于覆辙，唯有唏嘘感叹而已。两日所见，共五处覆车，道艰工损，开车不慎，险哉。

车行百余里，较为爽直平坦，唯过一山，颇高峻。又行二十里，已到简阳。过此百里，即到华阳境。而崇峰峻岭，车绕四曲，直上山顶，俯视车道，共四层，山顶曰鸦雀口，有居民数十户，成一小市集，曰南山镇。见覆车一乘，在鸦雀口山崖之旁。由此下山，亦盘曲四层，始到地平。计上山十五里，下山十五里，共三十里。旧时人行道相差不远，有石级上下，唯隔山相望，似较近，盖由重庆入蜀之大道，到此则上下层峰、高低曲折，约二十余里；汽车道则平绕山崖，约多十里，即下山为平坦之道。三十里，至龙泉驿。人民麇集，户口甚繁，约数百户。四野平望，茂林修竹，鸡犬相闻，高原肥沃之土，田亩丰富。罗君谓此间景物，与江浙如何？余谓有过之无不及。三十里至成都城，受第一次检查，余以护照示之，乃放行。迨将入东门，在城门口受第二次检查，示以护照，检查之排长似有不豫色然，盖余车行较快，彼呼停车，始告以有护照，彼以为何明知故犯也。既入城，则道路宽广，车轿往来，市场繁盛，成西南都会繁庶之区，政治文化中心之地也。罗君等邀余寓光明实业公司，余即卸装于此。余在途中有诗数首，录下。

内江夜行寓松柏宿舍

行行车辙内江边，黑夜驰驱卅里前。飒飒秋风侵帐冷，荧荧篝火黯愁眠。鼓楼更柝惊残梦，松舍吟情寄短篇。差幸征程五百里，泥涂振拔着先鞭。

鸦雀口

蜀山高峻千余尺，乌道盘旋卅里程。仰视飞鸦衔日落，俯观寒雀带云轻。担簦拾级磴依旧，覆辙危崖险可惊。磐路夕阳人影暮，良田美竹眼前横。

途中与罗薛二君闲话戏以川中俗语成二十八字

谈天共把龙门阵，旅客高呼鷂士名（龙门阵，一名农门阵。鷂士一名么司）。莫笑老秕愚且鲁，当窗犹足御风声（工人之愚者，呼之为老秕。是日风吹甚寒，适工人直立窗口，足御寒风之吹拂，故戏言及之）。

第四章　成都

二十一日，昨晚既至成都，寓光明实业公司。薛君绍介四川教育厅第二科科长杨君伯钦来谈。知教厅长已易人，现由第一科科长暂行代理厅务。余即将带来之教部及教厅之介绍函交杨君，约明日到厅谈话。杨君昔偕袁观澜曾往美国考察教育，在川资历既深，对于川省教育颇多悲观语：（一）军事一日不了，无以言教育。（二）经费之困绌，已到山穷水尽。（三）民间之预征田赋，已到民国六十二年。（四）教育行政方面，处处棘手，无从设施，是以前厅长一再辞职，现已决计不就而契然去矣。厅中各员薪水，既折且欠，所以服务人员，亦徒呼庚癸耳。

晨起早餐后，八点钟偕饶君崇阶，往成都各校参观。先由罗君指定饶君陪余，由杨君开单指定某校可观，并写介绍函片十余处，以备三日之参观也。

张君禹九绍介中国银行经理陈树屏及杨先得之父少荃先生导观华西大学，余故先往中国银行，访陈经理及杨君。晤谈之顷，余以川省币制不同，先向中国银行兑换成都所行用之钞票四十元，以备应用。是日所观学校分述如下：

（一）成都省立女师附属小学校：主任郑豫江，教员级任十二人。科任三十二人。高小四级，初小八级，幼稚两级。学生春季始业者三百九十五人，秋季始业者一百九十六人，幼稚生一百十五人，全校七百十人。经费每月一千一百八十余元。级任薪每月十二元。教员薪水以钟点计，高小每点钟四角八分，初小每点钟三角二分。据郑主任言，高小教学法用自学辅导，初小用设计教法。对于家庭方面之联络，则有随时通告家庭联络之。对于训育方面，精神则革命化，生活则平民化云。由郑主任导引参观一周，可记述者殊少，即别郑君而出。

（二）成都第一女子师范学校：校长龙守贤邦俊，校舍百余间，编制师范三班，中学三班，初中五班。学生师中共分文、理、艺三科。师一百七十人，高一百八十人，初三百人、共六百五十人。教员全体一百人，训育主任一人，训育员三人，教务主任一人。经费每月三千六百余元。龙校长导观校内一周，所见上课，初中三年文组，祝教员景伯，授国文，贾谊《过秦论》；高中一，向教员盘箴，授化学，试验取氧气；师一文组，谢教员鹏翮讲授《孟子》“鱼我所欲也”章；高中三文组，黄教员毓荃，讲授《楚辞》；师二理组，高教员授数学；师二文组，薛教员授《毛诗·棫朴章》，教授上均见认真。训育方面，管理取严格主义：一方面顾到家庭之希望，一方面兼及社会之需求。是以在校门内设内稽查室，有稽查员专司学生告假出门有无假证，如无假证，则严行取缔。故余之进校门也，即见有一女职员坐内稽查室，询之，知为毕业生服务者。参观毕，与龙校长略谈，并知对于体育方面，亦颇注意课外运动，如田径赛、球类外，注重国术中之拳术及射箭。余在艺组室中，见学生自习图画，有国画教员所绘山水范本甚佳。余赞之。龙校长因言及国画与西画并重。余因之论及中西画法不同，理想派与写实派之各异，且西画之进步，近代之变迁颇多，而中画则各守家法，少进取，故近年颇有陶冷月画家主张中西合一之说。而陶氏改进之画，即中西兼法，亦足以将来自成一家者。有一学生猝然问余曰："先生其能绘乎？"龙校长云："侯先生论画之说甚是，必能画者。"一学生即以纸笔授余，谓可画一纸否。余笑颔之，而出。是校特殊之点凡三：（1）高中、师范文理艺术分科招生，培成小学应用之教材。（2）设内稽查室，严缔学生出入。（3）女子习射箭法，以保存国术之武艺。

（三）成都七县联合中学校：高中六班，初中六班，学生总数五百余人，寄宿者二百余人。教务主任一人，训育主任一人，训育员三人。校长不在校中，训育员叶献礼导观校中一周，见普二年级军事训练，第一年教授国文，讲王安石《游褒禅山记》。物理实验室、化学实验室、仪器标本室等，设备尚敷用，实验程序及记载均合法。食堂膳食由学生组织膳食委员会管理之。图书馆藏书一万余种，旧籍仍以四库编目，新籍则用十种编目法。是校全年经费三万余元。此校为夙著名誉之校，校长在本学期接办，现正在整理之期，唯膳堂用膳，宜求肃静。仪器标本室中，有看守校工之床榻二，似不雅观，应设法改良耳。

（四）成都私立华美女子中学校：校长有病，不能见客。教务田鸣凤、训育杨观园两君招待周至，言语谦和。余问讯之余，知此校系美以美会所设立，初中学生三级：一年级二十三人，二年级十三人，三年级七人，共四十三人。高中学生三级：一年二十五人，二年十八人，三年分文、理两科，文四人，理八人。教职员三十四人。每年经费一万余元。学费每人每学期收高中十二元，初中八元。学生家贫而好学者，免费。每学期之第一名，可得奖学金。免费学生居全校学生十分之三，受奖学金之学生居全校十分之二。每日朝会二十分钟，校长、主任等均有训话。对于家政非常注重，每一学生平均在家政上之工作轮值；每一学期中，平均有两星期之劳工，如煮饭、洒扫、整理房屋、服劳园艺、缝纫种种等事，皆当任之。在教员方面，亦每日有一教员指导之。附设平民学校一所，每天有一教员引导学生轮值，教授平民学生四十余人。余由田、杨两君导观一周，见教室、宿舍非常整洁，优点一；学生在教室，均肃静无哗，优点二；学生轮值学习家政之室，有两室为寄宿，一室为食堂，布置整洁，条理井然，优点三；图书馆藏书六千余种，借书以两册为限，以一星期为度，学生所阅览之书，总计之，以阅理科方面为多数，优点四。田、杨两主任指导殷勤，余每有所询，均亟诚以对，有时必查检数目，据确实之数目相告。余向二君再三致谢而别。二君送余出门时，又见美国女士副校长，介绍余见面，立谈数语而行。

总余今日所参观之校，当以华美为第一。盖教会私立之校，其办事之人，每多诚恳可信，此亦为普通性之成为一种公例，不禁为之深思宗教之力殊伟大矣。

余偕饶君往少成公园，先参观公园通俗图书馆。图书尚多，阅览之人亦不少。参观博物馆约分六部：（一）边区风物室。（二）自然品陈列室。（三）史地陈列室。（四）模型标本陈列室。（五）武器陈列室。（六）工业陈列室。各种陈列品物，蔚为大观。入其中，流浏久之，如入山荫道上，目不暇给。姑志其最特异者数十种如下：

（一）边区风物室。中之最有价值者，如藏文、藏佛、藏经，藏人所用之各种器物，均为不可多得之珍品。其最奇者，有铁棍二，高七尺，周围以镂金之雕刻，衬以朱漆之文绣，注谓藏佛所用以惩治藏僧者，仿佛有无上之威严。附丽于此二物之上者，时有番僧二人，一衣红方纹之法衣，一衣布衲，亦来此参观，见此铁杠，口讲指画，若有不胜其可畏之情状者然。其次有木片多种，如木简然，排列于玻橱中。余细观之，每木简厚一二分不等，名木片呈文，亦可谓木简呈文。盖川边番夷对于汉官土司或军旅所呈递之文书也，由译人代译其人之意义语言，而呈请种种者。简末于年日月后，由番夷自署姓名及签字。有一简书“宁属需马屏世，我夷人族苗族猓猓族对于中国，服从汉令，赦我无罪，一律归化”云云。其文字简单，如所署者，有八业222踌佤甲七〇贝@与廿刀之类，其式似藏文而非藏文，所谓川边番夷之交也。呈文之类，亦可分为数种：（1）呈请投诚之文；（2）互相纠葛之文；（3）钱债借欠文涉之文；（4）自认悔罪之文；（5）入川营业之文；（6）请求赏赐之文等等，下署译人之名及呈请者之名。朱书“阅字”或“饬遵”二字或“阅办”二字，是皆汉官所批者。

（二）自然品陈列室：植物标本以药用植物为大宗，动物以猛禽类、鸣禽类、昆虫类、两栖类等为较多，矿物有金、银、铜、铁、炭、木化石等。如永川、威远、合川、高县、遂宁、雅安、绵竹、富顺、天竹等县为多，其次则灌县之翠玉、松潘之金沙，均为贵重之标本。

（三）史地陈列室中之铜器、瓷器、陶器、木器，约分上古、中古、近古、现代之四时代。其最为名贵者，如上古时代之瓦棺盖，及中古时代之万搭砖、造像、石刻碑碣，近古代苗族圣歌及铜、瓷、陶器。现代之铜器、瓷器、玻器、琉璃器等，皆有价值者。

（四）模型陈列室中，大都皆为各种建筑模型及各处学校工厂之黏土或木制等之模型，均属可观。

（五）武器陈列室中，皆枪炮武器及古时之盔甲、弓箭、木铳，近代之火器等等。

（六）工业陈列室中，大都皆工业用具及机械品等，均足为工业模样者。

兹仅志其大略，因时间忽促，不克详观，本日所见，此最满意矣。又见公园中有木架，悬铁钟一（明正德十五年），铜钟二，亦为明钟。一成化七年制，一成化八年制。高凡八尺二寸，螭纽一尺七寸，围九尺五寸。其重量一为二千斤，一为一千八百余斤。钟面有“白马灵神天下太平”八字。公园面积甚大，有球场，有普通运动场，此地实为成都社会教育之中心点也。

往四川教育厅，访教育行政概况。时已三点钟，第一科科长代行厅务之郭敬宇君鸣銮，已回府，厅员皆下办公厅。后由杨君处询知一切，兹物录下。

（一）四川教育厅经费：1. 中资捐附加一成，作为联合学校专款，余款补助地方教育。2. 票据工本费，作教厅维持费。3. 证书工本费，亦作教厅维持费。4. 田赋附加税，为各学校经费。

（二）四川教育厅之组织：秘书三人，科长三人，课员十五人，办事员十六人，督学八人，书记录事二十四人，全厅七十余人。

（三）教育厅行政费：年支十万零八千，此为二十年度之经费支数。

（四）公立四川大学经费：大学分五院，学生数一千八百零八人，年支经费十一万八千六百五十六元。

（五）全省公私立中学校：二百三十校，学生四万八千三百七十四人，年支经费二百六十八万六千六百八十元。

（六）全省男女师范学校：一百三十六校，学生八千九百四十五人，年支经费七十二万八千五百七十五元七角一分二厘。

（七）职业学校：二十四校，学生四百零一人，年支经费二十八万五千三百六十四元二角二分七厘。

（八）地方小学校：初级二万零三百三十校，高级二千一百六十二校，共二万二千四百九十二校。学生初级七十一万八千零二十八人，高级十四万五千零四十八人，共八十六万三千零七十六人。初级经费三百二十一万八千二百三十六元，高级经费二百八十一万零八百八十元。

（九）幼稚园：一百二十四所，五千六百八十六人，年支经费四万四千六百四十五元。

（十）省教育经费：六十七万八千四百零五元二分一厘，加四川大学十一万八千六百五十六元，共合省经费年支七十九万六千零六十一元。

（十一）地方教育经费：总数为九百零八万六千九百七十三元。

以上得之杨君所视我者，系十九年度之决算数，以及二十年度之预算数也。至于二十一年之收支，尚无统计。以川省连年兵事，教育无从着手，故耳。

丁君仲蓴、薛君垣叔邀余晚餐，并有罗君之弟季承畅谈。饭后偕饶君往顺河街访余三十三年前之旧同学张一飞君卜冲，余昔年同学，在日本留学时，川省共有十人，除王叔均章祜在京津海扬，时得晤面及通信外，黄书芸芝今年五月曾通一函，此外八人，于书芸函中，知已逝世者五人（刘国香汝兰、吴紫光、万晴村、周润生、刘毓磐）。今来成都金花桥十六号，访询张君一飞。夜叩其门，张君秉烛出见。互通姓名，惊询讶视，彼此已不相识。入门把晤，畅谈久之。知刘继周镜亦逝世，尚有涂君伯文，昔尝服务军界，今亦退休矣。张君略述过去，昔年勇气勃勃，从事西康教育，七年行政，由筚路蓝缕，以启川边，曾遍历西康各地，考察民俗形情，使蛮夷荒僻之疆，一变而为小学教育千数百校实施之地。自以为西康教育，普及非难，乃民元改革，一篑功亏，返躬自思，徙呼负负。迨九年，又往西康四年，然而前后情形，迥不相同。而地方膏腴及宝藏所蕴，非不可开辟也，然交通太不便利，虽有物产，无从运输。不仅西康然也，即川省亦何尝不如是也。目前川省情形及中国前途，夫复何说。言次，有不堪感慨唏嘘者，且谓今日之事，实非吾侪在江户川时意料所及者。彼此相与叹息不置，约明日再谈而别。余与张君别三十三年矣，当年江户川头，雄谈种族主义，返国时，各以“革满政，兴汉族”相励。今见张君精神憔悴，面目苍老，大非昔比。闻其从事县政者亦有年，近年遭逢军事之变，大有劫后余生之慨。此与余亦有同情之感者。

二十二日晨起早餐后，偕饶君往华西大学，访杨少荃君开甲。杨君为高中部主任，已接阅张君之函，故在家候余。同往大学，访张校长、孟主任也。先询杨君以高中概况，知高中学生四百余人，初中学生一百余人，经费一万五千元。高中有职业科，分师范、农业两科。对于川省最缺乏而有用者，设此二科，殊为需要。大学学生三百余人，分文、理、医三院。文科分师范、农业两系，理科分生物学系、物理系、化学系、制药系，医科分医学系、牙科学系。窃谓川省药材，为中国最著名者。有天然之材料，而用方法制成中西各种药品，将来挽回利益不少。牙科，亦为中国所缺乏者，有专科以学习之，尤为中国各大学所无，将来造就不鲜。余将此二端向张校长凌高言之，张君颇至谦意。孟君体廉为大学事务部主任，昨由罗君隽承介绍，故今日由张校长嘱孟主任导观各部。张校长赠余《华西大学概览》两册：一为十九年度者，一为二十一年度者。前后校史，可诵而知也。余以大学方面之参观，只能以个人所研嗜及贵校特殊部分，请导观之可矣。孟君遂导观各处，分述之如下：

（一）物学系之参考室。（甲）植物室。植物之培养及川省各种植物之标本，并特种药材之制作。（乙）动物室。动物生长顺序之标本及各种禽鸟走兽之标本，并骨骼标本。（丙）制作标本室。（丁）切片制作室。（戊）昆虫标本室。有蝴蝶及蛾蝶不同之标本一厨，计蝶有七百余种，蛾有五百余种，共一千三百余种之多，真蝶蛾之大观也。（已）生物研究室。有某君研究萝卜蟒生活史，因此种虫类，专为萝卜之害虫，从其滋生以迄成虫，废若干时之培养，及萝卜之受害，均有顺序之记载，及生长期之大小式样标本。（庚）生物化学室。（辛）公共卫生室。有各种宣传卫生之印刷纸数十种分赠于人，余亦蒙赠数十纸。有儿童乳养食物及保育儿童方法之模型标本，陈列颇为详尽，安得全国人民负保育之责者，均秋一参观之。

（二）博物馆。主任为美国朱博士，导观各室：（甲）地质标本室。内有四川所产之煤一千余种，其余各县矿产甚多。（乙）历史品物室。1. 羌民风物各品。2. 藏经、藏文、藏梯及各种器物。有一奇异之围裙，乃用人骨刻花纹，用红色珠宝穿成一缕一缕，成一围裙。又有黑色神象及题制五彩绣绘之欢喜佛多幅。3. 中外历史品物室。此室搜罗最广，所陈物品，有不经见之物甚多：（1）欧美新石器时代之用品。（2）中国三代秦汉之器物，多从古墓中所得者，如瓦棺、瓦器、俑、砖、灯、镜、铜棺、铜器、陶制各器，目不暇给。特志其最尊贵者，瓦制妇女之装饰。其短袖长裙，高髻瘦腰，与近代时装相似。男子腿足所穿之草鞋，式与今日之用草绳绊系于足上者无异。可见中国之草鞋，其式由来久矣。又有一碑，其文不可识，如风云雷雨状，无以名之。余曰，名为“风云雷雨碑”可也。唐、宋、元、明、清之铜器，如樽彝壶瓶之属，瓷器如碗盂瓶盘之类，音乐如琴瑟笙管之器，衣冠如古今裳服冠带之遗，首饰如金玉点翠之物，武器如刀剑盔铠之属，均属搜罗无遗。有明《永乐大典》一册，亦为不可多得之物。4. 中外宗教器物。如法器、经典、神像绘，等等。5. 现代中外工业制作品物。如日常应用之器物，可以感觉到凡制一品，造一物，由上古以迄现代，经过若干人之改良造化，始有今日之文明也。

（三）医科之实验室。（甲）解剖室。人体解剖之实验，有尸体五个，已剖及未剖，均陈列于实验解剖桌上。（乙）标本室。有奇异之标本二：（1）人体横剖面全幅标本：用方玻匣二十余个，陈列桌上，用黑布遮之。（2）脏腑完全移位之尸体解剖标本：用一大箱装置，以木盖启视，则有玻璃箱一具，胸腹皆剖开，盖此人之心肝胃肺，与普通人之心肝胃肺，完全颠倒互异，左者右之，上者下之，无一不颠倒错乱也。此诚世界奇异之人类标本也。（按：此人病死，并非脏腑之病。年岁已过三十，生理组织有此物殊之象，在人体组织学上大有研究之价值）。

（四）牙科之实验室。（甲）标本室。各种人之牙齿标本及所生之各种牙病模型，有百余种之多。（乙）治疗室。晤主任美国某博士，由孟君介绍，参观各治疗室。（丙）生物培养室。培养各种动物，如猴兔、鼠等类，按其时日检查其牙之生长及所食之食物何种，有牙齿如何之变动等等，均所以实验牙齿之生长及变动，有无疾病之由来也。

（五）图书馆。藏书八万册，旧籍六万一千余册，新籍一万八千余册。杂志，中国者八十余种，西国者二百五十余种。阅书者每天平均五十人。阅书种类，阅文科之书者较多，阅理科之书者次之，阅杂志之人亦甚多。

以时间关系，已至十二点钟，各室多锁闭，不克参观。余所欲观之农场、养鸡场、师范等室，均不及参观，至为遗憾。孟君陪余回至事务部客堂，张校长殷殷招待，略谈一切。余深致谢忱。杨君亦以午餐时将至，邀余餐后再观。余以已有人约，不克参观高中为歉。于是即与张校长、孟主任、杨主任珍重握别而行。

余偕饶君即雇人力车往南门外，访诸葛武侯祠及昭烈之惠陵。行里许，出南门外，过市街，郊野遥望，即见松柏森寒，有参天之势，葱葱郁郁，拥簇于一二里之外者，即惠陵也。此即唐人所咏"锦官城外柏森森"者是矣，少顷至汉昭烈庙，有站岗兵士，询所从来。饶君告以自江苏来成都之远客。兵士以内有驻军，通常之人不能进。饶君再三言之，始允以远客特殊进庙一观耳。于是余偕饶君入门。殿庭崇广，树木阴森，正殿为昭烈之神像，左右为关张二侯之配殿。又进后殿，则昭烈之神位。折而右，则竹树茂盛。有一亭，已倾侧。余拾一瓦，上有虎头之纹，以为纪念。见一道士，询其武侯祠所在，则导余等往右，复向西走，则崇陵在望，以墙护之，内有丰碑，大书“汉昭烈帝之陵”。折而右，则丞相祠堂。正殿有武侯像，外有竹树甚茂，殿壁所嵌之碑碣，左右有两《出师表》，为河南南阳原刻而勾摹者。又有《武侯祠记》，为翁方纲书。余摘柏叶、竹叶各一小枝，以为五千里来成都访古之纪念。余得诗二首：

汉惠陵

访古驱车出锦官，遥看松柏气森寒。蜀郊抔土呵余荫，帝业千秋留壮观。两表孤忠有遗憾，三分少主误偏安。惠陵斜日苍凉境，祠庙崇隆俯仰宽。

汉丞相祠

蜀汉君臣鱼水深，死生交谊忍分襟。江山指顾吞吴魏，巾扇从容冠古今。柏树参天张翠盖，竹荫满院表贞心。祠堂夕照孤亭晚，片瓦珍携抵寸金（祠前有一亭，余拾一瓦当，面有虎头花纹，珍携以归）。

余偕饶君，既出武侯祠，由惠陵之北，走荒垄三里许，至西门外清羊宫。雇鸡公车，西行三里许，至草堂寺，亦有驻军。再三说明游览之客，不远数千里而来者，乃允入寺展览焉。鸡公车者，似河南之一轮明月，而有靠背，坐之较为舒适，以其车头高耸似公鸡，故名。

入草堂寺，由一道士导行，从佛殿西行一弄，先过浣花夫人祠，有额曰“篮室英雄”。有联云：“庙貌照花溪，邻舍只容诗客止；武功平草贼，江山曾仗美人扶。”张之鸿题有《浣花夫人祠记》，读之，知浣花夫人者，为昔唐节度使崔旰妾任氏，少住浣溪，后适崔时。崔入朝，杨子琳率兵乘虚入寇，任氏出家财募壮丁操练阵法，自率兵御敌，破之云云。黄云鹄记。余即题诗云：

一代江山绩，千秋巾帼雄。潺潺浣溪水，艳说美人忠。

西入工部草堂，壁间有“草堂”二字，用碗片嵌于泥墙之上，殊为美观。院中竹树纷披，一路绿荫遮道。至工部祠，又有兵士站岗，由道士说明而入。杜工部祠堂，位草堂寺之右，飨堂之椽柱倾塌，屋瓦洞穿，唯左后角远望之尚完好。似有一人立于屋下暖阁下，窃疑为守卫之兵也。迨既入此堂，始知左为黄山谷先生之塑像也。状态活泼，须眉如生，塑造之神奇，绝非近代所有。堂之中座为诗圣杜拾遗之塑像，右为陆放翁先生之塑像。杜、陆二先生之像，不如黄先生像之生动多矣。黄、陆二先生像前均有一石刻之像。左碑有题云：“似僧有发，似俗无尘。作梦中梦，是身外身。张树勋录山谷先生自题小像。”右碑为张骏□题，两壁所嵌碑记及诗，石刻甚多。忽见左壁有一碑，为重修杜少陵草堂，以陆放翁配飨文，乃吾锡乡先哲杨蓉裳先生芳灿所撰，四川通判谭光祜书石。余诵其文，不及抄录，仅摘其大意如下：盖嘉庆十七年壬申，芳灿游成都，方有堂方伯适重修少陵草堂，议配飨。芳灿提议，以放翁先生身世有与工部相同者数端。方伯可之，乃为文以记其事，云云。碑文剥落，余录其末数行之文曰："郁郁诗史，颠为放翁。溪纱浣白，衫□干红。梁父吟成，竹节祠逸，□□秋心，沤波春日。百花潭北，万里桥南。寓公两竹，心香一龛。代产伟人，贤哉地主。石湖季鹰，风人辙古。一家无苎，千秋艺苔。□鹃各在，乡射同来。"飨堂之前，有堂一，琳琅四壁，石刻殊多，不及遍观。右有一亭，录少陵草堂诗二首，书法飞舞，为清雍正甲寅果亲王笔。盖工部草堂诗，共有一百廿六首，各处石刻，仅十之一耳。此间翠竹纷披，多为兵士砍伐，编为窗棂及用具。房屋倾颓，非设法重修不可。道士云，连年军事，修整为难。时局太平，始堪从事。余为之嗟叹不置，得五律两首。

草堂吊古

踯躅锦城西，行行到浣溪。荒祠香火冷，古寺夕阳低。屋宇秋风破，庭阶野草齐。曷禁身世感，零落乌空啼。

诗圣名千古，浣花水一溪。拂尘瞻像塑，涤藓认碑题。龛冷心香炷，棂疏竹影凄。宋贤双配祀，凭吊夕阳西。

访杨君伯钦于檀居不遇

昨约今来访，驱车君出门。主人留片语，远客滞双痕。室静烟凝篆，楼空酒溢樽。新居一瞻仰，花鸟自争存。

晚返光明实业公司，张一飞同学来访。言及书芸之侄元赞在教厅，盖通一函于荣县，俾知君之来川也。余即草一函，附诗一首，托杨君伯钦，转至黄君元赞，附入竹报，以致书芸也。

寄黄书芸同学

别久思深卅载余，艰难蜀道幸驱车。客途咫尺道非远，人事沧桑交似疏。遥想空山栖一鹤，且拈秃笔寄双鱼。觉园梦寐潆洄处，抑郁吟怀熟启予。

题《骥叟自述》赠张一飞同学：

三十三年不相见，五千里外快遭逢。聊将一卷赠君览，挥手云山亿万里。

张君言及当年江户川头，白浪滔天，中崎寅藏之三十三年落花梦，今日思之，回首种种过去，真如梦幻，且三十三年之别，不料君能来川一面，殊为难得。余谓川中同学十人，逝者七人矣，竟能与君昨今两度晤谈，余心甚慰且快也。张君询余游记，且谓今日拟寻西康物品，赠君一二，以为纪念，乃遍寻无着，盖家中屡遭兵祸，劫后无遗。他日总当检得一二种以奉寄也。余箧中仅有《癸亥旅行记》一册，即题诗一首以赠诸：

江户川头回首思，滔天白浪正狂时。落花屈指真如梦，相对唏嘘写此诗。

时适光明公司开董事会散会，罗君、薛君、何君、杨君介绍蔡君文铨、冉君庆之、王君雀琴、刘君骏逸等相见，时室中十余人杂坐，纵谈时局之艰危。而冉君猝然提出民族存亡问题，询余汉族究竟要亡否。余不禁矍然起立，答之曰："此民族生存问题至大也，吾敢断言，汉族万无可亡之理。以吾中国地广物丰，人才之多，皆不足以亡也。"群询其故，余即以古今世界，过去未来，证明一时之困塞，终久必能通吉，唯所争在最后之生存耳。苟能教育普及，实业振兴，民智发展，政治公开，藏宝于地而尽为开辟，则钱财不可胜用矣。人尽其才，才尽其用，地尽其利，而各得其需。机械物质，各竭其能。道德精神，各臻其极，神而明之，世界大同之日即吾汉族统一之年，岂区区三岛尚何云不足平其地，奴其人哉。倘自闭其巧，自扼其喉，以私害公，以人从己，地不能尽其财，人不能尽其才，则不仅亡国在目前，亡种亦所难免，唯亡国以后，痛苦到极巅，当然人人觉悟，国家重兴衡之最初真理，固万无亡族之虑也。至于四川方面，矿产遍地，水电力到处可装机械，佐实业上之用途。而人才之楚材晋用，大可收回本省服务。倘军事平靖，政治统一，教育实业，同时并举，不出十年，余重游巴蜀，则四川可为各省之模范矣。余演说有三十分钟，群为之眉飞色舞。余以《环球旅行记》《病骥自述》《修身偈言》三册，赠光明实业公司图书馆，以供众览。复以竞志教鉴及概览各规约等一份，托杨君转赠华美女中学。又以《自述》一册赠杨君。客散，张君亦珍重握别。

为罗君等指画墨竹以为纪念并题诗相赠：

千里同车友谊新，一竿老竹洗风尘。蜀中山水胜江左，指墨留存见性真。（罗隽承）

老竿风拂处，根静自端居。倘遇月明夜，萧萧影满庐。（何仲蕈）

数日聆言论，翩翩工业才。一竿相赠与，待展斫轮材。（薛垣叔）

直欲干霄上，相看志节坚。明朝君送我，写此意流连。（高仲云）

叶片分浓淡，交情论古今。须知君子意，劲节见真心。（杨伯钦）

锦官城外同游日，竹荫纷披满草堂。入夜归来写片影，他年留待映吟章。（饶崇阶）

是夕，余方收拾一切，拟离成都。唯四川大学及盲哑学校，尚未往参观。或登峨眉后，再回成都，亦可往观。但由嘉定水路，下抵叙州，直达重庆，亦未可知。夜半不寐，得诗云：

道远尚嫌心不静，山高或许志能通。徘徊夜半难成梦，恍惚千峰万壑中。

第五章　由成都至嘉定

二十三日晨起，六点钟早餐。七点钟，高君仲云、饶君崇阶送余出东门。拟乘船，在码头茶室，待舟久之，约九点钟始上船，入中舱，开铺时乘舟之客已满。询之船主吴春霆，谓将待征收处税票，手续未完，解缆犹有待也。高、饶两君别去，余闷坐船中。待过十二点钟，至午后一点钟，午餐后始开船，行过九眼桥税卡，停舟纳税。余知九眼桥亦为胜迹，盖桥洞有九。右岸为白塔寺，一亭高耸，绰有余姿，余得诗一首：

九洞桥头听急湍，停舟偶尔憩江干。临流一塔高亭耸，绰有余姿对镜寒。

三点钟，过望江楼、崇丽阁。此为唐名校书薛洪度之枇杷巷故址，薛涛井即在后面。楼上游人甚多，临江眺望，景致固佳，而余在舟中，循楼下而过。仰望三层之崇楼，俯临急湍之江水，景物亦殊可志也，得诗二：

扁舟五里望江楼，风景清幽去日悠。只为光阴如逝水，片帆东下不句留。

当年艳说枇杷巷，今日群知崇丽楼。一掬薛涛井中水，端为贫女治容留。

四点钟，舟至三瓦窑，停泊。有关丁来船验舱中货物。吴船主随而登岸，久之始还，以时将薄暮，即停船过夜矣。此间距城仅十里耳。余闻高君云：由成都至嘉定，水路须三日或四日，盖相距三百五十里，如今一日仅行十里，奈何。虽然既到船中，事亦无法，只忍耐而已。

同舟之客，互通姓名，志之如下：（一）权建藩，屏山人，研究道学，以宣传为人立善、可救浩劫为主旨。携子一，高小学生，返里。（二）廖畏三，亦屏山籍，任二十八军连长职。携妻女，偕其岳母，请假回籍。（三）张姓老翁用福，嘉定人，年七十矣，携媳及从人回籍。自云尝在云南经商及任事，今其二子尚在滇中任连长。（四）王光恒，嘉定人，偕其友刘梦生，金堂人，偕其母与侄往嘉定。携有灌县所产玉石，余索一小方块以为标本。同舟十余人，抵足而谈。谚云“千里同舟缘”也。

二十四日晨起，大雾，船不能开，待至九点钟，日高雾散，始解缆。行十里至中和场，二十里至中兴场，二十里至苏码头，停舟。露坐船头，仰见明月，不禁作冥想：“吾胡为而来此耶？吾胡为而来此，有若是之环境耶？隔水烟笼，林树纵横，似疏似密，遥山云淡，峰峦隐约，若有若无，此身如入画图中。昂首问青天："明月与吾抑何缘近，吾与明月何事相亲耶?"徘徊久之，始入舱中安卧。

二十五日晨起，雾重，不能开船，闷坐舱中。川省人民吸烟者多，舟中烟榻三，吞吐云雾，时令人目眩心醉，此特殊状况者一。周围龌龊，尘马纷飞，倘以卫生论，不知有若干微生虫，可以做良好之培养场，此特殊状况者二。川人除吸鸦片烟外，即嗜卷烟，所吸之烟叶，即大张之网形脉。有锯齿状之长圆大叶，以剪刀剪断，作为二寸或三寸之烟卷，装置旱烟杆子上，用火燃着而吸之。此种嗜好，十人中必有六七人嗜之者，此为特殊状况者三。虽然，卷烟之味甚辣，据川人云，吸此可以御早晚之湿雾，且烟味四熏，可以却秽气及醉死几许之微生物。此亦自然之道，相沿之习，一时难以改革者。余则日唯三餐，不吸零物。吾有吾之正气及精神，足以却微生虫之传染，唯尘屑飞扬，秽氛四溢时，亦只有闭目静坐，或往船头伫望，稍透空气耳。吾不幸而旅行遇此境界，夫复何言。得诗一：

万感储胸臆，千灾耐苦辛。片时一呼吸，战胜在微尘。

是日，行二十里至胡家坝，十五里至古佛洞，十五里至黄龙溪，即停舟。古佛洞者，一古庙内有石佛一大尊，故名。余偕乘客王姓者，同登黄龙溪岸，闲步市街，户口约有三百五十余户。因往来船舶过往或停泊，人烟稠密，遂为华阳县属东路之大镇也。有镇江寺，时方法鼓神锣，道家打醮，而如豆之烛光，照见伏案书写蝇头小楷者四五人，皆代书各家之疏文及荐祖单也。询之旁立之人，知为道观中为人作下浣会也。盖一月之中，有上浣会、中浣会、下浣会三次，皆所以为人祈福消灾，超荐祖宗之灵者。是以每逢此会，香火甚盛云。

回船，独坐船头。朦胧烟月，夜色荒寒，缥缈云山，秋风萧瑟。听水波之流动，心与俱遥；望灯火之凄怆，神为之沮。吾既置身于如此荒凉寂寞之环境中，不能不作自然界中之自慰，因得诗一：

烟笼衰柳月笼波，环境酸凉奈夜何。迟我程途经跋涉，劳人时日感蹉跎。大寰曲折谁能尽，独立苍茫自慰多。眼底云山皆妙谛，凝神得句且吟哦。

二十六日晨起，行十八里至半边街，十二里至上江口，停舟午餐。餐后，行五里至下江口。此地为泯江、南河汇流处，有关卡，为稽征税所。船主登岸，报关验票，种种手续，久之未毕。时已下午四点钟，船既停泊于此矣。盖关卡定规，三点钟后即不办公，因收征员已回城，须明日九点钟开关。关上印章已由征收员带去，凡一切船舶，皆须停止，以待明晨，始可验票、盖印放行也。余等行迹，遂为此征收员回府，而迟留于此江口矣。

是日有一趣事志之，以当旅途之笑剧。

川省人民口头习惯，尝自称老子。是日一船伙吴姓者登岸饮酒，而略有醉意，上船即与乘客有言语之龃龉，见余登岸闲散，即曰："老神仙亦上岸耶。"余笑颔之。少顷，余返船中，闻吴姓伙发牢骚语，谓："老子要回去了，船老板不在此，手续未完。"聆其语，尚非大醉。适又与人龃龉，而自称："老子不怕，我姓吴，谁来碰我我就是谁的吴老子。"于是船客大哗。彼又作硬语曰："哦，我就是吴老子。"于是惹起某某二君之怒，以木遥掷之，虽不中，不远矣。彼即大为咒詈，经旁人劝解而罢。少顷，船主回船，所谓吴老子者，亦肩铺盖而回府去矣。

此一趣戏，吾之所以记之者，以人之饮酒，足以招祸，唯酒无量，不及乱。圣人之言，可以鉴也。船伙吴姓称余为老神仙者，因余下船时，权姓客称余为得道之神仙。以余年过六十而腰脚既健，精神又佳，且容光闪灿，为神仙中人，于是同舟之人，戏以老神仙称余也。

二十七日晨起开船。行十里至彭山县，停舟验关。久之，开船。行四十里至眉县，即眉州，亦即眉山也。此为苏东坡之故乡。离城二十里有苏家坟，为苏氏之墓。离城五里为王家渡，即余等停船之所。此地有嘉定分设税捐局稽征所等。余登岸闲步，见茶馆中有墨拓王守仁之七绝一首，书法姿媚飞舞，末句有"杨柳风吹月又生"，与昨晚江口停舟风景绝似，余得句云：

杨柳风吹月又生，水程卅里误征程。烟波一片迷云树，鱼

跃船头客梦惊。

由王渡行三十里，至太平场。停舟，登岸间步。有观音庙，香火亦盛。居户亦有三四百家，亦为水陆码头，故往来过客甚多也，而市街之茶馆、赌场、烟馆甚多。是晚，权君夜谈石达开故事及屏山故迹。

二十八日晨起，因夜间有风雨，早晨开船时较迟。行二十里至清神县，停舟，验关。久之，始开船。行二十里至刘家场，二十里至汉阳坝，二十里至板桥溪，停舟。是日大雨，舟中铺盖均为漏湿。余谓权君曰："有此大雨，漏湿衣衾，亦足助我诗料不少。"

舟中遇雨

板桥夜涨小溪深，风逼篷窗而湿衾。如此漏舟眠不得，添予诗料助予吟。

二十九日夜雨侵寒，晨光渐霁，披衣起视，晓烟笼岫，晴波漾舟。盥洗后即解缆。行四十里至嘉定观音庙，有造碱厂，闻此间有纱厂，前两月有军旅之警，道路戒严，今已平靖。水程则由岷江行，洪水时民生公司有小轮开行，今枯水时，则停驶矣。陆路有汽车，今亦停开。又行五里至营门口，有关卡查验，停船久之。欲抵大码头登岸行。至十二时，因廖姓客所带之烟叶货税犹未讲妥，故须午后三点时或尚难开行。余于是踌躇久之，乃请船伙二人，为余送行李至东大街中国银行。余即登岸，行约二里即至嘉定北城，曰嘉乐门。城守兵士检查行李，余示以护照。适权君由城内出，即告守兵以游历考察之江苏来者。守兵颔之，乃放行，余即入城。行二里许至城中十字街，又问路于市肆中人，指向东行半里许，道左即中国银行至矣。入门，携张君介绍函晤经理李君仲强，招待周至，盖已得前日尤君自成都返嘉，知有客来嘉之消息也。噫！自成都至嘉定仅三百五十里，舟行七日始到达。此亦蜀道难行之说也，信哉。

第六章　嘉定之游

余既至嘉定，在中国银行少休。李君介绍邮政局局长任君明辅，名重，中国银行同事王君杜若，名荫棠，同往大拂寺、乌尤寺游。余欣然偕行。余偕李君等三人，同出涵春门，至大码头，雇船渡江登彼岸。道过大佛寺之山崖，远望之，即见巍然一大佛，就高山之石壁凿成之者，旁有金甲神将，亦甚高大，然不及石佛全身之半。山崖皆红砂岩，夕阳返照，缘树掩映，水波激荡，舟行如在画图中。过此数里，即绕至乌尤山前，登岸，由石级上约行三百余级。在山根起步时，见有二尺大字，曰“离堆”。注云：“班志凿离堆，两避沫水之害，知离堆则知沫水矣。成都之离堆，则又一事也。赵熙题。”（按：《嘉定府志》，乌尤山在凌云山左，旧名乌牛，黄庭坚过此，易今名，离堆亦名青衣山，在大江中，世言李冰所凿以避沫水之患者也。）余等行至半山，有一亭，曰止息，额曰“空谷足音 憨山老人题”。登百数十级，曰普圆塔，再登数十级即乌尤寺，额曰“青衣别岛”。登崖上而下望，则江流如带。李君指西有一水曰，此即青衣江，上流即雅河。左一水曰沫水，亦曰因渡河。中横之水曰导江，即岷江。盖岷江、沫江、青衣三水汇流而下，所谓水木清华，楼台金粉，钜丽为西南第一。苏东坡以封侯识韩品第之，即指此山与凌云山相接连之佳胜也。入寺门，一路修竹清荫。有唐岑参官嘉州时诗刻于石。大殿廊西有一碑，刻“唐惠净上人结茅处”八字。由大雄宝殿折而西，有五百罗汉堂，中一铁铸神像，寺僧指为面然神，背及左右，皆千手观音像。任君云：“此铁铸神像，为宋时所制。”过旷怡亭，至尔雅台，额曰“汉犍为舍人注尔雅处”。任君曰：“此相传为郭璞注《尔雅》处。”有联云：“问字谁名景纯上；濒江请定聂阳西。”过凿书岩，有一亭联云：“秋风有意留人住；细雨无声送客归。”沿石栏小立，眺望风景特佳。山下产墨鱼，相传食墨而化者，此语固不经，然今之墨鱼，则味甚肥也，此殆嘉州特产之鱼欤。下山数百级，东行至山根。隔一深涧，潺潺之水甚急，在洪水时须乘小船。渡过前山，可至大佛寺。今已枯水，可涉之矣。任君曰：“此名麻濠。”时李君带一行中工人，用一木板支石水上，扶掖余等而过。余曰：“游山渡深壑，涉水叠危桥。”过此则登山，约里许，至一亭，中有金身长臂佛。少憩。再登数百级，又约里许，始至东坡亭。任君曰：“此东坡读书处。崖上一楼，曰东坡读书楼。”倚栏望石佛之顶，俯视石佛之首，旁观石佛之耳。余以手杖略约计之，耳之横边约五六尺，耳之长约三丈。绕石级而下，至大佛寺，即凌云寺，寺僧出迎，邀余等入寺饮茶，谢以天晚。拂拭碑文，知大佛为唐开元中，僧海通凿山为弥勒大像，高逾三百六十尺，目广二丈，项围十丈，为楼十三层，自头面以及其足，极天下佛像之大。至韦皋镇蜀时，积十九年，工始竣。陆放翁谓："每年大水，不能及佛足。"正面恰对三峨，碑记为唐贞元十九年十一月，撰人姓名已模糊不可辨认矣。（按：城西二里，有石像山，山有能仁院，院前有石像高丈余，盖作凌云大像时之佛样也。）凌云山石有一山，名东岩，亦曰东山。又名圣冈山，山泉可酿酒。山峡曰佛峡。东坡有"一时付与东岩酒"，即称美此村人之酿酒也。李君谓："远望一长山，曰马鞍山。城西尚有扬雄山，有洞深邃，为汉扬雄故居。所谓西蜀子云亭，即在此。"时已薄暮，下山行二里许，半轮明月，照见石级，道旁山泉之声，泠泠可听。余曰："夕阳欲下催人去，山月多情送我归。滴滴泉声犹可听，岩飞湿翠冷沾衣。"又行二里许，沿崖缓步，多山洞，中有石床、石台等。任君曰："此皆晋宋间獠人所凿，为穴居之所也。今獠番均已退移松潘各县山中矣。所谓生獠熟番，迁居已久，仅留此穴居之地，以供后人访古之资，然亦可见吾汉人之威震远方矣。"

沿江行过一小桥，在泥滓中踯躅而前，久之。约行半里许，始至岷江之滨。过义渡船至大码头，入涵春门，返中国银行。李君留任君晚餐，纵谈古迹及余游迹。餐后，任君去，余托李君为余雇轿，明日预备往峨眉县，言明轿价两元。余向轿行头（一妇人）谓："轿夫须壮健，选不吸鸦片者。"答曰："当然吸鸦片。"余与李君不禁大笑。此间教育不普及，鸦片则早普及矣。余即记本日之游，得诗三首。

乌尤寺

青衣别岛景清幽，庙宇崇隆熟与俦。一点螺鬟堆夕照，九峰龙跃映波流。台高尔雅乌尤著，砚赛金陵燕子留。（《府志》：九峰浓秀，如金陵燕子矶之景。）遥望三江烟障暮，伫看风影送轻舟。

凌云寺（即大佛寺）

丹崖翠壁画图中，高欲凌云四望空。水木清华臻妙境，楼台金粉拥琳宫。名山浩劫频番过，大佛端居千载雄。拂藓认碑犹可诵，暮烟微罩古研红。

东坡亭

磐磐大石凿成佛，渺渺尘寰欲问仙。仙佛果然谁可学，一亭终古峙山巅。

夜已半，余阅《嘉定府志》，知乐山为首县，今嘉定即名乐山，以县有至乐山，故名。嘉定昔为獠夷所居，周时设平羌县，置郡。宋有嘉定府。城北三十里绵竹关，疑为汉平羌戎地。明改嘉定州。东至内江界，二百六十里；西至雅州界，二百里；南至叙州界，二百二十里；北至眉州清神县界，五十里。清改嘉定府，乐山县。东至荣县界，八十里；西至峨眉县界，五十里；南至犍为县界，八十里；北至青神界，五十里。城北有平羌关、平羌驿，城西七十里熊耳山，又名熊耳峡，连山竞险，接耳争高，蜀汉武侯凿山开道，峡东即古道也。南对峨眉，天晴可遥望三峨，所谓“北负三峨，襟带三江”是也。

《嘉定志·职官》载嘉庆十五年，府经历，无锡华炳耀署理。又《嘉定志·原序三》为布政使司梁溪杨揆撰，是则吾锡乡贤遗迹遗文，可按志而识之也。

《艺文》中有杨荔棠先生诗一首，录下：

自过大佛滩望凌云山作

凌云山色明于画，过眼峰峦若奔马。七层高阁翼且巅，百丈惊涛走其下。栖鸾集凤纷回翔，九顶出没烟苍苍。悬崖顿现慧定相，蹑险毋乃疲津梁。扁舟一落轻于叶，篙师用篙抵枪急。想见春流乍涨时，飞湍直压云头湿。我来江上初届寒，险处已作平波看。张帆捩柁不得泊，铃声空语相风竿。篷窗独对盈樽酒，山翠蒙蒙逼衣袖。咫尺丹露未许攀，也应惭愧嘉州守。

典籍补遗：《梁溪集》五十卷，《遂初小稿》八十卷，《内外制》三十卷，尤袤撰，今无。（按：尤文简公所著，所以入嘉定典籍者，文简曾旅蜀故也。）余诵吾锡乡贤杨荔裳先生大佛滩诗后，因赋大佛崖一首，即步其原韵如下：

大佛崖

天然佳景开图画，澎湃波涛如怒马。停桡联步梯丹崖，苍鹰盘睇飞难下。当年创建仙鸾翔，霞霭呈祥穹宇苍。三百六十有余尺，悬空结撰飞石梁。红拈鹃花绿染叶，坐听日夜江流急。色相庄严云发旋，洪湍不敢趾侵湿。兴亡世变易寒暑，桑田沧海轩眉看。崖上樵柯已烂否，崖下渔蓑空钓竿。读书之亭罢醉酒，凿书之岩风生袖。我来高唱大佛歌，我去白云自留守。

余阅《嘉定府志》，见其原序第三为吾先乡贤杨荔裳先生之遗著，兹特抄录如下。

嘉定府志序（杨荔裳先生遗著）

岁癸亥，余莅蜀之四年，时宋君云墅知嘉定府事，有美政，公余邮示所著嘉定府新志，俾余为序其作，志之颠末。余受读之，计四十有八卷，共三十余万言，可谓详核矣。按：府治于禹贡，在梁州之域。殷周因之。秦始并蜀，置郡县，属蜀郡。汉初别置犍为郡，为南安、资中二县地。齐后，郡徙县废，梁属青州。西魏置眉州。后周改嘉州，辖平羌、沉犀诸郡。隋置眉山郡。唐宋复为嘉州，兼置荣州。南宋时又以潜邸升嘉定府。元为嘉定路。明初改嘉定州。国初循而不革，至雍正十二年，世宗宪皇帝以其地幅员广阔，复嘉定府，盖国家休养生息，民数繁滋，俗日以隆，而田日以辟，有自来矣。府领县凡七：附郭曰乐山，西六十里曰峨眉，自西南北六十里曰夹江，又西北八十里曰洪雅，府东南百二十里曰犍为，后周之沉犀郡也；东一百八十里曰荣，自东而北又七十里，最远于府，曰威远。面临大江，扼夔叙之重阻，却背玉垒，为成都之右臂。环以罗叶青衣之水界，以峨眉石牛之山，沃野云委，沟塍绮错，生物滋殖，士女清醇，实巴蜀之间一都会也。宋君之来治斯郡也，教之以诗书，课之以农桑，削去繁苛，与民静谧，恭遇圣朝，郅治昌明，重熙累诏，百有余年之久。故能家给人足，狱讼衰息，一郡之中，数年之间，民讴思谣咏其德，弗之忘。虽复良太守之为政实然，抑亦际会盛时之所为也。无以志之，何由使夫后之君子，博考土物风俗山川形势，历代建置之沿革离合，古今人文之炳灵载英，如此之昌且炽哉。嘉定之有府志也，自宋吕昌明始，近千年中继其轨者绝鲜，虽间有作者，如张玉甲之嘉州志，才数十纸，尤多错讹残缺，识者憾焉。此宋君所以感而有新志之作也。余一再读其书，见夫土物凡俗则得诸退食之广核，山川形势则得诸郡县之流览，历代建置则得诸廿史之志表，古今人文则得诸百家之传记，旁通淹贯，体大思精，以著皇朝之治德，以励此邦之士习，以备史氏之典章，其为功岂不钜哉。古者立德立功，与立言并重。宋君之治郡也，既大试所学，以襄圣天子平康之治，而又出其绪余，精搜而远绍之，录成斯书，以无愧宋世名贤之绝作，斯亦不朽之大者矣。抑宋君之言曰："吾之为斯书也，草创于壬戌之夏四月，编成于今年之春二月，不敢设局以扰士民，不敢畏难而循苟且，竿牍之暇，面山临水，朱墨纠纷，陈于几榻，日课著书一卷，阅八月而始成定本，然则即此书也。”可以想见宋君之为人，与其所以治郡者，虽淮阳之卧治，宣城之坐啸，何以加哉。蜀地山水甲天下，而嘉定尤为之冠，砺峨眉而带阳江，青山绿水，作二千石，宋君不负此郡，亦岂有负宋君者哉。宋君名鸣琦，云墅其字，江西奉新人，乾隆丁未名进士也。余与宋君以旧相识，又同莅斯土，故观斯书之成，为序以告后之守斯郡者，且以为勖。

嘉庆八年岁次癸亥，孟秋上院，四川布政使司布政使梁溪杨揆撰。

第七章　峨眉之游

三十日晨餐后，九点钟乘滑竿赴峨眉。滑竿者，山轿之一种，较之江西之三竹片六绳索之山轿，似为舒适，盖以竹片十余编为卧斗，可仰卧其上也。昨晚定价两元，今日两轿夫以余体重不能抬，不得已加一人，价又加一元。是皆因吸食鸦片故无力以抬轿。噫！烟鬼之无用也如此。

九点钟，自嘉定出西城，沿江行。十里，至草鞋渡，渡河而南，仍沿江西行。八里，至糖坊渡，渡河南行，折而西。约十里至苏稽场，昔唐苏颋谪是地，因稽留于此，故名，或曰苏、稽二姓所居也。时适细雨，轿夫休息，吃烟及饭，约二十五分钟。行三十里，雨殊大，布篷已湿，水滴涓涓，衣衾皆湿。至镇子场，轿夫休息。午餐后，又行二十里，至峨眉县城。时已五点钟，乃直抵峨眉县政府，携吴朗西君之尊人绍庚先生之介绍函谒甘明蜀县长，适甘县长往成都，由第二科长谢君德厚出见。招待尚殷，即寓县署。余深致谢意，略谈，即闻摇铃用晚膳，谢君邀余便膳，已七点半钟。餐后阅本日蜀报数种，谢君与余略谈，即去。余记本日行程，并录途中所作诗二首：

行行十里草鞋渡，一棹临流清且涟。细雨斜风偏作剧，卧看襟袂湿当前。

登山涉水频番险，竹雾林烟卌里披。灯火荒城催薄暮，一肩风雨到峨眉。

十一月一日晨餐后，八点钟，段炯心秘书、谢德厚承审两君谈话。询余过去旧史，因将行箧中所带之《福州旅行记》一册及《自述》一册题跋相赠，并留待甘明蜀县长浏览，借为纪念。时适中学校谭俊明校长来，约余至中学演讲，余答以今日上峨眉山，明日回城，后日上午到校演说可也。于是雇滑竿一乘，收拾行装欲行矣。轿夫二人皆烟鬼也，以行李多，不克抬，乃仅带被一条、大衣一件，余均留置谢君室中，唯笔砚及峨眉山图、《嘉定府志》之“艺文”一卷耳。然犹上轿时费许多周折，盖滑竿之两竿太凑紧，余体围宽大，不克坐，不得已，脱去大衣作坐垫，始得登舆而行。两轿夫临行且云：“老先生身长而骨干高大，比外国人还重也。”所以一路喘行，预定之五十里至峨眉中峰万年寺者，竟不克到达。致自九点半起至下午四点钟，仅行四十余里，而宿白龙洞焉。本日所行之道里及所见之风景、古迹，并所咏之诗，均详志于下：

（一）道里：自峨眉县出南门，行五里至圣积寺，行五里至小店子，行五里至黄湾，行五里至龙门洞，行十里至凉风阁，行十里至白龙洞，又行半里至金龙寺。返白龙洞。

（二）风景与古迹：以龙门洞为最奇险，以凉风阁至白龙洞之一路为高低曲折。崖石竞雄，澎湃奔腾，飞泉悚响。以白龙洞前修篁蔽天，丛木荫地，最为幽静。以太平桥之两危崖隔涧联梯为最危。古迹以别传和尚手植楠树于白龙洞左至牛心寺下、双飞桥石，其数与《法华经》字数相等云。

（三）诗：1. 万绿丛中几树红。2. 红蜻蜓弱止书角，独向空山伴我行。3. 梯桥联涧壁。4. 洞深或有潜龙蛰，山静唯闻异鸟鸣。5. 石窍声洪飞瀑泻，崖尖道仄背人惊。6. 輾因雨后泥黏重，花趁风前香送多。

峨眉山游记　上

峨眉为四大名山之一。余昔游普渡，访印光法师谈禅。今来峨眉，预计时序已冬，雪封金顶，恐洪春坪尚不能达，孰知兹已至白龙洞，偕普溪和尚围炉夜谈，从容赋诗耶。（按：峨眉山，为邛崃山脉，高一万零六百余尺。白龙洞在万山中，亦拔地二千四百余尺矣。）夜寒侵室，冻墨粘毫，借炉火之熊熊，特追溯一日之行踪，志其崖略焉。今晨乘笋舆，出南城，过儒林桥、回龙寺，望峨神庙，沿马路南行，东西寺庙甚多。川主、什方、圆通诸院翼其西，菩提、兴圣、长寿、圣积卫其东。所谓百步一庵、千步一寺者，佛地也。约行五里有保宁寺，为近郊之大庙。华严、大悲、慈福之庵，文昌、璧山、瑜伽之胜，均未注意。而巍然一坊，矗立于道左者，节孝坊也。道途平坦，唯因雨后泥滓较深，行殊缓。未几，抵一小村落，曰肖店子，距城方十里耳。折而西，山路较窄，幸尚平。行约四里许，抵一集，曰黄湾，往来负贩及过客均休憩于此。稍息。前登山径，虽有石级，殊泥滑，行渐迟。遇藏僧二人，数百步又遇六人。舆夫云："此喇嘛也，来朝山者。"余见其迎面来，立道左让余过，且举手作问心，启齿作祝福音。此殆其人之常礼欤。五里磴道，曲折上下，殊险峻，隔涧悬崖，飞泉之声潺潺盈耳。仰视崖石，有层积如书卷，或堆切如城垣，或角突而石尖刺余冠，或磐磐大圆砂岩，摇摇欲堕者。迎面则两峡相乂，叠嶂衬其背，高峰争其上。水声奔放，震动甚宏，俯视涧中，编竹木为筏，倒山上之木，稍加斧斤，借湖水以运出山口。崖上背木板、木柱及各种材料，均从深山中徐徐运送，可见此间木材之多。其料可以做栋梁，斫成建筑应用之材，吾固不可胜用矣。虽然，其如交通之不便何。舆夫曰："此为龙门店洞也。"崖上有"龙门"二字，东坡书也。（按：东坡生平未登峨眉，此二字自他处勾摹来者。）洞之南有授道台，相传为真人授道处也。上有五十三步，为蜀献王游山下辇，步行五十三步，故今石级有五十三层云。过此则道虽较平，山势殊陡，上下山坡，几经波折，抵一山坳，竹树丛植，舆夫气喘，不克行，休息须臾。又行仄道，缘崖涉险。久之约十里许，过一涧桥，石船子，而至凉风阁。所谓石船子者，乃涧水冲刷中有一大石横其冲，其纹绉层积，远望之似一船之浮于水中然，故名石船焉。时适白龙洞住持普溪和尚自县城返，道遇余，因通询问，告以欲止万年寺。彼以白龙洞亦可宿为言。余诺之，遂同行十里，而来龙洞。中经清风、明月二桥。两崖之石，互竞雄奇；百道之泉，倒泻宏壮。转过两高峰，忽仰见崖上有白石磷磷，显于削壁之半，修篁漪漪，荫于空谷之前，一种幽静环境里，听鸣禽婉转数声，真令人发永住山中之想。普溪告余曰："白龙洞将至矣。"唯一坡高峻，舆夫缓步数百级后，喘不成声，而两肩摇摇不定，两足且滑腻欲倒，此时危险已极，余即下舆徐行。约千余石级，不堪其陡，普溪谓此名广福坡，迎面一寺，隔涧遥望，即广福寺也。转折数峰，又见崇隆屋宇突现于丛树中者，知为清音阁也。更前行，过一高坡，则楠竹连绵，荫蔽左右，微风吹来，顿觉森寒彻骨。又行未几，抵白龙洞。安置行李，略饮茶，即偕普溪往金龙寺，与住持东明及河南陈姓寺僧敬斋略谈。返晚餐。普溪为添炽炭，坐谈，叩余儒释同源否，余以"痛苦、觉悟、修养、幸福"八字及人类九级之解释详告之。普溪语余以释氏"戒、定、慧"三字，且谓二百五十戒条条条做到，方能入"定"字，而"慧"字更不易言。余谓能定则自慧也。时天气骤寒，赖熊熊之火以取暖焉。夜渐深，普溪去，余更燃灯研墨，以记行踪。忽闻法鼓铿钟，宣诵佛号，知为和尚作晚课，觉僧舍清音，直欲融余精神而与之俱化者。未几，拈毫墨冻，炭焰将尽，而清磬一声，万籁俱寂，起视窗外，则明月满山，清风入户，寒气直扑眉宇，不能不弃纸笔而谋作黑甜游矣。

十二月二日，今日之游，自朝至暮，上下峨眉，约山行七十余里，乘舆者五十余里，步行者十余里。所观风景、古迹，详志后幅，所得诗亦附后。

峨眉山游记　下

峨眉之最高峰曰金顶。有祖师殿、千佛顶、万佛顶、锡瓦殿及铜碑之胜。自峨邑南门外起，至金顶、为一百二十里，往返倍之。平时在山麓或山半欲望金顶者，往往白云缭绕不易见，况阴晴不常，浓雾四溢，尤难目睹。且所谓佛光者，非登金顶，不足以见其虹彩也。余昨晚既宿白龙洞，今晨天未晓，闻殿上钟磬声清越，知为和尚作早课也。迨曙光透窗棂，起盥漱。普溪来，邀余往殿廊观金顶。盖旭日照金顶，晴雪初融，祖师殿、万佛顶均历历在目，而白色皑然者，积雪也。早餐毕，普溪导余行二里许，高坡直上，磴道高峻，约五百余级，见高楼压弓桥，普溪谓此灵官楼也。登楼望之，左顾钵盂山，右瞻牛心坪，前俯石级层层，松竹夹道，两高冈斜下，跨两涧壁而成，此楼形势扼磴道之冲。返观慈圣庵，一老僧坐槛外阳光中，手一书。余注视之，非经卷，乃《说唐》也。可谓"僧间独坐无经诵，且把征东小说看"也。前行数百步，佛牙殿至，亦见一僧看小说，余欲询以何书，则速掩以袖。余询佛牙，则谓在山上砖殿中矣。即登石级四十余，而至圣寿万年寺。知寺前为大莪楼遗址。（按：大莪楼，相传为公输班所创建。唐宋迄明，屡毁于火，明清重修者再。）地有琉璃碎瓦铺甬道，余以杖尖掘之，质颇坚，爱其绿色之可珍，得碎片以携藏诸。寺旁有一石，题曰“铲平重阻”，为民初筑路者所竖立，以留纪念者。入寺，知客圣古招待入毘卢殿，见湘南李肇沅所书额，为“唐李白听广浚禅师弹琴处”，有诗一，跋语数行。余即口占七律一首，步其原韵，为圣古书存寺中。（按：古白水寺，为李白听琴处旧址，约略在此，故有此额也。）大通方丈往重庆，由圣古导观正殿玉佛。其色洁白，高三尺余，为明时物。大雄宝殿，大佛三尊，均铜铸。往普贤殿，乃螺结砖甃成圆形之顶，颇见坚固，中盖铜制骑像佛身，所谓普贤真像也。一丈六金身，可宝也。寺僧导观佛学院，有佛徒四十人，每日课八小时耳。有国文、算术、经典、习字等科，年龄则大小不一。询佛牙，和尚应之，乃出一木盒，启视之，即所谓佛牙者是。其形圆，其质至坚，上下前后齿槽中均有朱砂。据云，某代祖师之遗也。余颔之，穷思此必为古时野兽之齿，否则安有如是之大齿耶？庭中有一铁井盖，或曰丹炉盖，径二尺，其状上平，八角式，下减小一寸，最下渐圆。八边有款识，每边四字，再三细认，仅识“山泉真州永和十年壬午”十字耳。上登新殿，观贝叶经。拟诣长老坪，奈以观心坡之高峻，十三转之石磴，殊觉疲劳。乃闻清泉清洌，俗传龙窝，略为停顿，望观音息心之所而休憩，久之。即下山，仍还白龙洞。时已将亭午，别普溪而乘滑竿行。余返步行约十余里，惫甚，遂穿林渡涧，过广福寺，而至双飞桥，即清音阁左右之二桥也。此地形势特殊：左桥之水潺潺，从雷洞坪而来；右桥之水从九老洞绕洪春坪而来。余虽未至九老洞、洪春坪，而水源来自两处，可考诸历史。二桥创建于汉以前志载，不知几经重修矣。清音阁据一高阜，尤足四眺，群峰环绕。此居中心，大可流连忘返，以时促不及多留。仍循原路，过广福坡而下行，片刻间回首华严顶，已高耸云霄，而南望宝掌山，则半露其面。前行久之，缘崖敧壁，迎面有负重者来，与余滑竿肩背相摩，至为危险。盖路太窄，泥尤滑，天虽晴，石仍湿也。左顾飞泉百道，依然昨日听泉之路；右倚峭壁层岩，时惊杂树摘挂余冠。过龙洞时，觉深渊之水绿甚。铁索桥跨两涧以临空，约二十余丈之悬桥，均以铁条编绊木梯，宽仅二尺余耳。是真蜀道难行，所谓天梯石栈相勾连矣。由黄湾西行三里许，在深山大壑中，绝无人影，道迷不能出，余按峨山图定方向，步行磴道高峻者百八十余级，始得豁然见丛树中庙宇，巍然显露，而得至报国寺。入寺有知客能真，导观接引殿。金身铜质之长臂佛像，新事装煌。入大雄宝殿，崇高与万年寺大殿相勒。进至七佛殿，登石级四十余级。七佛之妙相庄严，亦新修者。再登石级六十余级，而至普贤正殿。金漆辉煌，竣功未几。观览片刻，即出寺。行十余里，抵保宁寺。东行田畴间，山泉四流，层亩水积，夕阳返照，虹彩四射。余虽不能登金顶，瞻佛光，而归路从容，从高阜而俯水田，得睹此霞彩虹光，亦未始不足以解嘲。追过圣积寺，入观老宝古楼，高悬一钟，约径丈二，高三丈，叩之其声震数里。此即相传为禁阻山中寺僧之欲念，而建此了鸨楼之用意也。昔宋魏了翁有“峨眉真境”四字，今已毁于劫火。寺态荒凉，僧人三四。晤住持宏云，导观华严塔，高七层，计九尺，底径二尺八寸，上铸小铜佛数千，刻《华严经》一部。佛高六分至一寸，经字细若蝇头。宏云曰：“此峨山之宝也。”钟与塔皆万历间物。时将薄暮，匆促行程约五里，即入城，已灯火荧荧，晚炊咸备。余之游踪，遂结束于此。噫！两日之游，往返共约百二十余里，其殆占峨眉全山十分之五欤。虽然登高未能极其巅，固为遗憾，而留此有余不尽之胜游，作他日重来之回想，其味当有深长者在也。既返邑署，速为笔记，以备遗忘。虽然余之游峨眉，较之达其巅而观全景者，按图计里，不免自画半途。而读范成大《峨眉山行纪》，则俯仰古今，觉他日未尝不可追踪贤哲也。

往峨眉县教育局，询知地方教育，有初中一校，校长谭俊明，学生八十余人，经费七千余元；女师范一校，学生五十余人，附小一百余人，经费三千六百元，每年仅领一千二百元；县立完全小学一校，学生二百余人，经费三千余元；各乡立小学共约十校，学校约五百人，经费共三千余元；私立小学七八校，学生约三百余人，经费二千元左右。全年经费不及三万元。

是日所得诗七首，录如下：

万年寺见唐李白听广禅法师弹琴处之额湘南李肇沅题诗，因步其原韵

几日甘霖下界收，山中新霁透峰头。昨宵龙洞谈禅理，今日灵泉听水流。黛色参天登佛地，洪钟震谷颤经楼。此间欲访青莲迹，遗响空沉入暮秋。

毘卢寺写留客堂视知客圣古和尚

痛苦从头说，方知觉悟多。倘能修养到，幸福不蹉跎。

砖殿瞻普贤铜像及观佛牙

络砌层层顶上圆，无梁无柱抵凭砖。峨然丈六金身现，劫后三千灵迹传。古物摩挲殊色认，佛牙珍玩龈痕坚。几多神话谁堪信，化石还宜仔细研。

龙门道中

鱼跃龙门鸟浴波，逆流飞溅浪花多。昨今往返经奇险，道窄崖危肩背摩。

龙门洞观飞瀑

龙门之峡犬牙相错杂，龙门之峡羊肠道逼仄。飞泉两道挂巉岩，渊然一洞邃百尺。上有苍鹰盘睇不敢下，下有白龙潜伏待时出。试听奔腾澎湃其声渊日宏，试观澄清廉洁其色深而碧。水花喷雪溅衣裳，山花献媚触巾帻。笋舆冒险向前行，铁索桥头悬岩侧。蜀道之行艰且难，神工鬼斧果谁辟。“龙门”

二字问谁书，道是东坡启幽僻。一朝机会风云生，龙腾自有甘霖泽。即今瀑布悬珠玑，林风吹拂百千万忆雨花四飞溢。

救国寺晚归

空山万壑无人迹，葭竹千竿听鸟声。道是倦飞归去也，林深上下尽栖鸣。

夜宿峨眉悬署

一灯似豆光微暗，寸管如椽墨未干。不觉更邮报三鼓，空庭明月浸窗寒。

第八章　由峨眉返嘉定

三日，余昨晚参观峨眉县立女子师范学校，由校长导观一周。可志者两点：（一）女教员及学生另居一宅，管理甚严。（二）校长恳挚认真，而办理校务至能耐劳苦，可佩也。

晨起，收拾行装，以备离峨。段秘书邀往后园，登一亭，观览园外风景。亭有联云："醉倾杯底月；高看枕边山。"征收局长陈君康衢，名正骧，邀观古柏堂。古柏，《嘉定府志》载："邑署二堂之东，有古柏，数百年古物也。团圞围荫，横亘晦暝，鹤墅琴轩，别具壶天世界。"余仰观之，高逾十丈，围约三抱，古木清阴，不同寻常之树。惜下设香案，以供树神，不免俗尚迷信之可笑也。

晤甘明蜀县长及杨勖烈总务科长，略谈，坚留余早餐。迨余早餐后，即别甘、诸、段、杨、王诸君而行。余之赴峨也，在嘉定出南门，迨返嘉定也，过班竹湾，见炼钢厂，惜尚未完成。进西门，仍寓东大街中国银行。

道过苏稽镇，见早市之席草，绿草盈街稍，买卖之人甚多。知此草之心，即为灯芯，白色；此草之壳，即可编蓑衣及卧席等。往来出入于此者，生意甚大也。凡人民夜间所燃油灯之灯芯，以苏稽所产为最耐燃。今渐见燃灯油之灯芯日少，而制红蜡烛所用之灯芯，仍须用此为之，故灯草之效用仍甚大也。

是晚五时，抵嘉定中国银行。以途中遇军队调防，往犍为剿匪，故道阻稍滞耳。李君仲强谓余曰："有王君怀仲见《骥叟自述》一册，颇欲介绍一面，作长谈，商量川省实业及平民教育之办法。"少顷，即来谈话也。

李君仲强偕余往公园一周。地方宽敞，空气新鲜。花木亭台，秩然有序。有图书馆、乒乓室、网球场、茶园等，于此见社教之一斑。

王君怀仲来谈制纸及平民工业社事，甚佩其热心社会职业问题，为教养兼施之计。且约明日往制碱公司参观，并邀便餐，借与平社同人一谈也。

中国银行同事中有周君耀森，无锡同乡也，其夫人褚兰芳及其女周英，均竞志学生。不虞于五千里外忽遇同乡，快甚，久谈家乡种种，不觉夜之深也。

四日，仲强君约同往公园。因王君怀仲任彼候耳，抑知王君已行。余偕李君即往乐山县立女初中参观。道遇金教育科长，即同行往校。见陈校长昆仲二人。其兄陈珩伍，与余旧同学黄书芸、张一飞等均认识。参观一周，有一特点：盖本日为星期一，该校改星期一为星期日，所以表示女学星期日，不与男校星期日在同日，以省种种发生不良之习惯云。

嘉定县立女中学校，校长陈钦浦，教员十八人，内有女教员五人。初中一年级学生四十六人，二年级七十五人，三年级九十三人。经费收入八千九百二十六元，支出一万零三百八十九元，不敷之数，县经费补助。盖此校收入，为团款、租谷、房租、契税及学费等，均由校自己征收，非由教局支付者。对于查察学生缺课，每日由教员报告一次，列表揭示，每周汇集一次，每学期结核扣分，至为认真。校训“整恒、诚朴、和乐、仁勇”八字。校舍旧时汛署，对于寄宿生颇严肃，学生有一百四十人，尚守规则。舍监检查学生信函亦严，如有与男生通信者，必禁止云。

王君怀仲偕余同往参观县立初中一校，调查所得录如下：

嘉定县立初中学校，校长杜高崇，不在校，晤教务主任陈学熙。教员十八人，学生四级共二百九十八人，寄宿者二百三十一人。参观一周。各教员上课者，一国语、二国文、三音乐、四国文，图书、仪器、标本，均感缺乏。平常经费一万二千元，学费收每人每学期五元。校舍为古桂华寺及关岳庙，宿舍散漫，殊欠卫生。

往嘉定教育局，金局长未晤，询局员。知行政组织，已改局为科。县立初中一校，女中一校，七县联合共立中学一校，县立完全小学男女各一校，区立私立完全小学，全邑二十一校，公、私立初小二百零五校。中等学生九百余人，高小学生八百人，初小学生八千九百五十余人。全县教育经费十万八千余元。

余既偕王君怀仲登高标山访古迹后，即过土桥街，至王君宅中，稍憩。王君赠余以纸厂自造之信纸及信封，以为纪念。即返寓。

高标山访古记

嘉定之城，依山而居。沿山崖道，相传汉唐蒙迪夜郎时，所辟五尺道是也。城外多蛮洞，在山麓。洞中石床、石台、石灶、石器，均为昔日獠人之所居。（按：獠为晋时最盛，今已迁入川边。如松潘蛮地之猓猓，其即古之獠人，未可知也。）城内有书院，为课士之所，且有风人雅士，流连景物之歌咏，尤足供人俯仰徘徊于其间。此余来嘉定，不能不再作高标之游。今晨偕王君怀仲往高标山，访古迹，以征嘉志之所载，其或非虚语欤。（按：昔日之高标，人文荟萃之区也。虽然，时代已非，满目皆荒凉之境。）登三清殿，王君曰："此塑像皆明塑也。"见所有神像，均破腹折臂，断头截足，盖在去年为某武装同志所毁者。凡今日略为完整之像，皆近已重修者矣。周观殿上及留遗碎物，得龙鳞之爪一，为木制者。王君曰："一鳞一爪，足为纪念。"上登一百十八级，至赵公祠，继登古万景楼。楼为宋宣和中州牧吕由诚建，兴废沧桑已非故物，今且沦为道院，而香火亦复荒芜。唯登高舒啸，四眺苍茫，亦胜地也，惜为道人糟蹋不堪矣。南望岷江，往来帆影，云山远近，景物万千，无不收之眼底。万景楼后，有重修万景楼碑记，文字皆剥蚀不可读。碑石为红砂岩，所刻碑文均片片剥堕。余以手杖偶一鉴之，即碎为齑粉者多。在乱石中，得有字之石数片，上有一二字形隐约可辨，因携以归。求昔范成大所谓西南第一楼及高标书院遗址，已在荒烟蔓草中，而不可得矣。至于宋沈立所咏之海棠湾，苏黄门诗有“蜀中荔枝出嘉州”，唐薛能、乘陆游所咏之荔枝楼，更无从而问讯。王君指一处云：“此即海棠湾之旧地。”今早入民居，余以为居民中竟无补植数株，以补思古之怀者，是亦遗憾也。归路过丁东街，王君指一井，告余曰：“此东坡之所谓丁东井，山谷[1]所咏之丁东水也。”又过一地，见一井，王君曰：“此陆游所咏之方响泉也。”旁有一碑，大书“方响洞”。噫！嘉定相传之古迹甚多，尚有所谓明月湖者，今为西湖，恐半亩方塘之不若矣。不知者以海棠荔枝之嘉名，方响丁东之遗迹，必有如何之可观。以余今日之所历，虽仅于平芜斜日中觉空有其名，然一麟一爪之采集，红砂片石之携归，毋乃为人所窃笑乎？然余则不如是不足以言余之访古，是以余登高标不能不有所记。聊或游志分客中片刻之光阴，为嘉州名胜之宣导云尔。

晚至王君家，赠我以嘉乐纸厂所造之纸，并告我以一切。

① 即山谷居士黄庭坚。

盖王君留学法国，回嘉后，即偕同人建设此厂，已有年矣。计资本六万元，原料为稻草十之五；白葭竹及麻十之三，木浆十之一。造纸机器一架，和料机两架，研机亦二。每日出纸二万张。厂中共有办事员四人，工人四十人。销路作报纸等用，在本省流行尚溥，倘能推广，可抵日本人销之纸不少。窃愿王君等广大此厂之所制，推销外者，以挽利权也。往嘉裕制碱公司。晚餐，座有喻君凤章、黄君远谟、任君、王君四人，东道主也。谈平民工读社办法。余以为工则须原料出自本地，所习为地方需要，读则注重识字与乡土史地及博物，并设博物室，多置本地所产之自然品、工艺品，均须有顺序之标本，扩充读者爱乡爱国之心，以助工者之兴趣。餐后参观制碱厂。原料为石灰石、皮硝、烟煤，三者研碎调和，入锅烧之，即成碱矣。销路甚广。又有电厂，办法成绩亦佳。建筑工人宿舍，较之今日所见之学校宿舍，佳胜多矣。睹此不禁有感于吾人无论教育实业，苟能负责办事，固在人而不在金钱也明矣。

今日所咏诗录下：

登高标山万景楼

高标山上尽平芜，古庙苍凉佛骨枯。欲问旧时桑海史，一鳞一爪不模糊。

联步登城放眼宽，江山寂寞气森寒。丰碑剥蚀苔痕古，片石携归仔细看。

海棠湾

山前指点海棠湾，佳卉苍茫旧迹删。可惜雅人深致少，更谁补植伍荆杉。

荔枝楼

荔枝自古出嘉州，风味而今想象留。剩有黄门诗句在，剑南三赋此楼头。

方响洞

清响源头溯，潺潺出洞天。泉声常不竭，今日尚湛然。

丁东井

点滴原无竭，丁东亿万年。我来访遗迹，依旧号云泉。

为李君仲强指画墨竹

着雨多垂叶，因风尽折枝。墨痕弹指处，别后寄相思。

为同乡周君耀森画竹

双竿直欲凌霄汉，万个纷披自率真。不料五千余里外，异乡欣晤故乡人。

是晚为中国银行同人指画墨竹，大小横竖共十六幅。又为李君仲强写横幅一纸，录游峨眉诗四首，以为纪念，夜午始睡。

五日晨起，补记昨晚所事，不禁有感于苦旅行中之夜以继日，工作不怠，为之自笑，得句云：

艰苦旅行工作猛，昨宵未了继晨兴。笑余诗画愧留墨，摈弃光阴病未能。

晨餐后收拾行装，预备乘人力车往五通桥，距嘉四十里，属犍为县。此为盐场，故中国银行亦有分行办事处在也。闻五洞桥至叙府宜宾，距三百十里，乘盐船往叙，过犍为县治，一百三十里云。

十时，辞李君、周君、尤君等而行。李君派一茶房往五通桥送函件，因伴余同行。渡河，过小舟，至篦子街，雇人力车，行两山间。左山石洞甚多，昔为獠洞，今为民居。约里许至大石桥，十里瓦场坝，有瓦窑数处。南望有一塔高耸者，为距此三里许老刚坝之奎星阁。行里许，有大石断碎于道左者，为田马石，在筑路时为工人所打断。前行又里许，曰东岳庙，前有一大碑，对面为张氏墓山。墓前两华表，高三丈余，上有狮子各一。两华表相去约三十余丈，适一在马路之左，一在庙之右。五里，青泥坝。二里，大桥嘴。里许，烂泥坝。有街市，有福和盐灶。又里许，即红岩子。盖自篦子街至此，约将二十里矣，山岩颜色均红。车夫告余曰，此间有一土语，叫“飞沙走石红岩子”，故过此者颇危险。余思此必风雨所剥蚀，岩石下倒，致有此谣耳。红岩下适有一滩，流甚急。车道随山势转一弯，由高坡下溜，车行甚疾。有红岩关，为验盐税碱税稽征所。盖此间素为产盐之所，盐井甚多，井上之木架，高可四五丈，井深一百二十尺，用竹筒插入水中，用牛四五条，抽水上升，设灶煎盐，其利甚薄。

车过红岩关，盐井数百家。过此则有沙湾，岩石变紫色矣。行五里，至牛华溪，又曰云华镇，人烟稠密，户口繁多。此间已入犍为界，北部尚在乐山界，南部则属犍为矣。本镇丝绸业甚富，街长五里。车夫告余曰："顺河大街六条，小巷二十四条，小弯九十八处。"要之极言市镇之繁盛而已。有大庙四：一吴楚宫、二南华宫、三武圣宫、四□□宫。土地庙、火神庙尤多。过此则有明坝街，至三角碑、古佛寺。寺后有塔十三层，巍然高出云表，远望之，天然一幅画图也。五里，岩色渐变灰色。五里，杨柳湾，盐井甚多，岩石均为石灰石。车夫告余曰："此间盐井用天车者。"余观之，乃借水力冲轮转以动，代牛力耳。过此则蜈蚣包及朝贺洞、凉风坳等处，岩色均为青灰。有凿石为水泥者，皆石灰石也。道路曲折，在重峦围绕中过高坡数处，直趋五洞桥矣。桥跨芒溪之上者，乃一木架之浮桥耳。过桥，即至中国银行主任侯鹤参先生之寓中。时侯君尚在公事房未回，鹤参先生之夫人出见。余即携来李君之函交之，请转送公事房。略坐，询所自来，余告以到此之由，并问今日有无下水之盐船，则曰须明晨矣。

少顷，王君杜若来，谓今日有杨君请客，已有一请柬在。主人为杨君翰周。杨君为此间灶商，今适有事，顷言及有远客来，故即请同往一谈，不妨也。少顷，即偕王君渡河，至五通桥公园。王君曰，此公园建筑仅一年余耳。依山建屋，俯水而观，布置花木，颇觉清幽。入茹美食堂，主人杨君由王君介绍晤谈。又有湖南长沙罗君、嘉定谢君、福建陈君等谈话。侯君鹤参亦晤谈久之。晚餐，同座者有朱团长，为犍为人。饭罢，余偕王君先行渡河。时已暮，同至鹤参先生寓中。少顷，鹤参先生亦归，挑灯夜谈。罗君告我以盐井煮盐，每斤盐水可煮得净盐一两七八钱。川省之盐，以自流井、五通桥、同川三处为最著。此间为犍为盐区。红岩子为乐山盐区。乐区之盐，销往上水至成都。犍区之盐，销往叙府等处。犍区五通桥之产量，全年为六千数百引，一引五十包，每包一百六十斤。宜渝水程运出者甚多。又谓自流井之盐，井深三百丈，少亦二百五六十丈。盐之产量，较五通桥之盐井产量既加倍，煎煮之数，每斤盐水可得净盐一两至三两。以井之深浅，汲水之多寡，推煮盐之出数。故此间之盐，推销虽不及自流井之盐，而二十余里间开盐井千余家。煮盐之方法亦遂渐改良，将来可卜大为发展之盐场也。

返寓晚餐，记日记，即睡。

第九章　由五通桥至叙府

十二月六日晨起，早餐后，即偕王君杜若及罗君、杜君往观盐井。其汲水煮盐方法殊为可观。昨宵大雨，故此时雨止道滑。东行里许，参观一灶户，系周姓。有井二，牛四头，机车三架，锅灶三。罗君谓此小规模者。分观其灶房、车房、井房三处，分述如下：

灶房。铁锅之圆径约七尺者二，约六尺者一，高与底面约距二寸，其式如盆，由底渐圆，至锅边止。其重量大者千斤，次亦七八百斤。置圆灶三：两边之灶大，中一灶殊小。锅上各置锅边，高二尺四寸，如蒸笼然。而锅边加上，即盐渣及泥封口。而炉灶与锅缝亦以泥封之。炉加煤炭燃烧之。一工人以大木匙，抄盐水入中间之一锅。上有铁管通左右两锅，盐水直流两锅中。水满，则以盐渣各入两锅中，装满齐锅边。墙水约高二尺许，即尽量煮之。约一日夜至两日，水蒸气飞散，煮盐即成。上面者为盐，而盐渣仍留锅底，他日仍可用也。每天出盐约百斤，价九元或十元耳。灶房工人，四人或五六人，每日取水、担煤、入炉、扛盐、下船，一日间工作甚忙也。

车房。机车有二，一为总机车，一为分机车。此为以牛运机。机为木制，轮转索绕轮，则牵动井中竹筒，可以汲水。轮高一丈七八尺，轮轴铁制，轮索竹制，以竹辟开，接以牛皮包扎之，长一百数十丈。以牛二头，绕轮旋转，雇童工二人鞭挞之。每牛绕轮一周，童工必鞭挞三四次或七八次，盖牛老而疲。迨一百数十丈之索转完，牛受鞭挞亦数十百次。噫！太无人道矣。余不忍再观，即出。

井房。井深一百一二十丈，其口径仅内外一尺，内为木，外为竹空口仅八分。竹索入井百十丈，下系竹筒，四五丈，筒约以三个竹筒所接成。竹筒之首为尖斜形，摘挂于竹索之端。竹筒之底，于竹节留一斜面，凿一小圆孔，内有一活栓，牛皮为之者，入井则水压力上涌入筒，筒中水满，则水之下压力将活栓压住，水不下注。迨取出竹筒，另以一竹器，有一竹钩，钩端尖圆，竹长四寸，用竹钩推进竹底，顶动活栓，而水即流出，置于石制水槽之中，而流入竹管，以通炉灶房中之储水槽中矣。迨水既流尽，活栓仍闭，竹筒放入井中。而取筒取水，放水放筒，种种作用。另有一索，掣铃以通车房，俾鞭牛转轮，以时工作也。盖井房离灶房甚近，距机房则甚远也。两井房与机房之距离，则各三十丈，为相等者。盖用一索，长一百八十丈，此下彼上，此上彼下，人工既省，而所汲之水则倍之矣。罗君谓三十里中之井灶，共千数百家，试用铁机以汲水者，仅五六家耳。

余等四人既观井灶后，即还寓。余独思此间产盐之区，以民间自行采汲，用如此笨重之木机为之，固觉费力大，而所取得之利亦不多。然观其竹索之接笋，取水之用活塞，机轮之伟大，煎煮之方法，种种合于物理、化学之处甚多，足见数千百年以前，吾中国先民之智识，开辟地利，以厚民生之道，正堪令后人钦佩无涯。惜乎创造发明之先民，其人姓氏不传，殊令人曷胜崇拜开化造物之先民于不置也。今吾人果能继先民更求进化之方，组大公司以大机器为之，则利民厚生之道其庶几乎。

十点钟，收拾行李，预备乘盐船赴叙州。侯君鹤参昨已与盐场萧主任言明，今晨遣船户来侯寓，导余下船也。盖船泊竹根溪，离五洞桥约五里许，尚须乘小舟或乘人力车往也。少顷，船户来，一袁姓船之老板、一吴姓船之伙伴询余何姓，鹤参告以同宗侯某，吴姓船之伙伴欣然曰："一家人也。"盖彼亦姓侯，乃嘉定人。于是余与鹤参皆大笑云："江浙川三省，三人皆姓侯，可为大同宗矣。"盖彼此以侯姓之人甚少，虽得同时有三侯聚在一处也。于是余即别鹤参及罗君而行。王君杜若雇车往嘉定，余乘人力车往竹根溪。行五里，为黄炎庙，停车茶憩，以待舟人。少憩，袁姓、侯姓二人至袁老板处，即另雇一人为余肩行李。行半里，至盐船中。（按：购在稍房高铺，比成都来嘉定之舟舒适多矣。）但见有军衣棉服装入船中甚多。吴老板告以今日不开，请另装他船。商量久之，始运去。是日，余即闷坐舱中，无聊之极。

从五通桥乘车沿芒溪行里半，即有一镇市，曰四望桥，有四望关，为盐船验票收税处。桥长三十丈。过此则直行四里而至黄炎庙，余有诗云：

五通桥隔芒溪碧，四望关经炎庙黄。暂向竹根滩上泊，孤吟倚棹待斜阳。

一老舵工询余姓及年几何矣，余告以侯姓，年六十二，彼即矍然曰："我壬申生也。"问余今日阳历为何日，余答以阳历为十二月六日，星期三。彼云："今日阴历为十月十九日也。"余不禁为之憬然，曰："哦，今日为十月十九日乎。"彼曰然。余即返舱，默然思之，得诗一，以表示今日为余六十二岁生辰之自感云。

十二月六日即夏历十月十九日感赋七律二首

屈指光阴蓦地惊，伤心岁月慨予生。五千余里坎坷境，六十二年黯淡情。浙水宗人欣话别，川江舟子遇同庚。芒溪昨夜公园宴，酒未盈樽月不明。

今日孤行感不禁，竹根滩畔自沉吟。夕阳峰影披云絮，野岸溪声渡石岑。听尽猿啼催鼓棹，惊残狮梦拥寒衾，遥知此夜家园话，沧一黄花蜀客心。

七日，昨晚舟住竹根滩未开，今日天未明，闻舟子解缆摇橹呼唤声，知已开船，余朦胧入睡。迨曙光已透，觉滩水声盈耳，舟且摇动不定。而逆水之舟，纤夫负重声喧嚷不堪。遂起盥漱，早餐。过一滩，流殊急，岸上人烟稠密，为石板溪。有玻璃厂，制小玻器及灯罩、玻片等，其原料为收集破碎玻璃及瓶罐等为之。舟子云："此石板溪，为犍为县之大镇。所产玻璃器，销售川南各县之用者，数量甚多，距犍为城四十里矣。"余谓："然则距竹根滩亦四十里矣。"舟子曰然。三十里至杈玉石。《黄山谷集》中所咏之西浦津，为嘉定至叙州府最险之滩也。余有诗云：

湍急石磨圆，险哉下水船。篙夫竿倒插，竹索柁斜牵。澎湃乱流渡，奔腾雪浪溅。喧呼声已过，西浦庆安然。（按：西浦津一名道士攒，又名道士罐。凡大小船只，往往过此而遇险。盖水流过急，多为旋水所卷，船入漩涡云。）

至亭午，行十里，舟至犍为城外停泊。袁老板以盐票税单登岸报关，约半小时，手续完毕，即开船行。舟人云："今晚可停泥溪也。"时以风鹤之警，余船辗转迟误，幸尚未遇惊人之事，数日来勉能避免者，一路探寻，舟人亦暗中甚怯也。盖余于开舟前晚，在公园夜宴时，主人杨君毓溪云。"今日犍为县长闻警信，由五通桥赶回县城。盖闻有匪二千余人，带步枪千余杆，自屏山来，已入犍为境。此乃某军队之散军，啸聚于屏山县北丛山中者。所以下水之程是否可行，还宜郑重探询为宜。”是以连日遇上水来舟，行至途中，咸向余舟问犍为安逸否，答以安逸。此时适有五六载重之舟，纤夫三四十人，逆流而上，见余舟而询上边安逸否，舟人答以安逸。余有句云：“犍为风鹤谣传处，犹隔屏山百里谣。寄语前船尽推进，逆流隐渡竹溪桥。”

自犍为开船行六十里，至午后抵麻柳场。舵工告余曰，右岸为马牛场。右岸山中产黄姜甚富，用以染物为黄色。每年装船下行，至重庆，往上海，为此间出产之大宗也。自麻柳场行六十里，至泥溪，时约午后五点钟，即停船。是日共行二百里云。

路过滩险，大者三四，小者十余，皆平稳渡过。余得句云：

滩险重重过，盐舟历历经。崖崩泥露赤，水退石空青。沙嘴鱼垂钓，松岩佛祷灵。溪边烟树罨，尘迹暂留停。

八日。昨晚遇一教导师第二旅之副官叶子君者，谈军人之使命，以努力前进，不论位置之高下，不问权力之如何，为自身安分守己是图。余闻其言，因与之谈知足与不知足之别。盖吾人对于地位权力，须知足；对于学问知识，须不知足。今晨，叶副官去。天明解缆行二十里，至古柏场，早餐。又行三十里，中经滩河数处，均安渡。其最险者，为牛皮石。距此七八里，有一庙，祀观音，新修庙屋。舟人告余曰：“有一团长，在此祈祷得子，故去年重修此庙。”今从舟中左望，绿树丛中而殿宇崇隆者，即此灵验之观音庙也。余觉路上所闻之神话甚多，均不足记，而过此略记一斑，可见人民迷信之一端耳。

过牛皮石抵宜宾

犍为滩险推西浦，叙府平流过月波。忽听喧声转舵急，骤看雪浪溅衣多。半边寺堕危崖倒，百尺峰高古塔峨。指点双江风月好，此间景物又如何。

停舟大南门外（即合江门），登岸。舟人袁海亭，昨日向余借银两元，余临行，即以两元为津贴饭钱及给船伙之茶酒钱。盖此间所谓赶船不要船钱，只要饭钱，然名则不要，实则今日买米无钱，明日买菜无钱，时向乘客借钱，临行则作饭钱茶酒钱以了之耳。然余之登岸也，船伙送余行李上陆，又索钱千文，因给以铜圆六十枚而去。余乘人力车至东街中国银行，携张君禹九及李君仲强介绍函访王君景霖，适王君往重庆，由营业部主任孙君尊山接见，略谈。即云：“今日有熊君郁村请客。熊君为卢作孚之好友，为宝元通百货公司副经理，不妨同往熊君处，可晤此间商、学两界之人甚多。如不拘形迹，即可同行。”余觉不速之客，未免太冒昧乎。孙君曰：“不妨。”余诺之。薄晚，偕孙君同往髦士街（学盛街）熊宅。座客有嘉定俞君伯川、成都廖君仲雅、宜宾贺君伯辛、张君载之、孙君我山、王君等。即纵谈来川考察教育之感想及所观学校等，并及嘉定河流。余询及尤文简公是否曾流寓嘉定，俞君谓昔曾在某师处见《梁溪全集》之一卷，但知尤文简公在成都，而未悉其曾否来寓嘉定也。惟其全集，或为嘉定人所刻耳。贺君为上海美专毕业，曾到吾锡，写生太湖、梅园、惠山、二泉等之风景，往来六次之多云。

饭罢，偕孙君我山、尊山昆仲及俞君、贺君，同至学院街公园图书馆参观。藏书多旧籍，约一万余册。阅览室分成人阅览、儿童阅览。中间有大油画横幅一张，为贺君所绘叙府乡土史事：周坝渡子，遗其姓名。在明末张献忠时，流寇为官兵所迫，欲渡河，而渡子不应。追兵将至，贼惶急，欲杀渡子，仍不应，且骂贼，竟被杀焉。迨追兵至，贼亦被戮。此种忠勇故事，为乡土史上增光不少，以之为今日社会宣传之品，最足鼓动人民忠勇之思。贺君艺术，既略见一斑。而贺君用心，亦可佩矣。见中堂一幅，为郑君和孙君之诗，知我擅长于诗，又知孙君之尊人为地方名宿，长于诗。贺君之尊人为前清孝廉，出宰赣省有年，亦长于诗。孙君约余明日到此谈诗，且邀余明晨到此演讲，即刻通知教育界中诸人。而熊君办理宝元通百货商店，亦约余明晚演讲。余今日有一诗，口占以赠熊君及孙君者录下：

不速江南客，惭居座首筵。宜宾奎聚夕，蜀道雨余天，新馆书藏富，遥京电讯传（开无线电听南京新闻报告）。风尘暂休憩，翰墨缔因缘。

第十章 宜宾

九日，余借寓中国银行，承孙君招待。屋宇榻位，至为清洁舒适。昨晚燃灯记一日之行踪，复整笔赋诗，得五律一首。

寓叙府中国银行夜感不寐

灯火黯残夜，孤吟默自思。乾坤胡寂寞，风雨益凄其。环境人能造，修途物普知。拨开云雾影，万感莫羁迟。

晨八点钟，偕孙君尊山往宜宾教育局，晤邓迪斋科长。访问宜宾教育概况，所得如下。

一、中等学校：有乡村师范一校，共立中学一校，县立初中一校，女中一校，私立初中二校，女中一校，共七校。高级小学五十五校，初级小学二百七十二校。总数三百三十四校。

二、经费：共中为叙府十三县所立，较为宽裕，每年经常费二万四千元。县中每年经常费九千元。女中亦九千元，私立明德中学八千元，女中七千元，乡师四千一百四十元，高小及初小共十三万元，私立中小七万元，总数不及三十万元。

三、学生：中学生男女共一千一百三十人，乡师一百四十人，高小、初小共一万一千余人，共约一万三千余人。

四、户口：调查得十六万一千余人，学龄儿童六万余人，私塾有二万余人，识字者占全数百分之五十矣。如仅以入学校之学生言，则占百分之三十耳。

九点钟，偕邓迪斋、孙尊山两君同至公园图书馆。来客甚多，有贺君伯辛之尊人绍九先生昌祺、孙君我山之尊人洁矩先生、杨君鹤叟、张君宋文、杨君绍平，以及熊君、张君、赵君、杨君等二十余人。由孙君备早餐三席。同人入席就餐后，即由孙君我山主席，开欢迎会，邀余演讲。余即讲：一、研究教育。以提倡女子教育为本，普及小学教育。以少数之经费，办多数之学校为要。二、振兴实业以补助教育。如川省以实业：（一）开矿。组织公司，以机器开采。（二）水电。引水源以发电，利用水力而省燃煤。组织各种电业公司，以利民用。（三）利用竹木，制造各种应用之器具。利用黄葛树之汁浆，以造橡皮应用之各种用具。（四）改良制糖须用机器，组织公司，设法增加产量，运往重庆、湖北、汉口等处，以扩利源。此四者，关于实业之提倡者。三、图书馆事业，为文化之中心。旧籍，用募捐书籍，及寄存、借陈、借抄之四种。新籍，用介绍、选购。提倡科学小说，引起青年之嗜好。用巡回文库、流动书车等，以为对于社会一般民众，供其阅览。此则对于图书馆之推广而言也。以上三端，约说一点二十分钟，继由邓迪斋科长致答谢词而散。

是日得孙君絜矩、我山、贤乔梓和诗三首，贺绍九先生和诗一首，缔翰墨之缘，得唱酬之乐，亦客中佳话也。

偕邓迪斋、黄雨岩两君，同往县立女中参观。由校长王耀光女士及龙文轩教务主任导观一周。知初中五班，学生一百八十人。校舍已旧，不易修理。对于训育，注重严格。寄宿生一百零二人，舍务、管理稽查殊严。邮件往来，均严格检查。对于家事，仅在手工中有裁缝、刺绣而已。拟添园艺，尚未有学校园之布置。现先有农业概论，将来再讲园艺，以实习之。

往私立明德女中参观，由校长毛志竟女士（上海人）导观一周。校舍建筑合度，各处较为整洁。毛校长云，今日为星期六，学生正忙假归，故一切尤觉不整齐矣。食堂、宿舍、教室、理化教室等，皆属整齐可观也。

往共立中学参观，雷校长本涵不在校中，未晤。晤教务梁君卫根、名士夔，训育李品良、钟铁云两君，导观高中部一周。高中三级，九十余人，高三仅八人，高二仅十八人，余七十人则皆高一也。见高中一年级上代数，二年上化学，三年考试文学史，成绩尚可。即往初中部，六级学生，三百余人。训育李君导观一周，见初中一年上代数。校舍较高中整齐，昔为府学文庙，大成殿之孔圣神位尚在。唯学生乒乓球，以先贤卜子、颛孙子、冉子等之神位作球台之隔网，殊为不合。孟子神位亦已出龛，仅见曾子神位，尚在龛中。余即向邓君及训育李君谓，先贤木主，似尚有保存之必要，不应如此糟蹋也。继而邓君偕余出校后，谓此过新之弊也。余曰："此在学生不足责，负训育者，自应说明而指导之。"

是日上午在图书馆参观博物陈列室及历史品物，尚有可志之端，兹特补记如下：

一、金石。1. 诸葛铜鼓，圆径一尺六寸，高度一尺二寸，有耳四。此即武侯征蛮所得。日间做煮饭之餐具，夜间做守夜之刁斗者。2. 铜镜，圆径五尺，色绿，背有文字，明万历年时之物。3. 铜鼓，圆径一尺四寸，高度八寸，无耳。此为清时陈列于社庙中物。4. 铁瓶，高五尺六寸，口径八寸，清乾隆时制，有集款捐户姓名数十人，在瓶之下半截。为城隍庙中之供器。

二、书籍文字。1.《沧州尘缶编》抄本。四库中收入，由北京图书馆抄出。宋程公许撰，十四卷。程公许为宋进士，刑部尚书，有风节，遗著仅此一种，至为可珍。2.《赵绍平先生之墨迹殿卷工楷》。3.《郁鄢山房遗集》，赵沅青著。4.《石琴诗钞》六册，李映棻香雪著。以上四种，皆宜宾乡先哲遗文遗稿中之尤著，而尤可宝者。

三、植物。1. 永生花，色白、瓣小、尖圆，似小丛菊状，叶细尖、长圆，网形脉，产于峨眉山之金顶。四时不凋，为世界植物界中并未发现之一种小植物。其高仅三寸至四寸，花开顶端，不畏寒冷。2. 智慧花，与永生花似同类，而非终年不凋者。色亦白，瓣尖长，亦似菊状。叶狭长而尖，网形脉，产于峨眉山之金顶。世界植物界中，仅于阿尔卑斯山上曾发现此种植物，今峨眉山之有此，为世界第二处发现。盖峨眉海拔一万零六百尺，与阿尔卑斯山相去虽尚远，然在中国之高山，已可为最高之山矣，其寒冷度常在冰点零度下。而有此二种之花，殊足供世界植物学者之考求，且永生花之终年不凋，尤为可贵也。

午后回中国银行，补记日记。晚八时，复赴宝元通百货商店之欢迎会，由王君发寰为主席。报告后，即由余演说现代青年之人生观，约一点多钟。听者为公司店员七十余人，来宾十余人，共九十余人。有公司职员笔录演说稿，发表于《新世界》半月刊。余演说毕，王君答词后，即散会。余偕孙君等即回中行寓。闻民生公司"民望"轮今日自重庆开，四日可到叙府，余非多留三天不可，然事亦无可如何也。

十日晨，八点钟早饭，九点钟邓迪斋科长来，袖中出和余之诗七首。读之，有殊佳者，七古一首尤佳。孙君尊山，袖其尊人和诗及尊山诗各一首。昨今两日，共得诸君和诗十三首。余出游两月，途中虽酬唱有人，然未有若今日到此唱和之多者。邓君尤为敏捷。今日诸君皆来，以星期有暇，约游黄文节公祠，访古迹及览风景胜地，并往流杯池雅集。诺之。早餐后，即偕孙君和龛、邓君迪斋、何君恒九、韩君承初同行。约二里，至三观楼，渡河，自半边寺过锁江渡，崖石上有"锁江”二字。此间江水奔腾甚急。登岸，即吊黄楼街。行山路里许，道滑泥滓，行颇艰。少顷，闻溪水潺潺声可听，岩壁大书“涪溪”二字，乃黄文节公手书，有三尺大小，笔力遒劲，署“涪翁书”三字。前行过小桥，行数百步，至一小山根前，有佳树葱笼，石崖高峻，亭阁参差，高耸于树木中。孙君尊山立石上大呼曰：“待君等久矣。”和龠曰：“吾辈在三观楼，亦迟君等久，孰知君等已先到此耶。”于是余与和龠由两山崖间石隙中盘旋而上，曲折以登，则豁然开朗。贺绍九先生及熊君郁村、萧君则可并尊山等，已均久待矣。余知此地即流杯池也。左右崖石斜削，中间有二十余丈之深，五六丈之宽。水源由洞口北泻，潺潺之声，曲折入池。池为九曲，两旁石磴可对坐，以杯置酒作流觞，觞向任何一曲处停流，即谁坐此者，即谁饮酒赋诗。今日无酒，以茶代酒，流杯于池以试之。水益急，过九曲而至座后石壁下方止。壁上石刻古今名人题咏甚多，惜皆漫污剥蚀，读不成句。宋人题名，有淳祐间某某所题，字甚佳，惜为后人大字石刻所盖，颇煞风景。眩已灭古，恶习也。黄文节公遗书，仅有“南极老人阿弥陀佛”八大字。有数字之笔画，亦经风雨剥蚀，此八字自洞内右壁向左排列，写出洞外之石上。此外石刻，在洞口有宋淳熙壬子杨浑、苏圆叔及绍熙辛午卢伯华，又有淳熙己酉眉山李季泽、季允、上谷侯有年等来游之题名，尚未剥蚀。

由洞上行，至荔红亭遗址。昔李太白有《叙州咏荔枝》

诗，故后人建荔红亭。今荔枝已无，仅有黄葛一株，扶疏嘉荫，纷披崖石矣。上登一船式厅房三间，余曰：“此可名不系舟矣。”孙君曰：“山谷祠中，有不系船，乃当年遗址也。”于是由石罅中石梯下，出洞外，行约半里许，至一最高处，有四石柱及残碑等。孙君曰：“此俗传诸葛点将台也。”绍九先生云，武侯当年未到叙州，此皆托名耳。过此则抵武侯、文节合祀之祠。门外一大石，如砚池，石面平坦，色紫。有池终年水不涸，相传为文节谪居时研墨之用者。入门则前殿武侯飨堂，有神像神龛外，设神位三：中武侯，左瞻、右恪之两神位。后殿为文节公飨堂，有神像，前设神位。最后向右，有厅事，室三楹，船式，额曰：“不系船。”惜有人在此作麻雀戏及叶子戏者凡三席。余等另在文节飨堂中茶点，休憩久之。萧君、熊君见庙中有白锦鸡一对，所谓天明鸡者，以银两元购归。其羽毛之洁白可爱，在取缚时，脱白羽一，余拾而珍藏之，曰：“万古云霄一羽毛。”此唐人诗，而“我为羽毛惜，君当什袭藏”。时将薄暮，即寻归路渡河。是日所得诗七古一，七绝四。

流杯池口占

半边寺过锁江渡，漫游蜀道愧初度。涪翁遗迹今犹存，木魅山精不能妒。为问楼名曰吊黄，而今屋宇已沧桑。仅有流杯池水活，此间雅集堪咏觞。双崖突兀倾斜起，曲折洞天探洞底。渊深或有蛟龙藏，峰高水源流不止。壁间山谷遗书存，南极老人嵌石痕。涪溪两字尤精警，千秋深入白云根。我来片刻留鸿爪，坐听泉声吟兴到。快哉同游者九人，高歌出岫云归早。

由流杯池至武侯文节祠：

磴道攀跻上石崖，荔红亭渺景徒夸。眼前一树留黄葛，佳荫纷披日未斜。（荔红亭）

为访当年旧迹遗，山深谁复弄荒祠。武侯文节祀先后，千古忠贞一砚知。（祠前有一大石砚，池水终年不涸，且从北面侧视水面，可见池北远山之塔遥映入此。）

汉宋文章两代传，千秋合祀亦当然。嗟予身世漫游感，触景悲登不系船。（文节祠右有不系船）

涪溪

涪溪溪水啮云根，当使清泉谷底存。只恐出山时变浊，江河直泻枉留痕。

晚往贺君伯辛宅晚餐。是日两席，有卢县易惠然等十余人。饭罢，往民生公司，赴中行与民生两团体合开之欢迎会。孙尊山主席致欢迎词。余演说，自舟车之历史、金融之世界现状，结束到川省文通及实业之合力务进，在最短时间完成道路，开发矿业。是日演题，为“交通与经济”。说毕，尊山致谢词，即同回中行。

十一日，晨起早餐后，孙君我山来，即同往其家，读其尊翁诗词遗稿，诗固佳绝，词尤悱恻，而书法之工，无体不备，尤为再三环诵不忍释。贺君伯辛、许君培膏来，同往鲁家园参观幼稚园。主任为美国唐医生泽华之夫人唐毕英，履中土三十年矣，办理此幼稚园亦将廿四年。中间曾返美国一次。唐为芝加哥人，故闻余曾游美国，往芝加哥，欣然问故乡事。见其教幼稚生游技也，步伐随钢琴之节奏，活泼中有整齐之秩序。午点分坐，用纸帕盛饼屑，置廊下喂雀。儿童既练习有常，麻雀亦按时而至。唐师母之蔼然容颜，娓娓不倦，为中国人所不易见。幼稚生三班，保姆亦三人。导余等往观游戏器具及学生成绩，指导不嫌琐屑。保姆均本县人，亦娴静安详，循循善诱。午点后，大小儿童，各伏几假寐，约十五分钟，即散往游戏场，玩耍木马、滑桥、秋千、摇椅、荡船等游戏器具，均见活泼之天机。唐师母又示余等以积木之大者，为建筑屋宇、桥梁、铁路等用，小者为排列器物、用具等等，均见用意深远。少顷即出。

往青年社，参观博物陈列室。物品之奇异者，有美国采来之古动物骨及各种海产物。最可珍者，有各种之化石，如三叶虫化石之完全虫形，有二寸之纵，一寸二分之横。又如宝塔虫化石，全体有一尺五六寸之长者。苏铁科植物化石，各种蛤蚌化石及古植物化石，余均为之爱不忍去。又有中国产各种矿石及四川产之金银铜铅、煤炭并植物化石等，亦殊不少，惜均少整理。蛮洞内所采之泥土及瓦制之人面、兽足、人足、兽头等，可表示上古时代之模型，皆足供历史上之参讨者不鲜。

是日，遇某县督学陆君。谈次，知曾到锡参观竞校，且曾晤谈过者。

午刻，至图书馆。孙馆长留余便餐。餐罢，应同人之索余指画者，连画五幅。韶九先生见予流杯池之七古，因作和诗一首，即赠予。今日得和予诗者四人。

余于午后三点半钟，偕贺君伯辛、许君培膏三人同行，出大北门。游真武山（古师来山）。山有一额，曰“古师来山”。由第一重门起，登四百二十八石级，至二天门，行平坦之途一百八十步，即至三天门。绕道而登石阶二百余级，至披发祖师殿，有铜像一尊，足踏龟蛇，约高一丈二尺，下踏龟蛇，亦均铜制。再进为真武正殿，殿上及左右各柱，皆云龙雕刻，精细绝伦。后堂灵官像前，香火甚盛。贺君谓人民迷信，无不到此叩求，故此间相传为灵异独多云。后有楼，曰遇仙楼，即旧时之郁孤台也。（昔隋时有郁孤将军征蛮过此，故有是台，后世误“郁孤”为“郁姑”，皆好事者讹传神话耳。）台前产仙茅，在前清时，每年须以仙茅入贡。仙茅为药品，能治妇女贫血及调经病症。今仙茅已无，台亦改为吕仙楼。（按：郁孤为复姓。昔隋时有郁孤将军曾平蛮于此，故名。其他神话，皆不足信矣。）余等登楼四眺，地滨岷江，隔江东北，有怪石层岩，横阻于点将台、流杯池之前者，天柱山也，俗名催科山。南望烟云，有七峰圆秀，状若联珠者，七星山也。在师来山之左、右两峰，左为锅底山，右为元极峰。西有一山，曰翠屏。北有一山，曰桂丛。举目群山，络绎于前后左右者，景殊佳也。唯时将薄暮，炊烟四起，不能不逶迤下山矣。将出殿门，许君指庭前两柏树曰："此相传为宋柏。"左为已枯其半，右柏尚葱郁高撑，有峻拔凌霄之概。既下山，贺君曰："师来之胜，在殿上云龙，为中国数百年前之古艺术，此至有价值者一。披发祖师之铜像及龟蛇之铸炼灵活，此亦足见古艺术之有价值者二。至于炼丹之洞、郁孤之台、古柏参天、仙茅贡品，皆平常之名迹及胜概耳，殊无足志者。"余谓以贺君艺术家之眼光，故有是艺术家之品评；在风尘旅客，举凡过眼云山，皆堪流览。况有艺术家之导游，无论艺术史地，即一草一木，无不足以供万里游程之记载也。

见郁孤台前石刻，有贺绍九先生七律两首，余因步原韵，以结束今日之游。

乾坤俯仰太苍凉，踏破芒鞋走四方。古柏葱茏犹可摘，仙茅采贡已全荒。郁孤台圮冷香火，大士瓶倾洒绿杨（山麓有观音殿）。最是峰头真武殿（真武即玄天上帝，按《礼记·月令》，北方尚黑。冬令祭玄帝，故玄天上帝即真武大帝），云龙霄汉御风狂。

登高四顾晚苍茫，游目骋怀景莫忘。古洞丹炉泥炼赤，荒阶冷艳菊开黄。龟蛇铜像留前殿，香火灵官盛后堂。翘首隔江天柱障，流杯雅集水为乡。

晚赴孙君我山宅，仍细读其尊人遗稿。晚餐用面。孙君谓此名燃面，川中特产也。余有句云：“游山健腰脚，剪烛写吟章。风味川中产，嘉名燃面尝。”是晚余写诗，孙君燃蜡炬以照之，在座有迪斋、宋文、绍九诸先生，相约明日再有和诗送来也。

寄家书，附诗两绝：

屈指黄花正晚开，亲朋赏菊几人来。遥知沧一堂前话，病马霜风何日回。

万里家山霜讯催，客中寂寞酒空杯。尺书珍重付征雁，蜀道平安独往来。

十二日，记在叙府为图书馆及中国银行诸君指画墨竹，所题各诗录下：

为孙我山馆长题：

我游峨山见葭竹，浓荫密密遍茅屋。道出涪溪留指痕，月明映入窗纱绿。

为张宋文先生题：

风动枝斜叶千个，霄空竿上月三更。书斋帘卷扶疏影，好伴诗人夜读声。

为邓迪斋科长题：

两日同游快赋诗，承君佳句足留思。愧予弹指借余墨，笑为高斋画竹枝。

为贺伯辛先生画竹题：

干霄一竿竹，弹指见贞心。愧我淋漓墨，空教笑不禁。

为孙我山先生绘横幅折枝题：

着雨滋垂叶，因风画折枝。戎州留指墨，别后寄相思。

为曹泽如君画竹题：

老竿撑日干霄上，翠叶临风着雨滋。悬向壁间待明月，相看好伴读书时。

为孙和庵君画竹题（孙君籍云南，迁居重庆）：

双竿玉树交鸣盛，万个金风吹不枯。千里云南移植蜀、凌霄对立莫嫌孤。

为中行经理黄景霖先生画竹题（黄经理今日自重庆回叙府）：

迟我行踪三日余，待君一面话征车。指头挥洒墨浓淡，竹叶相看密疏间。

为孙尊山君画竹题：（遵山先生昨添一丁，共有五男一女，故绘有小竹枝一，笋五）：

与君同览佳山水，愧我画怀画竹枝。凤叶龙孙霄直上，他年掩映势荣滋。

为韩承初君题：

叶看向背分浓淡，枝历春秋计岁时。养到功深孤干劲，凌云直上最堪思。

为何季龙君题：

撇竹难于兰叶绿，友松可胜菊花黄。试看万个纷披处，独有余姿劲夕阳。

为何代沂君题：

萧叶一竿竹，聊臣表孤怀。倘遇月明夜，清新影倍佳。

为何光甫君题：

浓淡全凭指，天机趁自然。一竿相赠与，水墨胜毫巅。

为张允文君题：

密叶宜栖凤，高竿欲化龙。墨痕弹指处，三友契梅松。

上午张君宋文、孙君我山各有和诗。张君四首步流杯池原韵，孙君步七古原韵者，二君之诗均清新可诵。下午绍九先生来谈，少顷即去。贺君伯辛昨日赠我青城、峨眉、成都、叙府各处之风景照片，附以贺君伉俪摄影。今日贺君又乘余为诸君指画墨竹时，在旁用铅笔为余速写小影一纸，姿势则以手指作绘时之状态，益足为今日绘竹之纪念品也。今日之最巧者，正在为王经理画竹时，适“民望”轮船到叙，王经理即乘“民望”来叙，睹余画竹，为之欣然，且约明日柬请近三日唱和诗章之同人，为明日一叙，以尽诗酒联欢之谊云。

跋孙谷青先生遗墨

癸酉冬，余来游川中，过古戎州，遇孙君我山。适长县图书馆，唱酬两日，出其尊人谷青先生遗墨多种，受而读之，殊俊也。此册凡诗二十六首，词二十一阕，意境超脱，不同凡响。书法虽不一体，而工细敏活，为世所罕觏。捧诵再三，为之不忍释。我山嘱题数语，鉴因之有感矣。吾人秉天地灵淑而生，凡思想之所及，笔墨之所遗，胥视其人之品性、道德、学识、经验，而始能表现于文字以传其人。然犹有时与地之异同，固未能概论之者。盖时有古今盛衰之变，地有远近文野之殊，时与地两得之矣。犹必有贤子孙善为宝藏而珍守之，否则水火干戈之无常，人事变迁之无定，又奚能永远保存耶？谷青先生以旷代绝俗之英，宰犵草蛮花之域，高怀倜傥，济世经纶，不克大展其长，不徒于月夕花晨，劳形案牍。春风秋雨，览胜江山。是以短咏长歌，清词霏玉，芙蓉杨柳，柏板红牙，致使不羁之才，抑郁以终，为可慨也。今我山确守书香，珍藏家宝，一纸一字，不敢遗弃，集碎锦于巾箱，抱残编于绵뺹。际兹世局

浑茫，思潮激荡之秋，有是编昭示后人。我山能读父书，为世矩矱，鉴能无愧乎？鉴风尘奔走，席不暇暖，先人遗稿，尚未能搜集成册，对此能不汗颜。《诗》曰：“孝子不匮，永锡尔类。”敬跋数语，一以存雪泥之迹印，一以表锡类之感深也。我山之孝思锡类，其庶几乎。

十三日晨起，有人来索画竹及指画者，即写字数张，画竹三幅，罗郁村君见之，又为画一纸。孙君我山及贺韶九先生、张宋文先生又均有诗来。且今日为王景霖经理请客，故何、孙、邓、张诸君均到，得唱酬之雅。彼此互相酬和，各斗吟思，颇极一时之韵事也。我山诗最敏捷而工稳，韶九先生尤为工细典雅，邓君较迟而亦工雅，孙洁矩先生及张宋文先生亦均老到。余得诗五首，录下。

二叠韶九先生真武山原韵，即以留赠贺孙邓张诸君：

漫游尝遍态炎凉，四海论交客远方。闻道未遑多阙失，读书愧学久芜荒。联吟翰墨缘留竹，话别深情枝折杨。幸有诸君酬唱句，压装珠玉砥澜狂。

为想人生真渺茫，戎州雅集敢相忘。主宾觞咏蚁浮绿，身世沧桑孽问黄。深慨蛟龙潜海谷，忍闻燕雀处华堂。者番访古缅前哲，水溯涪溪祠武乡。

三叠前韵以视在座主宾：

金樽银烛碧纱凉，斗酒催诗各有方（是日座客两席，一斗诗，一赌酒）。苦笋甘回风物异，荔枝红绽古亭荒。游踪涪水难忘宋，前哲桂湖合溯杨。少长今宵咸集座，夷门得句愧疏狂。

发秃头童视未茫，瑶章络绎岂能忘。筵前酒进愧浮白，江上楼空问吊黄。作客感承东道主，思贤还访旧时堂。明朝挥手暂为别，大地相逢尽故乡。

酬孙君我山赠别原韵：

笑我舟车万里行，华筵银烛耀光明。吟哦击钵盏浮白，咳吐成珠词益清。深佩过庭健椽笔，应教夷监罢心兵。只因别绪萦怀抱，劣句暂酬厚我情。

是日座客有叶有声、杨成芝、陶伯萱、计子良等诸君，均由王经理介绍之。杨君为“民望”轮船经理，故明日即当乘彼轮船赴重庆也。

又指书二十字以贻王景霖经理：

一面良因巧，三冬缔谊深。太行山不断，想望白云心。

为罗郁村君画竹题：

杯酒欢联翰墨情，聆君高论觉风生。临行无以为酬答，老干凌云叶有声。

为孙君尊山再画竹题：

曲谱阳关歌折柳，画留指墨报投骖。一竿相赠琅玕竹，当作杨枝送别看。

是晚唱和至九时，客去，余复补记日记，又为中行同人指书联及横幅、直幅十纸，至十二时睡。

第十一章　自宜宾至重庆

十四日晨起，收拾行装，登“民望”轮船。“民望”在十七年为江南造船厂所造，载重二百五十五吨，登记载货净吨四十五吨，船身长十二丈，阔二丈。是日送余行者，有王景霖、孙尊山、孙和庵、贺伯辛、韩承初、何代沂、曹泽如、熊郁村、陶伯宣等九人。贺伯辛云：“蜀通轮船为川江通航之第一只轮船，不可不记。”时蜀通经理某君在船，景霖经理云：“蜀通经理欢迎侯先生乘蜀通轮下水。”余笑颔之。九点钟开船，王、孙、熊、贺诸君，握别登岸，各脱帽高举。余亦挥巾遥答。彼此至人影模糊，渐远而退。余得句云：

前日同游适九人，九人话别又江滨。从知九九占阳数，聚散尘缘有夙因。

昨日邓铁斋、张宋文各送川菜、云茶、元油、罐诘等物，余今日上船后，即酬以七绝各一首，寄往宜宾。

谢邓铁斋

川菜云茶惠我多，时鲜罐诘佐吟哦。临歧无物酬完白，一曲阳关奈别何。

谢张宋文

永安佳产榨纯润，叙府新牙制最新。尝遍川中好风味，季鹰鲈菜竞同传。

十点多钟过南溪，十一点钟过江安，已行二百二十里，一路顺风，下水非常之快，唯有滩险几处，船颇颠荡耳。至十二点半，又行六十里，抵大渡口。在将至大渡口时，左岸山势横斜，颇入画境。既至大渡口，人烟稠密，为一大镇。一点半钟，见有乘小舟之客来船者甚多，知到大渡口矣。两点钟过纳溪，此县距大渡口七十里，距泸县三十里。午餐，又行三十里至泸县。时已两点半矣，余即偕杨成芝同登岸。岸边有一人谓余曰："侯先生乎？"余曰："然。"盖宝元泸副经理郑星垣，因昨晚接叙府宝元通熊君函，知今日有远客来，特来迎侯耳，即同行入城。到宝元泸百货公司，规模似较叙府为大。晤经理聂青云君，略坐。即偕郑君同往泸县教育科，时仅三点钟，张念祖科长、易主任等皆已出办公室而散矣。晤徐君正模，办事员也。导观各统计表，询问一切。郑君对于泸县教育状况颇熟悉，故一一告我，所得如下：

泸县男女公私中学五校，高小、初小四十七校。全邑分十乡区、一城区。经费收入，杂捐、拨款、租金、租谷四种，共十六万一千二百九十九元，支出共约十八万元，所亏之数，负债一万七千元左右。学生数高小共三千五百八十七人，初小共一万五千七百六十五人，中学师范男女共约二千人。

于是往川南师范学校参观。校长不在校，晤教务范君道隆，导观一周，所得如下：

此校编制分文史地组，有三级；数理化组，有三级；艺体组，有三级。学生为二十五县之官费，额共二百五十名，每名在各县津贴一百元，是以经费仅有此二万五千一百元。其余则自费生一百六十余人，可收膳费八千余元。然经费总数三万余元，仍是不敷常年支出。故今已呈请带征附税，已经批准，将来实行，约可得四万余元，届时可扩充一切也。图书仅八千余册，科学新书仅五百余册。中西画室中有三生临摹石膏像。音乐室亦有风琴三四架。仪器室则甚少，不敷用。学生课外劳作及活动皆无见。有学生年龄甚幼者，询知为附设初中一年级生也。既出，即至泸县中学。校长不在校。门者通报后，久之久之，始出，谓校长他往，他人正晚餐，无暇招待参观者。余见门上所悬之牌示，官气十足，其内容可想见矣。余与郑君即出，往公园一周。地尚空旷，树木整齐，道路平政。公园门外，有大钟楼一座，甚高。即返宝元泸。聂君青云、郑君星垣、王君樵珊三人邀往餐馆晚餐。餐后在宝元泸公司中为三君指画墨竹三纸，写字二幅。

过泸州登岸一瞥，口占二十字写存宝元泸公司：

风雨征途苦，快哉泸县行。片时一浏览，亦足慰平生。

即返“民望”轮船，聂、郑二君送余上船而去。余函郁村道谢，在舟中为叶有声等画竹十幅。经理杨成芝将办事室让出为我卧室，优待极矣，是以画竹两纸谢之，又为各人题诗，录下：

为杨成芝君画竹题：

杯酒前宵留宿约，遍舟今日画新枝。承君送我九百里，墨竹聊存远客思。

竹叶分疏密，墨痕间淡浓。天然情寄托，弹指历三冬。

为张禹九画竹题：

弹指墨痕见性真，竹枝珍重赠风尘。江湖水涨春归去，劲节潇湘幻梦身。

为王心纯画竹题：

把晤戎州杯酒欢，今来江上共盘桓。指痕留墨赠珍重，竹叶纷披仔细看。

为卢家声画竹题：

一枝老竿劲，万个叶阴斜。君是粤东秀，相逢蜀水涯。

为马文藻画竹题：

邂逅风尘里，淋漓指墨留。竹枝相赠处，恰听水东流。

为王海山画竹题：

相聚蜀江滨，指痕见性真。一枝聊赠与，纪念在风尘。

是晚余至十一时睡，夜半醒，忽得句云："龙跃天池云直上，鸟惊林隙月悬空。"少顷蒙眬睡去。鸡鸣船上，天将明矣。

十五日晨起，因雾，待至九点多钟始开船。行一百七十里，至合江。此亦四川省之一等县，由舟中望岸上，居户鳞接，人烟稠密。闻产物以席草、山货、药材为大宗。过合江，行一百二十里，过石城口。崖岸高峻，水势奔腾。午餐后，又行一百六十里至江津轮。杨经理云："距重庆尚有一百八十里，本日既不能赶到，不如在江津早停，明日上午即可抵重庆矣。"余即偕杨经理及马文藩、陈某、毛仁斋四君，同登岸闲步。入东门，觉城中街市热闹，马路宽阔，人烟稠密，商况甚佳。行行复行行，由东至西，折而南，至津县政府前，颇见市廛整齐，贸易喧阗。本欲往江津公园一游，因路尚远，故折回。见县立高等小学校一所，校舍规模尚宏，有豫章中学一所，为江西人旅居此间商业者公共所立。道旁见瓷器店，皆赣产也。本日所见，有两种感想：（一）道路宽阔。不但正街如此，即支路亦皆为三合土所造成之马路，足见江津路政在泸县之上。盖泸虽旧府，而道路破坏，无人修理。此间交通方面，路政有如是之整洁，可知修路实为要政之一端。（二）商店整齐。固足表示地方社会安宁状况之一种。而国货店面甚多，关于民食及文化方面之店亦多，如本地所织之各种应用衣帽、巾袜，粮食、酱油、油盐食用之需，书局、印刷、笔墨、纸张等关于文化事业之用者，均触目皆是也。而外来之洋广各货以及船来装饰之品，仅占全市三分之一。此皆足以表明江津一邑之良风俗也。又川省人喜以白布缠头，男女皆然。而此间则少数。唯除少数肩担背负之劳工者均以白布缠头外，见有数人以白布缠头，而后幅拖有三四尺及五六尺整幅之白布者，是知必为戴孝之人。询之杨君，果然也。迨返轮船，已上灯时矣。晚餐时，有客来访杨君者，知为职业学校之教员，言及有靖江徐君名云，为无锡第三师范毕业生，倘早知侯先生来此，必欢迎至校，或徐君来奉迓也。杨君云，因不知职业地点，故顷间登岸，未往参观耳。少顷，客去。余询杨君何时到渝。杨君云，明日上午。如今日彼蜀通轮开至江津，未停即行。闻彼须开至江口停轮，然亦须明日上午到渝也。

十六日晨，由江津开船，四十里，因雾停轮江口。俟九点钟雾开，始由江口开。行五十里至小南海，风逆流急，至为危险。所谓小南海者，一小山突起江心，高逾十丈，上有绿树丛生，建一观音大士殿，以镇此溜，故名。余得句云："小南海似小孤山，独立江心水四环。绿树一丛高百尺，观音坐镇碧螺鬟。"行三十里至重庆，中间经过数处滩流，其较急者，一曰猫儿峡，一曰鱼洞溪。既至重庆，即别杨经理等，登岸雇轿，往道门口第一模范市场，言明三千四百文，岂知轿夫吸鸦片烟者，无力抬我，登岸至大街，即停轿街中，谓："另雇轿抬，我们不能抬矣。"余曰："半途如何停下?"彼云："速将钱付我，旁有他轿可坐，汝须给我二千文，其一千四百文，另给抬汝者。"余不应。争持久之。道旁茶馆中人，始出调停，谓别雇一人，肩铺程行李，仍使彼两人抬轿，唯另加一千文与肩者何如。肩者云非一千四百文不肩，两轿夫允之，然后行。轿夫刁难，此一端也。

第十二章　重游重庆

既至第一模范市场吉记纱号，晤蒋君昆仲，曰：“来去刚二十七日矣。”于是谈峨眉游况，并询及成都一切状况，较诸重庆如何。余答以重庆为商埗，成都为政治及文化之中心；重庆为山地，成都为平原。但经过龙泉驿、鸦雀口之高山，汽车须盘旋四层而至顶，共越五层之高峻。过去此顶，再须盘旋四层之盘路而至地面，亦为五层。此自下而上及自上而下，为两日汽车经行之最高处也。午餐后，即有中国银行电话来询余已回重庆否。尤君答以才到此。电话中云，有周某者为侯先生之学生，要来谒见，请少待。嗣以余待两小时，未见有客来，即偕蒋君九皋，同往大佛寺，听澄一和尚讲经。所讲为菩萨品中之“法、佛、僧、戒”四字及无尽灯等，约一小时，听者为寺僧十余人，居士二十余人，信女四五人。澄一和尚高坐法座，仪规甚肃。听者间或有耳语者数人，嗣有一寺僧登坛告假，澄一和尚大发其牢骚语。讲毕即下座，率众僧礼佛诵经一遍，即有二僧，一托香炉，一托花瓶前导。赞礼者云：“请法师还方丈。”二僧前行，澄一和尚披袈裟缓步前行，向方丈去。僧众始散。

余偕九皋同往重庆公园一周，道遇杨成芝、王心纯等，略聚寒暄而别。公园共有五层之道路，有高亭二，登览风景，至足观也。出公园门，即返吉记。晚餐后，时已八时，与蒋君等略谈，余稍觉倦怠，即卧。

是日接三侄自汉口来信，谓往潢川防区，每星期回汉一次。又接慰女来禀，告以竞校校事，有会考中学三二年级不愿与考者，结果每人各扣品行分数十分。

十七日晨起早餐后，有中国银行行员名周钧者来，谓其母及其妹皆竞志学生，因得其父在嘉定来信，知侯先生来，故其母及妹同来谒见。余知此为周君耀森之子，其母乃褚兰芳，其妹即周英也。晤谈后，事母询及侯师母健否，并云二十四年前在竞校读书，其女则去年在竞校高小毕业，同来重庆，因毕业文凭遗失，即函竞校，得证明书后，于今年入淑德女学初中一年级。淑德管理甚严，此间重庆女学中之佳校也，学生必两星期告假回家一次。余即约周君今日往淑德参观，谈顷即去。

余应蒋君叔方往某餐楼午餐，在座有周旭人、沈同洽、郑邦一、殷祖寅（字文虎）、吴本澄（字鉴泉）、蒋某六君。本约卢作孚、张禹九两君，均以有事未到，盖卢君往北碚、张君往南岸也。席散，余偕九皋回吉记，而周君孝和钧已久待，乃三人同乘汽车往曾家岩，参观淑德女学。周生英已先到校，导观各客堂教室及家事实习室、寄宿舍、膳堂、操场、办事室、幼稚园等一周。优点有四：（一）训育注重严格。学生告假，非两星期不准出校。（二）家事轮值烹饪。每三人一组，轮值者另居实习室中。室分三间：一卧室，一起居之室，一烹饪之室，均甚整洁。（三）教员。全校只九人，校长在内，任事多而人数少，校中诸事毕举，足征非常尽职。（四）中学生一百二十六人，仅用男女校工各一人。校中一切洒扫洗涤，均由学生分任之。一男仆为门者，一女仆为伏侍女教员者。以上四端，均为各处女学可取法者。女校长邓莲芳出门，未见，见算学教员吴女士，略谈。学生初中一年级七十人，二年级三十四人，三年级二十二人，幼稚生二十四人。妇女工读学校附设在大门以内，有学生二级，约共一百二十人。全体学生共二百七十人。学生学费，每学期四十五元。教员九人，内有外国女教员二人，中国女教员五人，男教员二人。综观此校，校风质朴，用费节俭，而学生成绩，大致尚属可观。设备方面，亦尚敷用。有中华人物地图一幅，为哈尔滨出版。凡各省有何种人类及所产何物，各以五色版将其人形及各种动植物，均用套版印出。如江苏无锡，则有一工房及烟囱，表明无锡为工业县也。悬挂楼梯，上下人人所能观到之壁上，是亦可见其特殊用意之一端。

自淑德女校出，即偕九皋、孝和至重庆市立第三中心小学参观。校舍新建，颇整齐。学生在运动场，游戏活泼。校长陈守瑜女士，省立二女师毕业，不在校中。晤事务邱鹏程，谈悉此校经费，每年六千元零，教员八人，学生初小一年二年三年，高小一年，共四教室，一百二十五人。开办仅一年，一切均在幼稚时代云云。

参观求进中学。校长杨重熙。初中六班三百六十人，高中一班三十四人，共三百九十四人，寄宿生三百七十人。全体教职员三十人。经费每年三万余元，此款为美以美会所出。教员连铸九招待导观一周，谈悉种种。教科上初中注重职业，在一二年级有农事常识、商业簿记、商业概论等科。训育主张严格，每日六点钟上自修课时，有训育员二人监课。至于各生有所请益及疑问，则各科教员均住校中，随时可以往教员处问询一切。至于学生来学籍贯，则各县均有。高中升学，直接可考入成都华西大学。初中学生学费每学期二十元，高中二十四元，膳费自理，宿费收四元。此校总括优点：（一）教室整洁，布置、设备敷用。（二）有三十余年悠久历史，前办分科中学，已皆毕业升学及服务社会，无失业之人。（三）寄宿生占全部百分之九十五，管理上颇为一致。（四）自修监察，训育员始终不懈。（五）初中注重职业，为不升学者计。高中注重理科，为升学上进预备。（六）训育注重严格。观学生态度，尚能于严格之中，寓活泼气象。以上各端均为该校有组织有主张之办法，而行之有效者。唯以时间匆促，适值星期，故未能参观教授为憾耳。

晚间仍乘汽车回小梁子。汽车往返四元五角，均周君东道，颇为感谢。同至吉记夜谈。晚餐后，周君别去。叔方夫人贾某女士见余，言及十八年前在徐巷竞化第四小学读书时，曾听过余之演说，讲江西遇虎等事。当时仲怀先生召集开原各男女小学听讲，王汝琳、徐志英两女教员率第四竞化学生到河埒口开原第一小学来，大家听得非常高兴。此事回首思之，犹在目前耳。今小女读书到此，竟无相当程度之学校可入，殊为困难。昨闻有同乡周氏有竞志学生在淑德女初中，故欲探听淑德之如何现状也。余告以淑德无插班生，即如周英之入淑德，亦自初中一年级考入，我想寒假时，可以报名投考。此校在重庆，亦可认为优良之女校矣。

十八日晨起，吴君本澄来，偕余及淑方、九皋昆仲同出储奇门，渡江至海棠溪，乘马行十余里，往南山，抵文峰寺，有文峰塔高耸峰顶。余等至广益初中，晤杨校长芳龄，导观一周。与杨校长谈，悉此校自光绪二十三年创办，迄今已三十七年，为英国公谊会出资办理，宗旨与一般教会不同，以革命精神排斥表面仪式，最忌世界战争，无会长、无牧师，凡会员专以和平为主旨。所办学校，其训育亦以和平、求学、努力、进步为旨。现有教职员十六人，学生二百十六人，分六级九班，每级须满四十人以上即分两班，在经济上似觉不甚合算，在教授上师生俱各有益。教授方面，注重职业：初一有商业概论、农业常识，初二有商业簿记，初三有银行簿记。初二三注重生物学，对于各处农产品，大为注意。关于训育方面，注重严格，星期六午后照常有上课，星期日无假。有讲演会、辩诘会，有各种娱乐会及研究会。凡关于体育、饮食、电影等，均由学校设法招来校中，为师生同乐之需用。每日五点半钟晨起，即沐浴、自习。七点半早餐，八点钟上课。对于成绩之考查，有月考、学期考，考试不及格者，许以假期补习之机会。补考不及格则留级。超过十学分，品行复劣者，退学。学费每学期十六元，宿费六元，膳费二十八元。新生有保证金十元，杂费三元，电灯费二元五角。全年学校经费支出约两万元，薪工占一万元，特训购置及办公费等一万元。操场广阔，环境甚佳。图书馆藏书，新旧共一万余册。此校特点：（一）宗旨纯正，与普通教会所办学校不同。（二）杨校长学识经验均优，兼课三十小时而校务不废。（三）运动场宽广，左临岷江，右屏文峰，环境绝佳。（四）校舍在山上，距城甚远，学生认真向学，成绩甚佳。（五）毕业生投考各高中之升学者，十取其九。上届毕业生四十人，投考各高中，如金陵、之江、华西等附高中者，四十人中，只有一人落第，可见成绩之佳。（六）星期日不放假，而处处以师生共同娱乐及研究，是最为兴趣有方法之训育，殊为其他学校所难能可贵者。杨校长赠余以广益章程并广益操场照片一纸，余感谢之。

余偕吴、蒋诸君，既别杨校长而出，仍骑马行五里至南山。山中避暑之别墅旅馆甚多，吴君去年曾住一月半，蒋君亦曾住一月。今来气候甚凉，各处胜迹，游览一周，有可记述者如下：

（一）梅岭：岭长如吾邑鼋头渚，不过山石多而两旁植梅树，风景似较佳也。

（二）品塔亭：因恰对文峰塔，故名。余有题壁诗云："百尺梅花岭，孤悬品塔亭。文峰相对处，时见白云停。"有葛某题联语甚长，语亦佳。

（三）回味泉：山西深处，有清泉潺潺，终年不竭，其味有回甘。余题其名曰"回味"。余等四人，均以手掬泉饮之而甘。隔数分钟，舌尖愈觉甜润也。

骑马返海棠溪，时已午后二时半，渡江至餐店。午餐后，即返吉记。复往中国银行，应张禹九君之约，演讲四川之教育。余提出华西大学、华美大学、广益初中、巴蜀小学、嘉定幼稚园为四川最优良之校。听者八九十人。讲罢，即晚餐。

是晚有赵君永余，字虞公，为中国经济统计研究所研究员，为中央派来调查工艺者；无锡同乡曹君天受，为梦渔之侄，学瀚之子，新自清华大学毕业来重庆，任某银行会计科之统计员，晤谈之顷，颇以为于五千里外遇同乡，殊出意料外者。其余大都为中行各部主任。有周仲眉，为行长周宣甫先生之令郎，嗜诗文，善昆曲。戴君翼如、罗君时杰，为雁峰之侄。周鹓雏女士，为重庆女师毕业，现任教员，兼任中行办事员。王君、严君等，均于餐后乞予指画墨竹，余均一一允之，并题诗。录下：

为周仲眉画竹题：

不爱莲花爱竹枝，此君嗜好有奇思。只因辞藻阳湖派，不独文章宗楚辞。

为戴翼如画竹题：

汉代传宗派，胸中有渭川。墨痕弹指处，夺席愧经筵。

为严君画竹题：

绿竹漪漪态，新枝淡淡痕。墨余一弹指，亦足见孤根。

为周鸲雏女士画竹题：

新枝披影袅，嫩叶着痕微。此是巴山秀，临风映夕晖。

为王新华君画竹题：

太原望族重梁溪，移植京津嘉荫齐。难得蜀中欣把晤，指痕乡谊墨痕题。

为罗时杰君画竹题：

一竿劲节凌云汉，万个疏枝斗夜寒。莫道墨痕弹指易，聊存纪念学非难。

为唐湛甫君画竹题：

夜深墨有余，弹指绘葭竹。户外风拂微，万个摇书屋。

为云阳刘敷五君画竹题：

道出云阳见葭竹，沿江嘉荫四纷披。我今回首忆前景，万个依稀夕照时。

是晚指画墨竹甚多，尚有数人乞绘者，以时已夜深，恐途中戒严，张君云，明早尚欲赴南温汤，希即待明日再画也可。余曰诺、返吉记，已十一时矣。

十九日晨起，六时偕叔方、九皋盥漱，略食点心，即往四牌坊中国银行寄宿处。赵君已到，即偕周君、张君同行。周君赠余诗三首，余即在途中和诗一首：

愧我苦行者，行踪仅四洲。狂歌嗟寡合，浴德幸同俦（今日同往南温泉浴）。品洁莲花比，情深竹影留。高吟欣辱赐，乐此共遨游。

出储奇门，渡海棠溪，乘肩舆行二十里至黄葛垭。又行十里至文风场。稍憩，行十里至南温汤。参观巴县乡村师范学校，由杨主任及高、潘两教员导观一周，谈悉一切，所得如下：

（一）名称。巴县乡村建设实验区（取消乡村师范名义，自本学期起。）

（二）组织。分讲学部、实施部、总务部。区长王平淑，讲学部主任杨励坚，导师若干人。分教务、编辑两课，课设主事一人。

（三）编制。分男生两班四组、女生两班两组。有班主任四人，不称学生称学习员。

（四）毕业期。无毕业名义，一分两年，一分四年——两年者视高中程度，四年者视初中程度。经过若干学习时间，其知识能力足以解决乡村问题者，其成绩在乙等以上，即可回充本区或他乡服务，每月须向本区作报告。

（五）教科。注重经史，经用四子书及《诗经》；史男生用《人谱》，女生用《列女传》。选文用周秦诸子及三代古文。经世文用近代文章作文，每五日作一次。

（六）无星期。以十日为一旬，每旬有半日之休息。

（七）训练。分第一训练期、第二训练期，每期以一年为限。

（八）研究。在第二训练期内，即提出种种研究问题，令学生研究。

（九）经费。巴县全邑二万三千余元。每年薪工占百分之五十余，其余为办公费。

（十）导师。男二十五人，女二人。

（十一）学习员。男一百十人，女四十人。

（十二）工役。男工七人，女工无。有时女生宿舍在需用女工时，则教员所雇之女仆临时借用。

以上参观所得，觉有可供研究之问题。（一）规模：集合八乡之学习员而教导之。其实施总务两部，正在实行。统全区而言，规模较大。在两年或四年中，是否能使计划完全实现。（二）不用校长、教员、学生名称，而改用区长、主任、教导师、学习员；不用星期，而用旬日为期，等等。是皆含革命之意义，令人耳目一新。名称虽改，实施如何？训练期虽定，而训练之材料及详细方案，尚未宣布。训练之期已过一半，而第二学期训练之细目亦均未见，是皆足以使参观者怀疑之处。（三）卫生常识，学习员尚未周知。（四）训练中心人才，是否集中，抑分工，是皆宜早为详订办法，以实施之者。总其优点：（一）经费不多，而校地宽广，事业宏大，殊堪钦佩。（二）师生共同起居，饮食甘苦相共，最足见精神处。（三）学习员之实习工作，颇见能耐劳苦。（四）女学习员四十人，不用女工，一切均由女学习员自己操劳，养成真正家庭整理、社会服务之人才，至为得当。以上四端、均实验区草创之良好现象也。

往附小参观，办理亦质朴无华。观仙女洞、王向氏绝命诗碑亭等古迹而出。

余等参观毕，即往小汤山餐馆。午餐毕，即乘小舟，在溪中荡舟缓行，一路风景之佳，殊令人欣快无涯。盖溪上山崖，怪石突出，或钟乳倒垂于岩洞，或藤萝高挂于危崖，而树木丛茂，竹柏两种尤多。往往竹荫纷披中，小鸟啾啾而鸣。又见水中乱石一堆，有翠鸟见人而惊飞。又有泥石高堆溪心，远望之，似江中滟滪，又似小孤山模样，所谓具体而微者是。行数里，张君禹九指一高崖云："此夏日瀑布高飞约十数丈，水花澎湃，飞越隔岸。人在此间舟行，可于水雾中过。"今虽冬枯，而一洞犹在。旁有一碣，曰"飞泉"。行里许，有一矶突出，舟绕而过。则对岸崖上，大书"王向氏殉节处"。盖昔有王向氏，结缡未满一年，夫死家贫，事翁姑，抚小姑茬叔，以针黹自养，历七年。有以再醮之说进者，氏痛愤欲绝，即作绝命诗十首，而投溪流以死。后人悯其节孝，特建碑亭，以刻其诗。特志殉节处，以彰其迹。过此则风景虽佳，恐时将晚，乃回舟。

过弓桥渡月，又行里许而停舟登岸。行数百步，但闻水声淙淙，遥望之，盖悬崖层积，自上而下，凡五层之瀑布。每层约七八尺或丈余，衔接而下，奔腾飞泻如白练，壮阔非常，雄壮之声，愈近愈大。停观久之，而勾绘一图而返。到青年分会少憩。有旅舍、有图书馆，藏书数百册，供人观览。步行返旅馆，即晚餐。是日所得诗数首。

弓桥渡月

一溪碧晕平流水，五洞横飞卧月虹。有客来游荡舟过，宛然人坐绿荫中。

节妇诗碑

呜咽当年绝命词，曷堪拂藓认诗碑。即今舟过高崖下，金碧辉煌夕照时。

响泉飞画

一路溪行闻有声，登临始见向泉鸣。画图半幅飞泉外，独听潺潺气自横。

花溪荡舟

昨日南山匹马游，今朝溪上荡轻舟。此间别有好风景，竹影萧疏鸟语啾。

再叠仲眉原韵

白鸥戏波面，翠鸟语沙洲。莫谈仁智见，且间水山俦。竹影花溪梦，雪泥鸿爪留。花深帘不卷，待月广寒游。

是晚温泉浴，觉此间之水，与北碚之温泉不同。北碚之温泉多石灰质，温度仅三十八度。此间温泉多硫黄质，温度为四十五度。小汤山旅馆，设备较北温泉为佳。余与叔方一室，赵君与九皋一室，张、周二君一室。翌晨，九皋与赵君及张、周二君，又往温泉浴。余与叔方因时间匆促，不及再浴也。

二十日晨，餐后，即乘轿行数百步，乘小舟二，余等坐一舟，肩舆及舆夫另一舟。沿溪行两里许，过飞泉及王向氏殉节处。余与仲眉以晓起溪行，风景特佳，即成联句一首录下：

杯水苍茫境，（侯）人从雾里来。（周）风微衣带湿，（侯）云压嶂难开。（周）路僻溪多竹，（周）潭空石篆苔。轻艘回首望，初日透林隈。

舟行三里，登岸乘轿。行十五里，至李家渡，雇小舟下行，至杏春门，登岸乘轿，别张、周、赵三君，而返模范市场。卢作孚君来谈，知余欲行，并介绍民强轮船之公司及宜昌民生公司之函。余为之感谢不置。盖余来川不觉已月余，收拾行装，拟明晨即离重庆矣。乃青年会总干事黄次咸、干事高毓嵩来电话，邀往青年会午餐，余以行装将发，不及往会参观谢之。少顷，卢君谈次，别去。青年会又来电话，务请履会一谈，不得已，即偕九皋同往青年会。参观网球场、电影院、图书馆、民众问字处、娱乐室等。午餐，与黄、高二君谈，悉青年会事业，始于数年前，集款两万元，开始建筑此屋，以为基础，继即办理社教事业，及青年改革旧时不良习惯，以养其固有之道德。于是凡入会者，概不嗜烟酒。有邓善秋先生，倡捐二万元，办理各种慈善事业及教育事业。现在民众学校两所，幼稚园一所。对于体育方面，亦颇注意，国术每晨上操者有八十余人，入会者收费二元。此外会中各种阅书、上操等种种权利，均能共同享受。图书室之阅书报者，每日共有一千四百余人，借书出会阅览者，每日平均有五十人。餐后王、高二君又殷勤导观民众学校、幼稚园等，均见设备楚楚可观，不禁赞叹不置。

别王、高二君而往中国银行，由张君禹九、周君仲眉、蒋君叔方及周鹓雏女士，导往四川省立第二女子师范学校参观。以周鹓雏女士为二女师毕业生，且今任小学教科，已先向校中接洽，故导往校中，由训育主任荣昌余海鹏女士接见，导观一周。余女士一见余面，便云二十年不见矣。盖昔为北洋女师毕业，曾在天津听余演讲过者。余亦垂询一切。校长曾纪瑞不在校中。教职员全体五十五人，内女教员十一人。学生高师三级一百十四人，高中三级九十二人，初中三级一百二十二人，共三百三十八人；小学四百零八人，幼稚园一百四十人，全校共八百八十六人。见高师一年级算术月考；高师二年级国文，杨教员讲庾子山《哀江南赋》。其余各教室，均在自习时间及文理艺术选科钟点，有上动物学课者，有上手工课者。经费全年预算四万余元。小学上乐歌课，温《游子心》一歌及其他各歌。教者手指纯熟，学生音节尚合。宿舍，学生全体寄宿。对于训育方面，主张严格，寝室内殊为整洁可观。图书馆有新旧书籍一万四千余册，杂志二十余种。每日阅书者，有百人左右。学生课外体育，有级赛、球类、演说会、学生会，均包括在校友会中，无家事课。仲眉带一手镜，为余等四人与海鹏女主任摄影一张，以留纪念。即别。

返吉记，收拾行装，将卢君送来公票一纸，向公票房购房舱，计二十四元至宜昌，半价十二元。晚餐后，别蒋君叔方行。蒋君适以航空信期，不克送余，乃命九皋及唐君世梁并店友某君及出店某四人，送余乘轿。出城，检查行李。余视以护照，乃罢。抵江边，乘渡船往南岸登“民强”轮船。舟人索价甚昂，继以七角送上轮船。余此行，入川到重庆，住吉记，及卢、张两君之介绍，各内地之民生公司及中国银行之招待，临行得诗一首以谢之。

同乡戚谊感三径，异地朋侪契二人。建设专家经济士，蜀中到处远迎宾。

九皋、世梁等既送余上船后，余遂携卢君之介绍函晤“民强”蒙华章经理，即命茶房置余行李于特别房舱（官舱），九皋、世梁等四人遂别去。余既安放行李后，即询及同官舱之客二人：一谢君，赣人，商业银行；一李则尧，川人，第二师参谋。均和蔼可亲。唯谢君吸烟，蒙经理知余不吸烟者，问余要调换房间否。余谢以不必。时有船中大副来，蒙君云：“此大副宋君也。”宋君云：“四年不见矣。”盖宋君为吴淞水产学校同学，四年前曾在镇江晤谈于省运动会中者。今日欣然把晤，快何如之。于是宋君邀余至大副室中谈。此室恰邻余室，因纵谈至深夜，而返舱安眠。宋君鸣皋，字天声，海门人。

第十三章　由重庆至宜昌

二十一日晨起，七点半钟开轮船。行甚疾，十点半已抵长寿。自重庆至长寿，一百八十里。自长寿行一百二十里，午后半点钟至涪州。自涪州行一百二十里，两点半钟至丰都。停舟十分钟，下客。时有丰都李县长，江西抚州人，亦乘此船，与余谈话，因询及丰都教育，借知概况如下：

（一）县立中学一校。编制初中一二三年三级，学生八十余人，有附小六级，学生一百七八十人，共不满三百人，经费年支四万元。

（二）私立女子中学一校。学生初中一二三年级六十余人，有附小六级，学生一百余人，经费除收学费外，县款补助三千元。

（三）县立完全小学。城区一校，四乡六校，学生不满七百人，经费年支七千余元。

（四）区立完全小学六校，初小十二校，学生不满千人，年支经费八千余元。

（五）私立小学十余所，学生不满七百人，年约经费四千余元。

（六）丰都户口四十万。学龄儿童约十万，已入学者仅百分之三耳，去普及甚远云。

自丰都至忠州，五点零五分，行一百五十里。又行六十里，至石堡寨。停轮时已六点钟矣。

二十二日晨起，七点钟开轮。行一百二十余里，九点一刻钟至万县，停轮装货，盐包、黄表纸、橘子等，装船甚多。谢君登岸，室中仅余与李君矣。盖昨日余因烟味难闻，故终日在宋大副室补记日记。十二点开轮，行一百三十里，两点半钟至云阳。又行一百四十里，四点五十三分至夔府，停船下客。六点二十分，行九十里，至巫山，停轮。是日余至夔府时，见山势奇险，门户高峻，舟中川人皆云："此吾川门户也。"滩声甚急，浪穿船首，而水花四溅。从江流宽阔中，忽转折束成极隘之山峡。舟行其中，天风狂吼，迎面而来。客有既戴棉帽、复裹毛巾者，有披羊裘而又言风冷者，询余怕风否。余答以死且不怕，胡怕风为。皆大笑。余前日过夔府，未及细领夔门风景。此次由川出夔门，因绘一图并赋诗云：

夔门自古称天险，山势争雄咽水流。两岸啼猿今绝迹，一滩卧虎晚生愁。往来白帝城遥望，峻拔苍崖道凿留（沿崖小道为鲍超所凿）。迅速画图勾半幅，夕阳旋绕送轻舟。

是日，又为蒙经理应民生公司征集各轮舟歌词两阕录下：

驾驶歌

浩浩川江，往来七百有余里。滩险重重，指挥终日波涛里。巫山峡，崆岭滩，惊心直履安全地。洪水来，枯水去，四时任我轮机驶。罗盘对准，舵工把稳，始终不懈，主持到底。

水手歌

走川江，齐用力。大家勤快，各人自立。好男儿，齐用力。耐苦耐劳，胜优败劣。洪水当心，枯水用力。竹竿量水不模糊，傍岸抛锚当谨惕。朝朝夕夕，大家努力。懒惰两字，是我们的公敌。

道过万县，有英国军舰一艘，名“嵯峨”，舰上水军，正在练习军乐。敌舰驶入内地，可胜叹哉。

今日宋君遣茶房登岸购鸡两只，午晚两餐，炖鸡市酒，飨余及蒙经理等。余数日未饮，今晚觉微醺，又得四诗以赠宋君，即为画竹四帧，题其端，以谢宋君焉。

春雨宵滋笋透泥，婆娑嫩竹荫庭西。东风三月桃花落，犹有高枝来凤栖。

夏日炎威逼，抚疏竹影凉。北窗读新句，借此障斜阳。

秋风扫三径，落叶满阶除。只有凌霄竹，犹堪荫敝庐。

冬岭有葭竹，老竿挺远峰。试看风雪里，好友契梅松。

又为蒙经理画竹，题诗一首，录下：

一竿老竹凌霄上，万个新阴蔽户寒。回首峨山白葭影，为君写照蜀江干。

是晚有田君峻农，涪陵人，往湖南大庸任连长，年少而才俊，偕刘君天柱及张君、管君、马君等数人，见余画竹题诗，因询余养生之道，于是惹起余之痛苦观念，即于蒙经理室中，演讲余之痛苦教育，兴趣浓厚。舟中乘客环而听者十数人，直至夜深约十二点钟而散。

二十三日晨六点钟，闻开轮声。即披衣起，立船头，观巫山十二峰，得诗云：

峰峰烟雾迷峰顶，两岸山容变幻多。忽似老人披絮帽，又疑神女隐云窝。层峦叠嶂九霄耸，峭壁危崖百尺峨。远近高低浓淡里，传神写不尽婀娜。

过巫峡后，早餐。过泄滩，又过清滩。川中谚语："清滩泄滩不足道，还有崆岭鬼门关。"以崆岭比鬼门关，想见崆岭之奇险矣。然而清滩、泄滩，吾来时已觉山奇石乱，滩势甚险矣，今日过此两滩，"民强"之轮不大，颇觉震荡摇动，滩声震耳，余有句云：

清滩转折泄滩急，两处奔腾震耳声。一路颠簸溜太险，浪花喷雪拥舟轻。

少顷过崆岭，余得句云：

果然崆岭形危险，水急滩流势益奇。磐石高横三曲折，江心航线字成之（航路曲折呈“之”字形）。

上午为“民强”王买办新昆绘竹，题句云：

西风吹不尽，又耐北风寒。生长蜀山峡，萧森气郁盘。

为同舟诸客画竹题句。

为田峻农题：

朔风寒逼蜀江干，落叶荒原鸟道盘。只有孤竿坚劲节，任他世乱莫悲观。

为刘天柱题：

邂逅蜀江干，纵谈深夜寒。一枝聊赠与，指墨洒琅玕。

为李则尧题：

今日是何日，霜风落木时。同舟应共济，劲节敢和欺。

午餐时，有刘君绍介北平美术专校二年生杨女士，来乞画竹。因无纸，答以到宜昌交通银行，购纸来，再画可也。

本日所行之水程及“民强”船之吨数、马力等，宋大副告我以确数，录下：

自巫山行一百四十里至巴东，时九点半钟。又行五十里至泄滩，五十里至清滩停轮，十一点零五分，停二十分钟。行六十里至崆岭，一百五十里至宜昌，时为午后两点半钟。

“民强”总吨数三百八十吨零三三，登记吨数二百四十五吨零一一。吃水前三尺八寸，后三尺八寸。速力十一海里。船长一百三十尺，宽二十一尺零六寸。引擎为德国新制柴油机，机器马力为五百二十四。

轮船既到宜昌，乘客雇划船登岸。而税关检查者一再搜查，竟有客人带少数鸦片而未报关者，搜出十余包。据云值仅数十元耳，不但充公，尚须议罚云。蒙经理告我谓检查之苛，既非一机关可了。在船查过，登岸仍须检查，无一幸免者，为之嗟叹不置。时轮机开往亚细亚煤油公司装货，故宋大副送余乘小船往美孚码头登岸，雇人力车至二马路交通银行。道遇民生公司宜昌经理李君肇基，约晚谈。既抵交通银行，晤谭种莘经理。谈次，即留晚餐。宋君回船，余偕谭君出门闲步，见宜昌市场，分新旧两处：一马路、二马路、通惠路、滨江街为新市场，其余环城马路及南门外护城街为旧市场。商号两方相勒。宜昌城墙已拆去，唯留南城门及城上关帝庙之古迹而已。宜昌商货，除鸦片外，以盐、糖、油、漆四种为大宗。盐、糖皆川货，油、漆则为本地所产。晚间亦无夜市，七八点钟已皆收店矣。至滨江街民生公司晤李君肇基，知李君于民九曾到吾锡参观竞志，当时彼任泸县教育局事。十二年又往南京，入高师选科后，再往锡参观。十七年后卢经理即邀任民生公司事，迄今已四年余矣。谈次，知明日星期，后日圣诞节，封关三日，各船下水，皆无开者，非待四五日不得行。余为之闷甚，即别李君而偕谭君回中行，闭户补记日记。

出川抵宜昌追思蜀中风景古迹

蜀道艰难虽已过，川江风景足追思。夔门天险峨眉秀，崆岭滩危巫峡奇。工部草堂秋雨破，武侯祠宇夕阳移。凌云大佛俯江水，曲水流杯尚有池。

姊归吊屈大夫

姊胡归兮姊胡归，弟死汨罗兮，忠君报国心未违。姊负遗骸兮，弟魂千里其相依。客闻姊归之名兮，莫不悲叹而嘘唏。我今独来吊古兮，汀兰沅芷空斜晖。

第十四章　宜昌

二十四日晨起，刘君承培，偕余及钱君季彦，同往南门外广合利早餐。乘车至北门外，即向西步行往三游洞。沿江行约三四里，即过河。水深时，有船可渡。冬天水枯，独木桥约长八丈余，颇危险。既过河，行约五里有岔路，正欲问讯，来一船户，谓船往三游洞，待游罢送还宜昌，何如？答以可。索价一元半，答以一元，不可，加二角。即奔沙滩上船，岂知沙滩水泥湿且软，足陷沙泥者寸许。既上船，约行三四里，始抵南津口，登岸。有一桥，曰安济，在两崖间隔二丈许架一桥，以通两山之崖，风景殊佳。前行阶梯，凡登四百八十二级，方至平路。行未百步，又向下行，千数百步，始至灵官殿。又下行百余级，至一亭。过亭即见一洞在崖上，约高五六尺，下有木梯一，此即三游洞之故道也。余观其洞口，仅约三尺耳，中似黑暗。刘君谓此入口处约行十余丈，即可下至广大之洞。今右方高崖之下，已由后人开一路，可直走后洞矣。右有一门，曰“三游古洞”，上曰“山水清音”。此小洞之上，有“隔凡”

二隶书，旁有“三游洞”三字。刘君谓：“吾侪试由后洞再登前洞，从此小口出可也。”余曰诺。即由右崖沿崖行，而崖压头额，身长者须俯首行。过此即一庙宇，盖依覆崖而为之者。北即后洞，前为山崖，依山为屋，厅轩结构，尚为清雅，可茶憩。凭栏一望，则迎面之山峰连绵，可为屏风。俯视之，有小溪，名下牢溪。水声潺潺，清淙可听。余周视石刻，古今人题句及壁上所悬之诗甚多，有苏长公所咏当然最佳，近人则有柯逢时所咏七律一首，字字工炼。题壁者则有皖人黄黄山七律四首，宜兴潘宝坤七律，均有佳句。黄黄山有句云：“跨涧小亭心独静，无幢巨石额偏长。”潘宝坤有句云：“帆从绿树荫中过，人在青山顶上行。”余子则不足道矣。余因录柯诗云：“洞府凌虚突兀开，访碑联骑雨中来。文章自古多憎命，天地何心不爱才。万里炎荒垂老别，一门风雅胜游陪。漩江游罢牂江接，头白今年放棹回。”余即步其原韵，得诗一首云：

危崖一洞问谁开，如此名山我始来。万里漫游寻胜境，四方多难正需才。南津渡口青藜引，古下牢溪绛雪陪。元白苏黄千载后，者番犹有客忘回。（青藜指刘君，绛雪指钱君，余游亦三人也。）

余偕刘、钱二君从后洞欲入前洞，登高爬行，两足无着处，盖石危而光，水湿而滑，洞窃邃而曲折。刘君划磷寸二以导行，钱君则未之敢登也。余随刘君之步趋而前进。磷寸熄而洞外一线天光折入，可见人影。余与刘君乃抵前洞之口，刘君先余出口而下木梯，余亦随之悬梯而下。钱君已绕行至洞口待余等矣。于是仍返庙中，余得七律一首：

三游洞窿奥而奇，一线天光路不歧。石笋触眉惊欲堕，山崖压额屈行迟。泉声入耳醒尘梦，茶味清心助好诗。愧我寰球九万里，彝陵偶写楚峰词。

见洞中联语甚多而佳者甚少，唯旌德吕凤起所撰为第一，惜措辞太目中无人耳。吕联云："巴蜀荆楚之间，奇哉有此；元白苏黄而后，游者为谁。"余笑谓钱、刘二君曰："此公太狂矣。吾辈今日，非三人乎。"因口占二绝，再写留洞中云：

唐传元白宋苏黄，洞号三游胜境扬。钱起刘勰与夷监，巧逢今日亦同航。

不觉勾留日影移，洞天好句果为谁。一声清磬惊心处，正是山高木落时。

时已午后一时半，即购三游洞照片二张而行。刘君导余与钱君另从山后小道下石级五百余级，崖前峭壁有方井一，其泉清澈，为山中饮料，惜无名。余题石壁二十字，额其上曰"三鉴泉"云：

一井已千古，万流此独清。同游来我辈，三鉴锡嘉名。（一因同游者余与钱、刘二君，共为三人；一因保三鉴为余之名号，故以名泉。)

又行二里许至安济桥，即下船，行十余里至宜昌招商码头，登岸，返交通银行，时已五点钟矣。晚餐后，谭经理邀余往新新浴池。此池为扬州人开设，所用人皆扬产。返二马路，见泰安旅栈，知刘天柱等寓此，因往访之。适他往未晤而返交行，记日记即睡。

二十五日晨起，刘天柱、李则尧、张润甫、管寿廷诸君来邀余往大宴宾酒楼早饭，田君峻农来同餐。是日为李君则尧之东道，饭罢已十一点钟，即往泰安旅栈，为诸人指画墨竹及石并题诗录下：

为刘天柱画竹题

嵩山七十二峰高，中有一峰天柱豪。今日为君来写照，指痕着处意陶陶。

为张润甫画竹题

酒后谈诗兴益浓，墨痕弹指有中锋。锋端不借管城子，叶叶都成峭拔容。

为张润甫画竹石题

一拳石与数竿竹，携归可以悬书屋。者番邂逅翰墨缘，耿介孤高君子乐。

为管寿廷画竹题

一竿云直上，万个雨含滋。他日重相见，还应回首思。

为管寿廷画石题

高楼一拳石，弹指见精神。墨汁淋漓处，坚贞不染尘。

为杨于世华画竹题

邂逅楚江干，墨缘指竹看。一竿随意写，浓淡气森寒。

为杨于世华画石题

弹指一拳石，焚香供书室。米颠欲拜之，管城愧飞白。

午后四点钟返交行，为谭君种莘画竹石并题诗如下：

画竹题

湘竹秋风渡楚江，彝陵握手语兰矼。临行指墨一挥洒，留待月明映夜窗。

画石题

廉介拟如石，坚贞励此心。一拳相赠与，聊以表情深。

是日与李则尧君联句，因见余画竹而墨痕满染衣襟，故首写“模糊墨迹满衣襟”。余即联吟云：“主客相看笑不禁。”李君联云：“雪浪砥平风未息。”余联云：“谁撑砥柱障江心。”

晚六点钟，谭君邀余晚餐，座客有白、李、蔡、杨、简、钱诸君。席散，余补记日记，收拾行李，预备明日上午乘“同和”轮船下水。以民生公司之“永年”须三日后方到，故不克待矣，即托中国银行旅行社购房舱票。据云客已满载，不得已而以十八元购官舱票，与钱季彦君偕行。闻谭君言，宜昌银行共六家——中国、交通、四省、农民、上海聚兴诚、湖北省银行，而以聚兴诚银行生意往来最大，其余均相等云。谭君因余昨晚送彼蜀中带来之牙菜、蜀柑等四种，故今赠余以羊乳木所刻之手杖两支。此为宜昌特产品物。一杖首刻狮头一，口含木珠，下刻一龙盘绕杖上。余即铭之曰："狮口含珠，龙身盘柱，万里遨游，摩挲五指。"一刻寿星之首，余又铭之曰："长须左右，不怕霜风。齿坚未豁，头秃如童。是寿者相，是南极翁。登高涉险，扶持始终。"夜深作报告，至一点钟而睡。

二十六日晨起，早餐后预备上船。少顷，中国旅行社有人来谓即将上船。于是余与钱君同别交行同人而行。谭种莘经理送余乘小划上"同和"轮船。抑知既至船中，始知今午尚不开船，须明晨解缆，于是将行李交官舱茶房，仍乘划登岸。回交行午餐后，即利用此半日之时间，作教育参观之报告，约五小时之久，将四川教育行政一部分完毕，学校一部分仅将重庆、成都完毕。

六点钟晚餐后，时下雨，即乘划船冒雨而上轮。谭君复送至划船而返。梁君、哈君名同，江宁人，送钱君，亦同上船。少顷，雨甚，梁、哈二君别去。是晚余在船中第十一号官舱，同舱之客三，互通姓名，良东曹洽耀，台山人；韦文耀，中山人；福建卢公恒，永定人。曹君，上海良友体育用品制造公司经理；韦君，四川中国电气公司经理，美国永备电池办事员；卢君，杭州经理，福建条丝烟业者。一室而居三省之人，四川所谓排龙门阵者，夜已深而雄谈犹未已也。是日有诗二首，盖既上轮船而犹返划船，得二十八字以视谭君，故录下：

误我行程去复回，尘踪迟滞楚江隈。试看烟突苍鹰绕，留恋斯船不放开。（时有群鹰数十，盘绕“同和”轮船之烟突。）

夜谈甚剧，余得句以视同舟诸君：

偶尔萍踪聚楚江，风尘跋涉话蓬窗。夜深不觉灯残灭，犹是高谈兴未降。

第十五章　由宜昌至汉口

二十七日晨起，李君则尧，同住官舱四号，张君润甫、刘君天柱、田君峻农均住房舱三号、二号，来官舱谈话。时有与李君同室之客许君者，言及川人之奇装异服，而舟中川人闻之，似均有不愠色者然。余即谓川中人出省者，均无如此服装也。于是闻者皆大笑。午餐后，偕“同和”经理倪君谈话，知此船总吨数为一千四百吨，装货净吨数为一千吨。自宜昌五点钟开船，行六十里至古老背，行三十里至宜都，行六十里至枝江，六十里至洋溪，此为一市镇，属松滋县。三十里董市，一百零五里皂市，十五里至沙市。计自宜昌至沙市，为三百六十里，时下午三点半钟。钱君登岸。船停沙市装货甚久，以棉花运往下江者甚多。余以未知此间停船若干时，故未登岸。晚偕船中乘客谈天，夜深始卧。

二十八日晨，六点钟开船，行九十里至郝穴，余始起早餐，见钱君，知昨晚回船已两点钟。钱君谓交行经理沈味村询及余，因时晚，未来船奉迓也。余本拟登岸，往荆州一访古迹，以当时未知船停若干时间，故未敢登岸耳。早知今晨始开轮，则昨日荆州访古，亦尚从容也。盖沙市距荆县仅十五里耳，殊为可惜。行三十里过天星洲，三十里至石首县，九十里调关，九十里监利县，六十里车湾，六十里张茅滩，时已午后，闻今日至此将停船矣。由此往城陵矶，尚有一百二十里云。是日，舟中乘客相与谈话者，有福州江希松（海军飞航员也）、云南窦子进、湖南杨劲支、宁波孙文星、绍兴许龙襄等。许最滑稽，语言状态颇足解颐。

二十九日，记昨晚向孙君文星借阅《宜昌县志》，竭数小时之目力，约览其半。今晨复费三小时，始毕。其中有足以助余游记之不及，与足以补余游记之误者，特摘录于下，以备考核。

（一）余在宜昌路过六一书院，未之注意。今阅志，知书院为欧阳文忠任彝陵令时之遗迹，明知州李迪因以为课士之所，额曰“六一书院”。

（二）绛雪堂，在县治内。宋州守朱庆基与僚属会饮，石栏畔红梨甚开，客座皆赋诗，欧阳修有句云：“风回绛雪尊前舞，日暖繁香露下闻。”后人遂取以颜其堂。

（三）第四泉，在蛤蟆培，石大数丈，形如蛤蟆。其山出泉，陆羽品其水，味居天下第四。黄庭坚曾过此煎茶，陆游亦过此烹茶。有句云：“巴东峡里最初峡，天下泉中第四泉。”

（四）宜昌汉为彝陵，蜀汉改宜都郡彝陵县，魏为临江郡，晋为西陵郡，（南朝）宋为宜都郡，隋唐为彝陵郡，宋为陕州，元丰中改陕州为峡州县，仍为彝陵，清为宜昌府东湖县，今为宜昌县。

（五）黄牛峡，在县西九十里，有武侯碑记，所谓“巨石排空，惊涛拍岸”者是。上有黄牛之神祠，盖有铁牛在山顶，面北向。峡下滩声峻险，为入蜀之险道。

（六）明月峡，在县西二十里。悬岩间白石，状如月。李白诗：“春水月峡来。”欧阳修诗：“江上挂帆明月峡。”

（七）欧阳修《黄杨树子赋》、明刘炳《荆门赋》、刘家麟《三游洞赋》、鲁先榜《三游洞赋》、黄庭坚《黔南道中记》、陆游《入蜀记》、清王士正《蜀道驿程记》等，在《宜昌艺文志》中，固增无涯之价值。在余游记中，又增几多参考之资，兹特参酌余之意见，特考证之如下：

（1）蜀中多黄葛树，欧阳文忠所赋黄杨树子是否即黄葛树，犹有待考之价值。

（2）三游洞，源于元微之、白香山及其弟行简即知退，三人之游固矣。所谓后三游者，以黄庭坚、苏轼及其弟辙之三人，则传闻有异辞矣。盖黄庭坚之来游，在绍圣二年三月，偕其兄大临即元明，与巫山尉辛纮来游。窃谓此可为后三游。苏洵与轼、辙来游，亦可为后三游。《渔洋记程》云：“白乐天自江州司马迁中州刺史，与弟知退偕行。元微之自通州司马迁虢州长史，遇于彝陵，同游此洞，各赋诗二十韵，白记其事，洞以名焉。山谷入黔，放翁入蜀，皆作记。二苏公尝侍老泉游此，亦各有诗载集中。”于是可知三游洞源于元白之三游，继者即有老泉之三游，山谷之三游。即名九游洞也，亦无不可。(又按:《剑南入蜀记》云:“洞外崩石刻云:‘黄庭坚弟叔向、子相、侄僦，同道人唐履来游，观辛亥旧题，如梦中事也，建中靖国元年十二月庚寅。’”然则山谷已两度游此矣。

(八）宜昌城，始建于唐中经迁徙，明因唐旧基修之。旧门八，新门七。民国十七年拆城，独留西南门者，以城楼有楼曰文昌门，关帝庙。盖舟泊宜昌码头，一望而有高亭耸于江滨者，即此楼也。

以上所述，余因得古诗一首，录下:

宜昌之城上溯盛唐兮，控制荆楚之门。三游之洞名始元白兮，遂开后人访古之屐痕。前有三苏黄辛兮，后有放翁考证石刻于云根。盍更三游为九游兮，足供名人之歌咏而畅过客之杯樽。其如沧桑变革陵谷迁徙兮，南津桥耸下牢溪水终古其涟沦。我欲从古人之游迹而追溯其芳徽兮，怆然徒见洞壑之奥邃，夕阳空媚夫山村。

昨日轮船停泊时未到张茅滩，仅至下车湾，今晨六点钟开轮始过张茅滩。行一百二十里，午前十一点钟至城陵矶。此地属湖南岳阳。从城陵矶遥望岳州城，用望远镜遥望，可见一山嘴斜出江面者，上有树木丛杂，即为岳州之城，盖距此仅十五里耳。气候自昨晚大雨降低数度，今日雨虽止，而烟雾尚迷漫江上。倘天晴，则岳城较可历历在目。少顷过此，行一百零五里，即新堤，时已午后二时。又行六十里至宝塔洲，行八十里至嘉鱼县，时四点钟矣。今日能否到汉口，尚是一问题。此船行太迟，据茶房云，船主太胆小，不敢开快车。屈指计之，再七里至簰洲，九十里至金口，六十里至汉口，至早须十点半钟到汉口云，然则今日必不能登岸矣。

杨君劲支，视我以川行之各照片数十张，其中以峡中所摄及川东阆中县所摄与自流井所摄盐井、火井之烧盐照片，尤有价值。杨君盖自五月至川，今始返，往来已八月矣。余以匆匆五十日之往还，所得殊鲜。杨君言及去年往西北考察，曾有所记，今已出版，名《建设甘青宁三省刍议》，南京书店有寄售者云。

时十一点钟船抵汉口，交通银行有人来船相接者，谓时晚，明晨登岸为宜。余诺之，仍宿舟中。

第十六章　重莅汉口

三十日晨起登岸，醒亚、禹九以汽车来接，即至交行，晤范氏三甥女等，纵谈游迹。是日以半日之暇阅各方来函，共十余封。除家信外，以大炘之信为三，其余各处友朋之信，以南昌程柏庐先生有诗一首，用前游庐山韵，甚佳，录下：

论交道义竟忘年，重到庐峰证夙缘。惜较故人先就道，未随明月送登船。三山患难情犹在，五岳归来气益仙。蜀水湘江劳梦想，潇潇木叶落无边。

午后偕朱禹九过江，乘汽车至珞珈山，参观武汉大学。校舍宏壮富丽，高四层，依山而居。理化实验室，见学生试验化学及物理实习。是日为星期六，故其余之课已毕。校长、教员均在招待室开会。余等周观校舍中教室、宿舍、实习室后，即沿山行，见女生寄宿舍为“人”字式，见东湖有小船荡漾其中。此间环境，山水清幽，空气清旷，地方之佳甚矣。见学生在运动场打球。往前山行里许，见楼屋崇隆，教员住宅也。访王校长、皮教务主任，晤谈于招待所。知分文、法、理、工四院：文科分历史系、教育系、中国文学系、西洋文学系，学生共二百二十人；法科分经济系、法律系、政治系，学生亦一百二十人；理科分数学系、物理系、化学系、生物系，学生二百二十人；工科分土木工程、机械工程两系，土木工程学生四班一百三十人，机械工程一班为本年所招，二十六人，共七百人。农科正在筹备中。每年常年经费八十四万元；建筑费每年二万元；教授全体八十人，均专任，薪工每年占全费百分之六十；图书费每年七万元；仪器每年七万元；办公费占百分之二十五。学生学费每学期每人只收二十元，凡学生成绩满七十五分以上者，即免费。每班第一者，可得奖学金。女生五十人，宿舍中有女生指导员一人。每年招考，学生投考者约一千五百余人，取一百六十人。现今在校之学生，学籍占十七省，以湖北、湖南两省之人为最多，其次江西，其次江苏，其次安徽，以两湖与江西三省占学生半数云。

余等辞王、皮两君出，即乘车至江边。渡过汉口时，已七时矣。晚餐后，余以稍觉疲倦，即浴身毕，入睡。

三十一日，作四川参观学校之报告及家书，并复各友之书。一日未休，伏案书写，并收拾行装赴湘，并将寄校寄家之函，先发航空快信，然后将寄教厅之报告挂号发出，其他各信，则平信发之。

余昨日到汉口，即往总商会航空第四队访三侄。岂知三侄已赴南京，而余留下之行李两件，皆为我携回家中矣。其中最需要者，即我往滇广各处之介绍函及教部教厅之函均在箱中，被其带去；其次则厚棉被、卫生衣裤与食物等，此真半途无办法者。于是再三筹划，乃决定不往云南，仅往广西一行，约七日后到桂林，七日后到南宁，七日后到香港，由香港而返沪约须三日，共须二十四天。故决定如明日到长沙，不耽搁，即往衡山两日之游，即往永州，而全州，而桂林矣。

今日为阳历大除夕，因用游庐山韵得诗一律，一以结束余六十二岁之一年，一以结束漫游赣、鄂、川三省之尘迹，并写寄南昌，以复柏庐先生。

莽莽乾坤又一年，悲欢离合悉前缘。九江犹忆匡庐句，三峡才回下水船。寒咽塞鸿过衡岳，快鞭天马傲飞仙。今宵杯酒心香远，万里清辉照客边。

杯酒心香以代除夕之祀

万里漫游况，百年无尽心。幽明原不隔，痛哭益难禁。孺慕悲慈线，壮怀愧素襟。敬恭灵爽在，再拜酒重斟。

三十九年矣，胡堪今夕情。精神虽不死，痛苦慨余生。泪血为谁语，心香掬我诚。侍倾杯酒意，浓淡总分明。

西南漫游记卷四

第一章　湖南长沙

二十三年元旦记。

元旦新吟

恪遵阳朔廿三载，愧度光阴六二年。江上万流争古渡，客中元旦赋新篇。几家爆竹惊尘梦，千里乡心谒墓田（余年年元旦如在家乡，必谒墓）。今日镜容相映处，川牙汉饵荐亲前。

收拾行装努向前，既经川鄂又衡巅。客中尽使韶光促，物外依然意志坚。屈指兼旬鸿返影，惊心万里马加鞭。阳春大地缩方寸，借箸昂头笑问天。

醒亚送我渡江，乘鄂湘铁路火车，即别去。余购二等车票，计十一元五角，在六号房位，同车者有湖南湘阴萧正谊，第八十师军需主任。车中谈诗，夜半未睡。天未明，过汨罗。余观汨罗一水，不甚宽，车从铁桥过时曙光渐透。余凭吊古人，得诗一首：

晚过汨罗吊屈大夫

月落云横星斗稀，惺忪车逐梦魂依。汨罗江上霜风冷，屈子祠边曙色微。白水兰馨挹遗泽，丹心枫叶映初晖。离骚一卷千秋痛，凭吊何堪忆姊归。

赠萧正谊于白水驿

晚渡差池一秒钟，有缘江上与君逢。同车深夜谈诗味，好订金陵访客踪。

自武昌至长沙，中间经过大站为徐家棚、通湘门、贺胜桥、咸宁蒲圻、茶庵岭、汀泗桥、杨楼洞、城陵矶、岳州、桃林、汨罗、白水等车站，然后方到长沙也。

一月二日，余抵长沙上坡子街交通银行，携醒亚绍介函，访晤魏云千经理，略谈。适有行员徐健安、许佩名、吴月晖、白德音诸君，以蒋星北、高龙友亦从汉来湘，偕游岳麓，余即趁便同行。至灵官渡，渡湘江，至水陆洲，一名橘洲，因沿岸多种橘树故也。所谓水陆洲者，一片沙地，约二里阔，四五里长，水涨则洲没水中，水涸则人踏沙而行。过此则登岸，自岸至山麓，约长三里余。道路新建，两边植栎树，中甚平坦。先抵湖南大学之西边，有一塔曰五轮，盖革命烈士之墓也。登山行约里许，即又见一石塔，为张石侯之墓也。上行里许，曲折登一亭。徐君告余曰："此飞来石之亭也。"又行数百级之石阶，即为望湘亭。地据岳麓之一小峰，登高远望，湘江如带横于前，隔江人烟稠密，屋宇栉比。徐君指为余曰："此长沙市也。”休憩，饮茶。同伴有告余，白君能诗，拟倩先生先赋诗，白君能和韵也。余即赋诗两绝，以视白君。白君谦谓不解诗，同伴者怂恿其和。余即将所赋两诗录下。

登岳麓山感赋两首

回首前尘廿四年，孑身曾上岳峰巅（宣统二年余曾来游一次）。今朝蜡屐重游此，几许风光海变田（今马路修筑上山多垣途，与余昔日来游时固不同矣）。

结伴同游有七人，争先努力景光新（同游八人，有数人赛跑，余亦提足向前一为努力）。前途无限登衡志，造极还当始苦辛。

（按《衡山志》：岳麓为七十二峰之一，祝融为南岳之最高峰，回雁为南岳之首，岳麓为南岳之足，实则其山脉皆从越城岭而来。）岳麓之最高峰有云麓宫，即望湘亭遗址。余等既登云麓宫，绕至古麓山寺。殿阁虽清敞，然地势并不觉其高，盖自云麓高处而下行至此，但觉其低，不知下界层楼均归眼底。倘自下而上者，已觉仰而望之矣。东为青枫峡，有爱晚亭。亭之西有白鹤泉，其味清洁。余等坐爱晚亭摄一影。亭右水声潺潺，流细而韵清。过此则下山而至湖南大学。黄克强、蔡松坡二墓，亦曾略一徘徊而行。得诗四首如下：

自由鹤泉至麓山寺

人从高处下，殿觉此间低。白鹤今何在，泉声清在溪。

岳麓寺午饭

香岩云梵渡岑堂，山色平分两院刚。一饭麓宫风味好，菌油塔菜自甘芳。

爱晚亭

霜叶已凋尽，春花犹未开。一亭斜照里，亦足小徘徊。

灵官渡

湘水波平夕照西，灵官渡口布帆齐。隔江山色舟中堕，好供吟情双袖携。

回行余别墅，杨莘耜科长来谈话，知锡来电促余返。同往杏春酒家晚餐。归记日记，即睡。

夜半醒，闻窗外风声震撼，气候颇觉寒冷，因起加棉被覆盖。余初卧时，觉天气不甚寒，故未将小被覆上，致深夜陡觉天寒耳，既而辗转不成寐，得补游岳麓诗两首：

昔日崎岖登岳麓，者番平坦上香岩。望湖亭畔流连处，日影松声乱石巉。

朱张渡口前尘忆，岣嵝碑亭落照疏。七十三留残字迹，译文毕竟费研摩。

第二章　湖南教育

余来长沙，即电询朱经农厅长及杨莘耜科长。迨杨莘耜科长来谈，始知湘省教育之大概。是晚杨君邀往广东馆晚餐后，即同往朱厅长寓中。适他往未晤，晤其夫人杨静珊女士。谈次，知曾在锡女帅任英文一年者。余偕杨君回至教厅，调查湘省省教育行政方面之经费及事业等，略知概况如下：

（一）湖南省教育经费：每年二百五十七万元。

（二）省教育行政费：每年十二万元。

（三）省教育厅之组织：厅长以下，秘书二人，科长三人，省督学八人，科员、办事员、录事等共五十余人。全厅人数约共七十人。

（四）省费所立之学校。1. 湖南大学每年经费二十四万元。分文、理、工、商四院。省立中学校六所，第一、第三、第五为男子中学，第二、第四、第六为女子中学，均附设师范。另有省立师范学校一所。2. 初等职业学校，男女共七校，高等职业学校两校。经费另详。

（五）省费补助私立之中等学校。其费甚大，而补助分五等，其始补助从最低一等之数起，或俟成绩优良后进级，或由学校方面请求教厅派督学视察后定之。

（六）地方教育之经费、校数，均另为详志（计湘省各县共七十六县）。

（七）教费之来源。有盐税附加一项，系独立性质；有教育经费保管委员会，专司管理，每月由会派员向湘岸榷运总局，将应得盐税附加费领回，支配分发，约占全省教费六七成之谱，其余则由湘省政府补助全费三分之一。唯近年湘省经费支绌，时感积欠之弊，致各校所可恃者，盐税耳。省政府之补助，不能依时领到，致各校欠款亦积三分之一。

（八）教费之稽核方法，则以各校会计章程办理，甚有成绩。盖各校会计由厅派会计主任各校，校长尽力于教务、调育方面而无筹款之责任。会计主任得人，则学校无浪费之虞。校长有从容管理，不感筹款难也。

（九）本年度拟筹办湖南省女子师范，预定十八万元，以三万元购买校址，以十二万元建筑校舍，以三万元做设备费。湘省缺乏师范，尤以女师最为缺乏，故急于筹办女师校也。

（十）补助各县联立师范学校及扩充第一师范班级之两项办法，刻正在筹议中。以省费尚感困难，姑拟需款六万元之补助费，七万余元之扩充费，须视省款之有无而定之。

附湘省二十二年度省市县教育费概况表：

学校方面	经费总数	百分比	备注
省立普通中学校	396641	19.94	湖南大学附属高中22494元，省中六校281147元，又临时费66000元合如左数
私立普通中学校	432202	21.72	普中三十校、乡中九校补助费共如计左数
省立师范学校	260641	13.10	省师及省中附属师范班均在内，共计如左数
私立师范学校	11200	0.56	私立师范三校补助费合如左数
省立职业学校	559049	28.10	省立高职二校80365元，省立初职七校378684元
私立职业学校	162120	8.43	私职十七校137780元，代职18000元，旅鄂职校12000元，共计补助费如左数
小学校及幼稚园	162120	8.15	
总计	1989633	100	

按上表，及湖南大学之二十四万元、行政费三十二万元，社会教育机关费之五万七千余元，奖学补助金二万一千元，民众义务教育经费五万二千元，其他补助费一万七千元，留学经费九万五千五百元，特别临时费四万元，共合二百八十三万余元。唯以省府补助费积欠之由，致仅恃盐附税之收入，各校且有欠发之费，是则湖南省教费之困难，其实在概况有如此者。

三日。回忆廿年前之教育，湘省为中国各省之冠，以湘人之办学，勇毅果敢，如胡子靖、周剑凡、马惕吾诸老友，均各出其全力，各办男女各校，实为成绩卓著者。余此次来湘，知胡君养疴在家，朱君已故，马君在乡，因先访胡君，参观其三十年辛苦经营之校。晤胡君于病榻，谈过去之校史，知曾一度办大学于汉口，设商学院者五年，继以费绌停办。中学则三十载于兹，校舍房屋，连年建筑，设备方面，竭尽能力购置一切，曾两次死而复生，乃迄今犹健在。目前病足，不良于行，而办学之心志，至死不变者。余殊佩之。余亦告以近若干年中，余之万苦犹未历尽，故亦死而复生者屡矣。即以竞志论，亦屡经危险。虽奋努进行，然犹时时在飘摇风雨之中。而欲永永生存，殊为难能。而余之意志，则甚坚决，盖无家庭然后有学校，寓学校于家庭，及寓家庭于学校，固二而一者。人非同志，熟知我心，我欲孤行，人谁可语。此心此志，固亦不必尽人皆知也。虽然有慨于人之以学校为营业者办理之，是以不但无真教育面目，且失教育之为教育，而教育祸人尚何言耶。胡君闻余言，相与叹息不已。

（一）明德中学之训育主任俞慎初及副校长谢祖尧、教务邬朝宪、事务胡彦久诸君，导观校中。校舍既新建，崇隆高闳，块然可观，设备完美，尤非普通中学所能冀及。教职员全体五十八人。学生全体高中六班，初中七班；高中二百二十人，初中四百零二人。学籍，湘占十分之九。附设小学现仅有一班，将来拟不招生。常年经费：学生学费，高中每年每人收三十六元，初中收三十元；教厅补助每年一万八千元，教育部补助二万四千元，此为收入之数。至支出数，每年约须六万余元。建筑费三十余万元。地基半买半拨，面积四千五百余方。教学方面，注重理科。对于物理、化学、生物等科，重在实习。对于数学，重在基本之练习。训育方面，在初中注重学生养成良好之习惯，在高中注重学生研究学术，自动考求。所以在积极方面，则学生会之活动，膳食会之自理，体育会，讲演会，国文、英文、书画等研究会，皆有组织。又有班会，仅属于高中，而初中则无。消极方面，则无问题。学生多纯谨之性，故管理上以俞主任多年与校史有关系之人，尤无其他问题发现也。优待学生方面，有免费生五十名，招考实业银行十五名，家贫而学优者十五名，工读生十名左右，每日做工约一点钟。图书馆藏旧书三万余册，新书四千余种，西文书数百种。学生阅书偏于理科参考书者为多。宿舍之整洁，既有训育员，又有军训员三人，分任监察。高中之六班，初中之七班。由训育轮值管理之。自修室亦整齐，第一舍及四舍尤觉整洁，到处见有“轻步细语”之标语，足征平时训练，秩序上甚佳。物理实验室、物理教室、物理器械室、化学教室、化学实验室、化学器具室、化学药品室，均整齐丰富，天秤室之天秤有十五架之多。生物学实验室，生物解剖及植物切片应用之器具，亦均详备，显微镜亦有十数架之多。总之，此校优点甚多，而可特志者：即：（1）胡校长一生精力集注此校，现坐镇校中，家庭即在校内。教职员均系毕业生为之者多，胡君彦久即其三子。以校为家，即以家为校。其筹款精神，尤为人所难能而不可及者。（2）仪器、标本之丰富，为他校所不及。即办理学院，亦可所添无几矣。（3）教训两方，均从精神上切实见其成效，非泛泛然可比者。而形式方面，亦见崇隆校舍，设备丰富也。（4）毕业生服务及升学，无闲居之人，尤著成绩。以上各端，均堪为法，不仅钦佩而已，实欲将此校之精神形式，安得传布于全国各私立中学以为之范耶。

（二）周南女学。李校长树藩，名士元，初偕朱剑凡等创办此校。剑凡逝世后，李君主持校务，继续进行，是以校风淳实，教学著誉。余此次参观，与李校长谈次，知有教职员全体五十二人。中学十班，高中三级，初中七级，学生共六百人。小学六班，学生三百人。幼稚二组，八十四人。经费：收学费，每学年每人高中十四元，初中十二元，高小九元，初小八元，约收一万二千元；省款补助中学，每班四百五十元，小学每班二百五十元，幼稚与小学同，共约一万六千元。教学方面，主张文理并重。训育方面，主张从自治会中训练两年自治，即服务校治会。是以校中一切皆由校治会负责服务，既可以练习服务之才，又可以表彰自治之绩。此种训练得宜，可以培植人才不少。周观校内，校风淳朴，略见一斑。图书馆藏书一万数千种，阅览方法甚好，分教员阅览、学生阅览两种。学生阅览室所陈列书橱，均由教员指定应阅之书陈列之，其钥匙仍置教员阅览室，由一教员管理之。学生有值日管理书橱者，按时向教员阅览室领钥匙，启橱取书，种种手续，学生负其责，室内阅书之桌亦特制。有健身房，注重体育可知也。唯家事一科，据李校长云，深感困难，现仅普通手工中有缝纫耳，此外一无设备。在李校长理想中之家事科，须分：（1）看护。（2）烹饪。（3）刺绣。（4）缝纫。看护请医院女医生教；刺绣、缝纫二者尚易请人；唯烹饪最难，须能作罐诘物及中西各点心，并煮各种饭菜等等。此种人才及设备，殊不易也。

（三）艺芳女学。此校为曾文正公之曾孙女宝森校长及其弟毓龙自民国八年创办，迄今几经辛苦经营而成之者。余此次参观是校，由曾校长姊弟二人殷殷招待，导观校内一周，谈悉种种：（1）校舍为文正公祠及花园之一部分，池塘亭馆，花木园庭，环境清幽，读书雅好。（2）设备敷用，仪器标本，应有尽有，且在继续添置，以补不敷。（3）教职员十四人，男女各半。教兼职者八人。校长既不受薪，又兼教科。（4）教员资格，大学毕业及留学国外者居五分之四，专任教员。薪水最多者，高中六十元，初中五十五元；薪水最少者，以钟点计，每点一元。无论教职，均以十个月送薪。（5）学生：高、初中一百七十余人，高中最高级仅十余人，初中最低级三十余人。学生一律能自知用功。见其在自修室中自修时，初、高中人人埋头阅书默读，寂静无哗，殊为各校从来所未见。一方面固可见学生自动好学，一方面可想见平时学校训育之收效特殊也。（6）经费：除收学费外，教厅补助二千二百余元。全年支出约二万元。（7）观理化实验室及仪器室，所用各品，一部分为湖南本省所制，一部分为教员、学生研究自制，自上海添购者亦占一部分也。（8）女教员均为曾校长之学生，在毕业后助其升学及留学国外，资以一部分之学费，故返校服务，只月领薪水五十元耳。此为学校储材，最为永远有人继续之谋划。而校友护校之心亦甚深切，均殊可佩。（9）寝室之整洁异常，布置秩然有序。（10）曾校长对于女子教育之意见，发表其理想，谓缺乏为妻为母之应有教科，是今日教部颁布中等女学教科标准之短处。个人之意，以为百分之九十须有家庭之常识，百分之十预储社会服务之技能，所以为国家培植人才，对于女子应培植至如何程度方能成女国民之资格，如何能力技能方能尽女国民之专责，此皆根本须知之者。曾校长之见解如此，颇多特识。曾校长又言及此校经过十六年第一次省难，全校师生竭尽奋斗之力支撑到底，及十九年第二次之省难，校舍被焚，设备毁其大半，至为灰心，拟不继续。嗣以诸校友之再三谋划，大部分校业复兴，然后再出而助校友继续任事，迄今不觉又是三年，只觉疮痍未复，支持尤感困难也。曾校长姊弟二人态度从容，言语恳挚，历尽艰辛精力不懈，实为湘省最著之女校也。

（四）省立第二中学：校长熊知白，昔在北京女高师曾晤谈者。今参观此校，谈悉此校完全女生，高中五班，初中六班，师范三班，共六百七十余人。学费每学年收高中十二元，初中八元，膳费收四十六元，师范不收费。寄宿者四百人。导观校舍一周，教室、宿舍、理化仪器博物标本室。图书馆藏书中籍二千余册，西文书一百余册。对于学生服用方面，竭力提倡国货，故有国货陈列橱，俾学生随时可以认识。注重体育，学生对于球类运动颇有兴趣。是日为师范三年级、高中三年级、初中三年级毕业茶话会，熊校长邀余与杨科长莘耜往会场演说。先由熊校长报告，继由杨科长绍介。余即演说女子教育之重要，及提倡知识、继承遗产、参预政治三问题之解释。少顷，由熊校长致谢，会毕。余偕杨科长辞熊校长行。

长沙小学方面，夙以楚怡小学为最有成绩，故著誉颇久。其次则南门外之幼幼小学，亦颇有誉，咸为优良之校。余以时促不及往观，姑俟赴衡山后，有暇当再往参观也。

社会教育方面，有省立图书馆。藏旧籍甚富，新籍较少，阅书者以阅览旧籍者为多。此外有通俗教育馆、公共体育场等。又有民众义务教育，各设半日学校及夜校等，所有经费共约十九万六千余元之谱，约占全省教育费百分之十弱。

第三章　南岳

四日晨起，魏君云千，遣邓海市伴余游南岳。海市者，行余别墅之茶房，昨晚已承交行蔡、沈二君之嘱，预备稀饭及点心。余即早餐。乘车至汽车站，为时尚早。站员某君已承昨日张厅长之电话，招待余至票房略坐。待车一点钟，约九点半钟始开车云。余见长沙东站汽车站对于购票办法，甚有秩序。盖先挂号，记某姓、某人名、第几号，满二十四号即唱号点名、发筹。乘客持筹购票，说明坐第几号车。俟座满，即挂牌示，为开往某站之客车；客满，停止挂号矣。所以乘客看似拥挤，实则颇能有序也。九点半钟开车，票价四元零五分。车行半点钟，五十四里至易家湾，已入湘潭境。垂杨夹道，溪水潆洄。距此五里，过宝塔镇，有塔七级，故名。前行三十三里至湘潭东站，行十二里至下摄司东站。下车过河，乘汽船轮渡。下摄司西站上车，有站员招呼，已早留两座待余来者。行二十七里至茶园铺，行二十二里至中路铺，三十九里至茶恩寺，行二十八里至衡山，有李邺侯故宅、怀素塔等古迹及名胜。又行二十三里至南岳站，下车。携张开琏厅长之介绍函，至岳市北街南岳管理局，访王涵川局长。适王局长往衡阳，由杨楚贤庶务招待午餐，即雇轿上山。轿夫三人，言明往来三元三角。时已两点半钟，登山行三十里至上封寺，天已黑，且踏雪上南天门，过狮子岩，在烟雾中至上封寺，已七点半钟矣。晚餐，围炉记日记。因思余游五岳，至今日而始全，是殆一游一息之有前定欤？不然，五岳登其五者，已十三年于兹，几经欲达登衡之目的而终成虚愿者，今阅长时期之理想，始达之。噫！天下事固无不如此哉。作《游南岳记》上下两篇，录下：

游南岳记　上

五岳余已游其四，独缺南岳未登也。心中时以为憾为者，八年于兹。今日得登南岳以弥余憾，岂非生平快事哉。衡山之脉，来自越城。东北入湘，行湘水资水间，至蒸水北分为二，东起衡山，绵延郁结而成七十二峰，最高者为祝融峰，而南岳之首为回雁峰，南岳之足为岳麓山。余二十四年前虽曾游岳麓，然不足以代表衡峰。昨来湘，重游岳麓，今复得登衡山，能无愉慰？多年欲到之区，一旦亲登巍巍高岭，是不可以不记。

盖自长沙乘车至南岳，为二百四十里，所停车站凡八。既至南岳，即乘笋舆行。登新修车路，宽一丈二尺，曲折盘旋，较诸旧路固平坦，无虞险阻，然据舆夫云："循旧路约二十五六里可登老峰，走新路须行三十三四里。"余自接龙桥循遥参亭左，逶迤驾鹤青岑二峰而上，约行五里，但闻涧声汩汩，由山径之蹊间流入百尺深渊者，此即络丝潭也。下舆观之，潭径二尺许，深则奥而曲。时已冬令，故水势不大，而声则潺然。石上有“梵仙亭”三字，盖旧有亭，今则仅留亭名矣。此涧名赵涧，不知昉于何人。行三里许，有桥曰新石板桥。距此数十武，隔涧有亭，一曰报信。亭内有破门僧书“大地一亭”四字。亭外有桥，即老石板桥。新旧两桥下之水，则上自芙蓉、香炉二峰而来，水势较急，声渐洪。盖桥东有寿涧，涧水出紫盖峰下，至此汇数峰之涧水而下注，遇怪石当涧口，水花四飞，颇足观也。前行五里至半山亭。此地高据一山坡，玄都观在焉。观外苍奇古特，拔地而起之古松十余株，殊入绘。亭前遥望，湘水如带，奔趋于前。俯视群峰，匍匐于下。左顾则高峰特起，岩石峻峭者，为天柱峰。右顾则连亘诸峰，排耸入云者，为紫盖、烟霞二峰。稍北则掷钵、金简两峰，环列其后。而最高之祝融，犹未能睹也。亭右广路，行约数十武，则歧分为二：一则西行，可通磨镜台；一则北行，可登祝融峰。于是笋舆北行，过紫林而至邺侯书院。新建屋宇，以补名胜，盖李邺侯昔日曾藏书于此，有石刻“极高明”三字。相传为邺侯手书、后人摹刻上石者。又行数里过古铁佛寺，有铁佛故名。再行过丹霞古刹，前为五岳殿。复前行，经湘南寺，昔唐智通禅师尝住此。对面有晓霞、吐雾、巾紫三峰森然耸峙，景颇可观。唯以天色渐晚，所过未克多事留恋。行行复行行，暮色苍茫中，舆夫导余走旧路石磴迂回。而至一岩，曰皇帝岩。岩洞深黑，宋徽宗曾书“寿岳”二字，故名之。磴道上行约半里许，即至南天门。屈指计自半山亭至此，又十二里矣。行里许，忽见一岩石突起，询之舆夫。答无名。余笑谓名之为点头石可也。盖余方为上瞩，石若对余点首者然故耳。又行里许，有一亭曰率舞，余怪之，舆夫上指谓狮子岩也，余不禁恍然若有所悟。以仰首岩上，见烟雾朦胧，一庞然之狮昂首独立于苍烟暮霭中，若语余以堕落尘凡，奔波岁月，万方痛苦，果胡为者？名山在迩，莫问三生我相，当前恍如一梦。嘻，可以休矣，可以觉矣。

徘徊久之，又前行。山沟积雪，步履稍艰，足踏冻泥，与冰雪簌簌声相和。气候渐寒，行益迟，而衣襟为云雾所压，着手皆湿。行里许，见迷蒙丛芒中，有灯光透露，舆夫谓上封寺至矣。入寺，有僧迎入客室。少选，登高楼。室新建，布置精洁，兽炭熊熊，湿衣既干，四体皆暖矣。方丈宝生往衡阳，其徒悟心及寺僧某某等围炉共语。悟心谈曾随其师入陕，修西安大雁塔及太虚法师抵陕办僧校事，綦详。晚餐后，既志游踪，夜深不寐，独坐作冥想。五岳之游，今已达的。沉沉狮梦，果何时醒耶。常此迷茫，于吾生果何益耶？俯仰尘世，于人群果何补耶。狮乎狮乎，今夕之梦，又将感觉到若何程限耶？此诸大问题，衡岳其有诏我以正轨者，固应自动自觉，以入于此境乎。澄思未竟，朔风四号，窗棂若震。隔帘外望，月光斜映，与山中雪影相辉。树上积雪为寒飚所激，扑朔声微，恍与余方寸间呼吸相应和者然。噫！此化境也。不觉由动而静，由静而止，遂寂然卧矣。

游南岳记　下

南岳之峰，以祝融为最高，海拔凡三千二百四十尺。山势雄奇磅礴，山容端拱居中。周围环绕者，前有轸宿碧萝等十六峰，后有翠鹫云密等十三峰，左有朝日瑰霄十二峰，右有石廪云龙十九峰。其凤凰六峰，东望较远；碧岫三峰，则隶湘潭；岳麓一峰，则隶长沙；回雁一峰，远隶衡阳，是为七十二峰。

人之游南岳，每以一登祝融为快。然人之来游者，尝以夏秋为最宜，而余之来游，则在冬令，且冰雪满山，尤为人所难能焉。余既宿上封寺，晨起即登朝日峰。石塔高撑，万山环伺，一轮旭日震荡于天风雪海之中，霞光四溢，虹彩横飞，始则云压日而日欲腾，继则日凌云而托云日。余偕悟心和尚、海市工友同登此峰。以余自上封而登朝日，足履水雪，山陡而步艰，风狂而气喘，二人扶挟，以上祝融。时风景之尤佳，为夙所未见者。则丛树枝叶，一例凝成羽毛式之冰花，所谓玉树琼花不足仿其万一者。大则累累如球悬于杂树，小则丝丝细羽朗若疏璃，真十丈红尘中无此世界也。既登祝融，有一庙曰天尺庵，祀岳神。石垣铁瓦，旧者渐毁，新者方修，左有飞来钟，右有巨石磊砂，所镵石锲，字体不一，古今名人题咏甚多。前为舍身岩，下临无地。小立须臾，觉天风浩荡，群山俯伏不敢前；地窟深奇，白云缥缈补其缺。氤氲云雾，布满大地。俄倾风狂如虎，卷尽烟霞，群峰渐露，如海中诸岛然。四顾青苍，此身仿佛在九霄间。而湘资燕沅诸水横亘于前者，恰为日光照射，彩色变幻，倏忽万状，此景尤非人间所有。际此时也，绝顶高踪，悄然独立，万方多难，何以家为？

未几，即乘笋舆下，仍至上封寺，为僧众指画竹石六纸，题诗写留寺中。早餐罢，即行，复过狮子岩下。略一转瞬，回头是岸，缥忽间已隔云山数千百层级矣。俯视下界烟云，此身犹觉凌空，摇摇欲上。遥见一岩，如台高拱，而人影幢幢，似往来台前者然。几经曲折，始抵一岩前，乃知念松庵。左有古松数十株，为风摇动，始恍然前所见之人影幢幢者，其殆视线之差欤。谚云："上山易，下山难。"孰知上山难而下山易耶。行未久，已至半山亭右，遂下舆步行。沿新辟之途，约里许，过龙舒、麻姑、观音三桥。涧水飞溅，其声铮然。过观音岩而乘舆，由磴道曲折至福岩寺。经唐敕封大慧禅师"最胜轮塔"，此四字为唐斐休书，颇古致。前有塔院。东行数十武，即磨镜台。所谓磨镜台者，为唐怀让与道一问答语。时道一坐禅，让谓："从禅何为?"道答："坐禅想成佛。"让乃取一砖磨于石上。道问："何为?"让答："欲作镜。"道谓："磨砖何能作镜?"让答："磨砖既不能作镜，坐禅何能成佛。"道乃大悟。后人遂名此台为磨镜台。

余既至福岩寺，寺在掷钵峰下，有银杏及古松，均为千年大树。寺僧海光导登藏经楼观藏经，为清雍正年刻、乾隆时颁赐者。出八十八祖画像视余，各像栩栩欲活。张伯烈有像赞并题序言。观彭刚直公石刻，画梅有诗二绝。余即步其原韵写二诗赠海光。往南台寺，观菩提叶画像三十页，即行。时将亭午，上山至岳庙，观火松及玉石丹墀。所雕云龙，生动极致。有铜钟，为元代所铸。殿宇崇隆，东川、西川两门分左右列，宝库、铁鼎分东西峙。瞻仰久之。即匆匆至汽车站，购票返长沙。时正夕阳未暮，辚辚车声，别南岳行矣。回首七十二峰，尚在青苍缥缈中，若近若远，似有惜别状态。未几，风驰电掣，但见两岸丹崖，双行绿树，均从斜阳影里，代表七十二峰，点缀于旅途中。作一幅衡山送客图观也。

晚车抵下摄司西站，已无开往长沙之汽车，即就一小旅馆宿焉。是日余以两日登山之劳顿，昨晚今晨为大风雪寒冷所迫，头痛如劈，微觉发热。晚餐后即蒙被而卧，沉沉渴睡，至夜半为邻室赌牌声所醒，后即辗转不成寐，至天微明即起，写昨今两日所作诗于下：

登衡十咏

络丝潭水水花寒，隔洞潺潺似雪湍。为问源头何所自，芙蓉紫盖白云端。

半山亭外一徘徊，四面群峰环抱来。拔地苍奇古松柏，惊涛入夜起风雷。

突然一石前途障，特锡嘉名曰点头。路转峰回岩侧望，是心是佛已千秋（石背有“是心是佛”四字）。

一望模糊烟雾笼，巨狮欲语感无穷。劳劳尘梦觉还未，我相当前万念空。

上封夜宿小楼空，僧语围炉一室融。漏尽澄思尘梦幻，窗前积雪堕微风。

昔忆泰山云涌日，今观衡岳日凌云。天风浩荡雪花拥，独立高峰气不群。

足踏水花鸿爪冻，气吞云海马蹄空。试从天尺庵前望，人在凌虚烟雾中。

祝融峰顶向前问，如此巉岩孰拾身。几许精神真痛苦，牺牲卅载等微尘。

果然砖石能磨镜，成佛成仙自不难。大地尽教昂首望，吾心吾觉四空宽。

观罢藏经观画像，福岩参谒又南台。菩提树叶误贝叶，颠倒真因已了不。

福严寺见彭刚直公石刻画梅诗二绝，因步其原韵以赠海光和尚：

七祖相传旧道场，而今陈迹久荒凉。我来莫问前朝事，痛苦艰难已万方。

无涯感痛望扶桑，大地安能百亩荒。愿种福田参妙谛，万年衡岳永青苍。

余在上封寺为寺僧画竹，时有数诗，可录下。

题画竹赠悟心和尚：

石励禅心坚不破，竹堪悟道劲常青。指头留此墨痕在，一点因缘尘梦醒。

宿上封寺，晓登朝日、祝融两峰，返写七律一首留赠宝生方丈：

夜宿上封月浸雪，朝登南岳日凌云。霞光直射万峰顶，虹彩横飞五水喷。左望苍崖涌雾海，右观银界映初曛。昂头长啸祝融回，浩荡天风矫不群。

回忆上山时之异景，及登祝融、朝日二峰之特殊景物，又有七古一首：

我来衡山跋涉四千里，抱吾完成五岳之壮志。衷怀抑郁若干年，今日始能仰所止。昨宵踏雪上山崖，盘旋曲折景堪夸。攀藤绕出旧磴道，洞壑深藏荆榛遮。南天门左铁佛寺，丹霞古刹行又至。是心是佛石点头，狮岩张舞烟云里。骤然瞥遇蓦然惊，我相当前尘梦清。回头是岸悟前影，未来何必问三生。三生之塔空名耳，净明懒残两岩在。清泉涌出石罅中，宋人石刻十六字。高台犹有念庵松，气苍貌古青黛浓。直上上封叩禅室，高峰七二冰雪封。夜深风吼狂如虎，推窗月映景奇古。此是千年未辟之山林，冰天雪地足耐真修苦。朝登观日台，气象万千来。俯视群山小，真疑土一抔。既登祝融顶，腰脚愧健挺。徘徊天尺庵，吾心渐静定。霎时云海岛浮空，霎时风卷云波空。高低岩岭忽全露，日光四射万象融。最是峰前杂树冰花放，千株万株玉树遥相望。尽有画工描写不能成，长歌写照亦足心惊而魄荡。

第四章　由长沙至汉口

六日晨起头痛稍愈，两腿觉酸，勉起朝餐，精神不振。八点钟，雇小舟渡湘水，至下摄司东站。待车至十点钟，购票，乘汽车返长沙，时已十一点半钟矣。至上坡子街交通银行，午餐。午后两点钟，魏君云千邀余同登天心阁，游览天心公园。登三层之阁，观湘江如带，环绕于前，长沙万户，历历在目，登高舒啸，风物宏壮，怀古吟情，不可无诗，得诗一首，录下：

天心阁

如此江山亦壮观，眼前景物试凭栏。高攀星斗呼天问，近叩刀环碏地看。贾传千秋余痛哭，屈原一死砥狂澜。伤今吊古缘何事，四野霜风空号寒。

余偕魏君参观幼幼小学，此校在长沙颇著誉。晤周荇孙女校长，谈悉高初小十二班，幼稚两班，学生共六百六十八人，教职员三十一人。常年经费，除收学费六千余元外，教厅补助二千余元。新建校舍，皆从募捐而来。导观校舍一周，所见教学国语等科，大致尚可。据周校长云，高级中级教学用自学辅导，低级用设计法，唯所用世界书局教科书，多不合者，均由本校自编教本。况设计教学之法，尤另为编用一单元之教本以训验之。训育方面虽多用积极方法，然消极方法亦并用之。

往教厅访杨君莘耜，适他往，即返。晚餐。收拾行装未毕，杨君来，久谈而别，并请其转致朱厅长代为辞行。是晚，在交行为同人指画竹石十五纸，笔画两纸，题诗两绝：

纸上一拳涌，胸拳千亩罗。指头有余墨，比较笔如何。

昨观狮子岩，今绘介如石。涂抹纯自然，思议不可测。

嘱海市往中国旅行社购二等车票一纸。交行同人索画书络绎，余画兴亦浓。时钟已报两句，客去乃睡，辗转不成寐，得诗一首：

何事中心似辘轳，形神动静两模糊。为谁痛苦为谁恨，还问天君觉有无。

入睡两小时即醒，时已五点钟。披衣起，唤海市，取水盥洗毕，魏君亦起。晨餐后，即行。魏君送余至车站，时距开车尚早，坐谈久之而别去。余住第八号室，又有一萧君同车，彼此通姓名，知萧君名泽，字丽生，湘潭籍，现办宝华玻璃厂于长沙猴子石，纵谈实业，颇具经验。并知玻璃原料，取之于距长沙城四十五里之丁子湾，其余玻砂在长沙附近皆有之。此厂所出电料用具，每年约有三十万元之谱云。余得诗一首，以赠萧君。

湘鄂驱车八百里，往还巧遇两萧君。一从实业一军政，萍聚纵谈咸不群。

过岳州望岳阳楼

前度宵深过岳州，夜寒紧逼未勾留。满天风雪者番望，缥缈湖波涌一楼。

闻岳州有二乔墓及鲁肃墓，均在岳阳楼附近，但镇江城外有一鲁肃墓，武昌亦有一鲁肃墓，共计鲁肃有三墓。究竟孰是孰非，待考。晚九时车至徐家棚停车，醒亚、禹九已遣行役李、胡两人来车上接余。盖昨晚已来过一次，今日接长沙魏经理电，故又来接候也。气候甚寒，汉口有微雪，遂渡江。汽车在江边候久，遂乘汽车至交通银行。李役候行李车到，领行李来。余之箱上铁锁与铜环，均脱落不知去向，盖车上行李多而掷坏者。

第五章　归程

余之出游，原拟漫游西南八省。抑知赣省勾留瞻光一月，蜀中往返五十三天，汉鄂衡湘廿有余日，屈指时期已三月有半矣。嗣因三侄京行，将余桂滇应用文件误带回锡，遂定由湘入桂，由梧回沪之谋。乃抵湘而接锡电二：一由汉皋浦转，曰校务待商速回；一由湘教厅朱转，曰校事待决速回。遂改变方针，暂行回锡料理校事后，再作滇桂游可也。唯匆匆岁月，仅游赣鄂川湘四省，况赣鄂湘三省为旧游之地，仅四川一省为初到之区。至于峨眉衡岳，一则为四大名山之翘楚，一则完成五岳之壮游。其余则三峡奇峰，川江千里，凌云大佛，离堆壮观，收拾吟囊中，聊堪生色耳。嘻，八省之漫游未竟，天马不足以腾空。两番之警电倏来，回雁幡然而反翩，余忍归乎，不得已也。滇黔两粤之行踪，骥足暂羁于今日。洱海桂林之游辙鸿飞，姑待夫来年。松是风雪满天，温凉异境。归途之中，亦有足志者，聊为四省之结束可也。

七日，偕醒亚往汉口中山公园一游。面积有二百余亩，亭台池沼，树木假山，球场游泳池等，布置悉备。余得句云：

木落亭台露，天寒松竹苍。双龙桥畔舞，一鹤水边翔。风冷车尘少，冰凝鱼影藏。羡他枝上鸟，倦翮往来忙。

午后往汉阳，渡汉水，至晴川阁。荒凉颓败，阁既不可登，仰而视之，“晴川阁”三字犹存，张之洞所书之“翼济雄观”四字仍在。廊旁石碑，为民间作裱褙破布之用，亦可慨也已。余得七绝两首：

廿四年前曾过此，犹留印象忆烹茶。而今阁破梯栏折，空对斜阳听暮鸦。

我来访古问前朝，汉水奔流树影遥。试向阁前一凭览，大江东去更迢迢。

往归元寺一周，有五百罗汉堂、放生池等。至伯牙台，亦荒凉甚。门前“古琴台”三字犹在，石刻伯牙像在一室中，嵌壁上，廊壁有石刻屏风八。岭南宋湘题古歌，歌词既悲壮，狂草亦有力。余徘徊其下者久之。游览一周，购伯牙小像一幅，宋荔湾之草书《伯牙台怀古长歌》八纸。得诗两绝：

苍凉犹是古琴台，移我情深去复来。流水高山千载渺，令人一念一徘徊。

听琴独得琴中趣，遗世谁当世外才。太息子期长逝矣，知音更复问谁来。

晚归，访醒亚之兄于湖北省银行堆栈。登楼眺望，江景甚佳。帆樯林立，三镇雄图，颇觉奇观。渡江后，沿江边新筑马路闲步。醒亚告余云，此刘文岛市长之政绩也。开地中男女厕所，设备精洁，较之法国途中厕所讲究多矣。乘马车返交行。晚餐后，收拾行李。余顷托禹九代购“公和”官舱票已送来，时有屠君送来二诗，即口占二绝，步其原韵以酬之：

捧读君诗情意绵，清词婉转落樽前。他年倘欲游南岳，须上祝融最上巅。

雪花飞堕朔风寒，老眼犹非露里看。多少吟情兼画意，暂时好景报毫端。

九点钟登“公和”轮船，住官舱一号。醒亚伉俪及其兄与禹九，均送余上船。少顷，交行吴君以余所画竹未补印章，亦来船。未几，醒亚等别去。余此次往来汉皋，屡承醒亚接送，颇为感谢。夜深无事，得一诗，他日寄之。

汉皋往返感情真，借褐殷勤迎送频。杯酒夜谈慨身世，琴台夕照话风尘。悲思万树梨花梦，托迹三湘芳草滨。相约明年游华岳，陇云关月岂无因。

八日上午十时过九江，得诗四首，录下：

回首前尘十月春，甘棠湖畔寄吟身。匆匆来去匡庐下，笑问白云忆故人。

笑问白云忆故人，南昌相望隔车尘。伊川眠食今安否，梦寐西山未了因。

梦寐西山未了因，左图右史自千春。中郎尺素长沙语，回雁峰高迹转芊。

回雁峰高迹转芊，庐山拙叟墨痕新。箧中检点壮行色，回首前尘十月春。

以上四诗，回锡后当分寄九江省立乡师缪校长、南昌程柏庐厅长、义务女学蔡校长、庐山李拙翁。

午后四时过小姑山，乘客皆向船头及铁栏前观小姑山。所最诧异者，即水退江狭，向之小姑山在水中者，今觉登岸矣。船向东北行，小姑山在江之右岸，与沙岸相接，仅左面临水耳。是为余十数次行，得未曾见之景象。遥望山下水痕，与江水相去约二丈余云。余因感赋一诗，以志江水涨退之不同，小姑山水陆环境之殊异也。

频番舟过水滔滔，独立狂澜砥柱豪。今日陡看江岸狭，昂头反觉此山高。睡容欲醒姿疑瘦，沙碛平连浪不汹。是否小姑太孤寂，舍身登陆觅同曹。

此诗寓意在大厦将倾，非一木所能支；狂澜不尽，非只手所能挽。世果有真同志，共支大厦，共挽狂澜，夫亦何难之有。读此诗者，慎勿以纤佻视之为幸。

十日天微明，闻人声喧杂，知舟抵芜湖矣。少顷，即起盥漱、早餐，见窗上雨丝甚湿，和夜间大雨。远望江岸，山岭平衍，均在模糊烟景中。九点钟开船。据茶房云，十二点钟后，约一点钟可抵南京。然乘五点钟特快车，可于十点钟到锡矣。屈指归程，结束此游，赋七律一首：

孑身万里苦行程，赣鄂川湘客梦惊。襟带峨眉山顶雪，听残巴蜀雨余声。匡庐滕阁景非旧，朝日祝融气自横。回雁峰高飞不过，归吟五岳勉完成。

是晚，因轮船抵宁已三点多钟，遂赶特快返锡。途遇吴生邦周，先电话告知吾竞校。君略、敷章两先生及大炘表侄赶至车站来接，时余已提行李至沧一堂。同人相见，慰询游况，略谈即散，时已十二时矣。

民国纪年与公元纪年对照表

民国纪年	公元纪年	民国纪年	公元纪年
民国元年	公元 1912 年	民国二十年	公元 1931 年
民国二年	公元 1913 年	民国二十一年	公元 1932 年
民国三年	公元 1914 年	民国二十二年	公元 1933 年
民国四年	公元 1915 年	民国二十三年	公元 1934 年
民国五年	公元 1916 年	民国二十四年	公元 1935 年
民国六年	公元 1917 年	民国二十五年	公元 1936 年
民国七年	公元 1918 年	民国二十六年	公元 1937 年
民国八年	公元 1919 年	民国二十七年	公元 1938 年
民国九年	公元 1920 年	民国二十八年	公元 1939 年
民国十年	公元 1921 年	民国二十九年	公元 1940 年
民国十一年	公元 1922 年	民国三十年	公元 1941 年
民国十二年	公元 1923 年	民国三十一年	公元 1942 年
民国十三年	公元 1924 年	民国三十二年	公元 1943 年
民国十四年	公元 1925 年	民国三十三年	公元 1944 年
民国十五年	公元 1926 年	民国三十四年	公元 1945 年
民国十六年	公元 1927 年	民国三十五年	公元 1946 年
民国十七年	公元 1928 年	民国三十六年	公元 1947 年
民国十八年	公元 1929 年	民国三十七年	公元 1948 年
民国十九年	公元 1930 年	民国三十八年	公元 1949 年